Das Buch

»Meine Stadt hat viele Gesichter.« Dortmund, das Ruhrgebiet – hier ist Max von der Grün zu Hause, hier leben die Menschen, von denen er erzählt: der Betriebsrat, der ›Wacholderkönig‹, die ›Waldläufer und Brückensteher‹, der Sammler mit dem ausgefallenen Hobby. Aus eigener Erfahrung schildert der Autor die Entwicklung eines schreibenden Arbeiters zum Schriftsteller, warnt vor den Gefahren einer computergesteuerten Gesellschaft, in der das Träumen verboten ist, und plädiert für mehr Menschlichkeit in allen Bereichen des Lebens. »Mißstände, kleines und großes Unrecht, Fatalismus – das sind einige der Themen und Motive dieses Erzählbandes, in welchem sich Max von der Grün zum Anwalt der kleinen Leute macht und Situationen schildert aus ihrem Arbeits- und Lebensalltag.« (Stephan Reinhardt)

Der Autor

Max von der Grün wurde am 25. Mai 1926 in Bayreuth geboren, absolvierte eine kaufmännische Lehre, war Soldat und drei Jahre in amerikanischer Kriegsgefangenschaft. Von 1948 bis 1951 im Baugewerbe, von 1951 bis 1964 im Bergbau tätig, lebt er seitdem als freier Schriftsteller in Dortmund.

Max von der Grün:
Fahrt in den Morgen
Erzählungen

Deutscher
Taschenbuch
Verlag

dtv

Von Max von der Grün
sind im Deutschen Taschenbuch Verlag erschienen:
Männer in zweifacher Nacht (11829)
Stellenweise Glatteis (11830)
Leben im gelobten Land (11926)
Späte Liebe (dtv großdruck 25061)

Ungekürzte Ausgabe
Dezember 1994

Erstveröffentlichung unter dem Titel ›Etwas außerhalb der Legalität und andere Erzählungen‹: Darmstadt und Neuwied 1980
Umschlagkonzept: Max Bartholl, Christoph Krämer
Umschlagbild: ›Periferia‹ von Mario Sironi
Satz: IBV Satz- und Datentechnik, Berlin
Druck und Bindung: C. H. Beck'sche Buchdruckerei, Nördlingen
Printed in Germany · ISBN 3-423-11994-2

Inhalt

Etwas außerhalb der Legalität

Edwin Kurr stand lange Zeit vor dem Verwaltungsgebäude und sah die eindrucksvolle Fassade auf und ab. Aluminium und Glas. Wie herrlich doch heute gebaut wird, dachte er, wirklich eindrucksvoll. Dreizehn Jahre war er in demselben Betrieb beschäftigt, aber niemals war etwas so Wichtiges vorgefallen, daß er zur Direktion gerufen werden mußte. Auch heute wußte er nicht, warum er bestellt worden war. Ihm war nicht geheuer, und auf der acht Kilometer langen Fahrt hierher überprüfte er nochmals die dreizehn Jahre seiner Betriebszugehörigkeit, aber es fiel ihm nichts ein, womit er hätte Anstoß erregen können. Er glaubte fest, eine weiße Weste zu haben.

Vielleicht haben sie eingesehen, daß sie mir eine andere Arbeit geben sollten, sie müssen doch wissen, wie zurückgesetzt ich mir vorkomme. Nun gut, ich habe dreizehn Jahre ohne Murren jede Arbeit verrichtet, auch wenn es mir schwerfiel, aber sie mußten doch gemerkt haben, daß ich auch in der Lage bin, andere Arbeiten auszuführen. Vielleicht will mir das der Direktor heute sagen.

Er meldete sich beim Portier: Mein Name ist Kurr, Edwin Kurr. Ich bin zu Herrn Direktor Gabler bestellt.

Ach, Sie sind der Kurr? Jaja, weiß Bescheid, für siebzehn Uhr. Gehen Sie doch bitte ein Stockwerk höher. Sie können auch den Fahrstuhl nehmen. Er rief Kurr noch nach: Zimmer fünfunddreißig! Da ist die Anmeldung!

Danke danke, ich finde das schon.

Kurr stieg gemächlich die bequemen Treppen hoch, und vor fünfunddreißig hielt er einen Moment an, dann klopfte er, und auf ein Herein trat er langsam in das Zimmer.

Guten Abend. Mein Name ist Kurr, Edwin Kurr, ich bin zu Herrn Direktor Gabler...

Ach, Sie sind das? Nehmen Sie doch bitte Platz, Herr Gabler hat noch Besuch, es kann aber nicht mehr lange dauern.

Die Sekretärin war hinter ihrer Schreibmaschine hervorgekommen und hatte ihm die Hand gegeben.

Darf ich hier rauchen? fragte er leise.

Aber selbstverständlich. Entschuldigen Sie, hier sind Zigaretten, bitte. Hier ein Aschenbecher.

Der ist aber nett, sagte er und zündete sich eine Zigarette an. Haben Sie den selbst gemacht?

Ist doch ganz einfach, sagte sie und lächelte ihn an. Zigarrenbauchbinden unter das Glas geklebt, dann eine Filzunterlage aufkleben, das ist alles.

Ach ja, sagte er. Die gibt es ja zu kaufen.

Was? Die Aschenbecher?

Nein, die Bauchbinden, sagte er und lächelte nun sie an.

Nicht mehr ganz jung, dachte er, aber attraktiv.

Das hier sind aber selbstgesammelte...

Jaja, hier werden wahrscheinlich jeden Tag viele Zigarren geraucht, sagte er und betrachtete die Marken der Bauchbinden unter dem Glasaschenbecher.

Eben, sagte sie, die vielen Besucher.

Das ist er, dachte Kurr, als ein Mann von einer Seitentür in das Zimmer stürzte und rief: Fräulein Multhaupt, der Brief nach Goslar hat sich erledigt, brauchen ihn nicht mehr zu schreiben...

Das ist Herr Kurr, sagte das nicht mehr ganz junge, aber attraktive Mädchen hinter der Schreibmaschine. Sie war wieder aufgestanden.

Der Direktor drehte sich um, sah Kurr einen kurzen Moment an und lachte dann breit und lief mit ausgestreckten Armen auf ihn zu. Pünktlich, mein Lieber! Ganz pünktlich. Da sieht man mal wieder! Der Direktor sagte zwar nicht, was man mal wieder sieht, aber während er Kurr die Hand schüttelte, wie ein Freund nach langer

Trennung, haute er ihm mit der Linken auf die Schulter. Pünktlich! Das ist aber schön. Kommen Sie doch herein, ich bin jetzt frei.

Kurr trat hinter dem Direktor in dessen Zimmer. Was er sah, waren ein riesiger Schreibtisch und einige moderne Bilder an den Wänden.

Kommen Sie, nehmen Sie Platz, Zigaretten? Cognac? Einen guten Schluck? Echt französischer...

Danke, keinen Cognac bitte, ich muß noch fahren, bin mit dem Wagen hier, Sie ver...

Vom Honorar Ihres ersten Buches gekauft? polterte der Direktor laut und ließ sich Kurr gegenüber nieder.

So ungefähr, sagte Kurr zurückhaltend. Ihm war es peinlich, alles war ihm peinlich, die polternde Freundlichkeit des Direktors, daß er auf die Schulter geschlagen wurde, daß er auf sein erstes Buch hin angesprochen wurde, von dem er zwar nicht leben konnte, das ihm aber Achtung eingebracht hatte, und es war ihm peinlich, daß er auf seinen Wagen angesprochen wurde. Ein bißchen mehr Takt könnte der Herr Direktor schon haben, dachte er.

Bringt wohl was ein, das Bücherschreiben, sagte der Direktor wieder mit einer Lautstärke, die an Kasernenhof erinnerte.

Es kommt mit der Zeit etwas zusammen, sagte Kurr zurückhaltend und leise.

So, Sie sind also...

Kurr unterbrach ihn: Ja, ich bin der.

Ich wollte Sie schon immer mal kennenlernen, der Direktor rieb sich die Hände, anscheinend Ausdruck wirklicher Freude. Aber Sie wissen ja, wie das ist. Immer Termine, unsereiner ist ein geplagter Mensch. Aber heute hab ich mir freigenommen, keine Verpflichtung. Muß einfach mal sein, ich will mich doch mal mit unserem berühmten Belegschaftsmitglied unterhalten, werde oft auf Sie angesprochen. Habe Ihren ersten Roman gelesen... gut... gut... ein paar Dinge da... gefallen mir nicht... wie gesagt... sonst gut. War doch ein großer Erfolg? Oder? Na also. Und jetzt kommt schon Ihr zweiter Roman, soll im Herbst erscheinen... wie Sie das so machen... ist er schon im Druck?

Nein, so schnell geht das nicht, sagte Kurr und er rutschte in seinem Sessel unruhig hin und her, es war ihm peinlich, die polternde Freundlichkeit des Direktors und daß er auf seinen neuen Roman angesprochen wurde. Wenn er doch nun sagen wollte, warum er mich zu sich gebeten hat.

Nein? Noch nicht in Druck? Also dann bald... will doch einmal in Ruhe sprechen. Sie haben sich ja mittlerweile einen Namen gemacht...

So schlimm ist es nun wieder nicht, wehrte Kurr ab.

Nur nicht so bescheiden, junger Mann. Doch doch. Vor einigen Tagen erst war ich in Saarbrücken, da sprachen einige Herren über Ihren Roman, wenn auch nicht in Lobeshymnen, aber doch... na ja... finanziell auch zufrieden?

Es geht so, sagte Kurr. Man muß zufrieden sein.

Verstehe, verstehe. Na, Schwamm drüber, wollen nicht mehr davon sprechen.

Da gibt es auch nicht viel zu sprechen, sagte Kurr, zum ersten Male ungehalten, und er nahm sich vor, nun geradeheraus zu fragen, warum er hierherzitiert worden war.

Von den Honoraren könnte ich nicht leben, sagte Kurr laut und etwas scharf, geschweige eine Familie ernähren.

Verstehe, verstehe, nur nicht aufregen, wird schon noch, wird schon noch... ja... worüber ich mit Ihnen sprechen wollte... ja... Der Direktor stand auf und durchstöberte Papiere auf seinem Schreibtisch. Ach ja, hier, eine Fotokopie aus unserer Presseabteilung in Köln.

Ja, ich sehe, sagte Kurr und ahnte nun, warum man ihn hierhergebeten hatte.

Natürlich, natürlich, sagte der Direktor und er setzte sich wieder Kurr gegenüber in den Sessel und legte die Fotokopie auf den Tisch. Sie kennen ja die Geschichte. Das ist ein ganzseitiger Abdruck aus Ihrem neuen Manuskript, ja, aus Ihrem neuen Roman. Ihr Bild ist auch dabei, muß schon sagen, eine schlechte Aufnahme..., ja... und da steht, Ihr neuer Roman erscheint im Herbst zur Buchmesse.

So ist es geplant, sagte Kurr und rauchte nervös.

Entschuldigen Sie, Herr Kurr, es ist nicht so, daß ich Ihnen Vorschriften machen will, wie und was Sie zu schreiben haben oder dürfen oder nicht dürfen. Schreiben ist natürlich Ihr Hobby, also Ihre Privatsache...

Hier scheinen Mißverständnisse vorzuliegen, sagte Kurr und er setzte sich aufrecht, denn er hatte nun voll begriffen, worauf das Gespräch hinaus sollte und was man von ihm wollte. Ich sammle schließlich keine Briefmarken, ich schreibe Romane, über Menschen im Betrieb. Und ich schreibe auch nicht aus Zeitvertreib und zu meiner eigenen Erbauung – wenn Sie es genau wissen wollen, Schreiben macht mir nicht den geringsten Spaß. Ein Briefmarkensammler hat wahrscheinlich Spaß daran. Ich schreibe für die Öffentlichkeit und weil ich glaube, daß ich etwas zu sagen habe. Und weil ich für die Öffentlichkeit schreibe, hat die Öffentlichkeit auch ein Recht, sich damit auseinanderzusetzen. Auch Sie, Herr Direktor, sind Öffentlichkeit...

Das haben Sie gut gesagt... auch ich bin Öffentlichkeit... ach so, ja, ich will mich mit Ihnen von Mensch zu Mensch unterhalten.

Das ist schön, sagte Kurr und er lächelte. Sie wollen sich also mit mir über Literatur unterhalten. Aber Herr Direktor, warum dann dieser Aufwand.

Wie bitte? Literatur? Ja, das auch, schon schon, aber ich wollte mich mit Ihnen über Ihr neues Buch unterhalten... ich meine aus der Sicht des Direktors, ich weiß nicht, ob Sie mir folgen können, ich meine...

Ich kann Ihnen zwar nicht folgen, ich verstehe nicht ganz. Ein bereits erschienenes Buch und eins, das bald erscheinen wird, kann man doch nicht beurteilen aus der Sicht des Direktors, des Prokuristen, des Straßenkehrers oder Schusters. Ich wollte damit sagen, wir können ein allgemeines Gespräch über Literatur führen, oder aber Sie wollen sich mit mir über Sachfragen unterhalten...

Sachfragen? Der Direktor war aufgesprungen. Sachfragen! Das ist das richtige Wort. Sehen Sie, unsereiner sucht manchmal nach einem Ausdruck. Jaja, Schriftsteller finden solche Ausdrücke leichter. Aber apropos Sachfragen... das scheint mir doch, was ich aus dem kurzen Vorabdruck in der Zeitung las... in welcher war es doch genau... ist ja auch egal... also las, kann es doch nicht so sein, wie Sie es geschrieben haben und wie wir es uns vorstellen.

Wie bitte, fragte Kurr. Wer ist wir?

Wir? Na hören Sie... das Unternehmen meine ich, oder die gesamte Eisenindustrie, wenn Sie so wollen. Wir haben nämlich aus diesem Vorabdruck den Eindruck, daß Sie übertreiben und die Wirklichkeit verzerren.

So? Wirklich? Mag sein, daß Sie es so sehen. Andere haben den Eindruck und sind der Meinung, daß ich die Wirklichkeit treffe.

So? Das kann möglich sein. Dann aber doch nicht in dieser robusten, ich möchte fast sagen, brutalen Form... Erstmals schwand das Lächeln aus dem Gesicht des Direktors, er fingerte sich aufgeregt eine Zigarette aus der repräsentativen Dose, hielt sie dann Edwin Kurr stumm hin, der schüttelte den Kopf und bediente sich aus seiner zerknitterten Packung.

Entschuldigen Sie, Herr Direktor, aber ist das nicht meine Sache, welche Form und welche Sprache ich für meine Romane wähle? Ich wähle die Form und die Sprache, die mir angemessen und notwendig scheint. Ich verzerre nicht, ich übertreibe nicht, ich überspitze oft nur des dramatischen Effektes wegen...

Das ist es ja, das ist es ja, rief Direktor Gabler aufgeregt, er fuchtelte durch die Luft und ruderte mit seinen kurzen Armen die Rauchschwaden über ihren Köpfen auseinander. Sie sind zu direkt, rief er, Sie laufen zu gerade auf die Dinge zu, Sie dramatisieren Dinge, die in Wirklichkeit im Alltag so daherlaufen. Sie wollen, entschuldigen Sie meine

Offenheit, mit aller Gewalt Ihren Kopf an Mauern einrennen. Mein Gott, warum müssen Sie immer schwarz in grau malen, die Arbeitswelt ist doch nicht so, wie Sie sie darstellen, sie hat doch auch Sonnenseiten...

Aber natürlich, an Lohntagen und am Feierabend und im Urlaub.

Gabler sprang auf und er stützte seine Arme auf die Sessellehne: Aber bitte, doch nicht so banal. Warum zum Beispiel stehen Sie vor dem Hochofen, wenn diese Arbeit so schwer ist und gesundheitsschädlich...

Warum? Ich bitte Sie, jetzt werden Sie banal. Weil ich Geld verdienen muß, eine Familie ernähren muß. Ich habe nichts Besseres gefunden. Das ändert doch nichts an der Tatsache, daß diese Arbeit nun einmal schwer ist.

Gabler lief im Zimmer auf und ab, er deklamierte fast, als er sagte: Warum beschmutzen Sie Ihr eigenes Nest, warum beschreiben Sie diese Arbeit – unter anderem –, als sei sie die Hölle, warum verdammen Sie diese Arbeit.

Auch Kurr war aufgestanden, die Hände in den Hosentaschen ging er langsam auf den Direktor zu.

Es steht mir nicht an, Ihnen das Lesen beizubringen, aber ich stelle fest, daß Sie nicht lesen können. Ich verdamme nicht, ich sage lediglich die Wahrheit, wohlgemerkt, meine Wahrheit, ich zeige auf, ich stelle dar, ja, ich klage nicht einmal an. Ich versuche in meiner Sprache mich anderen verständlich zu machen, ihnen eine Wirklichkeit nahezubringen, die ihnen unbekannt sein muß – und das in meiner Sprache.

Das ist es ja, was uns mißfällt: Ihre Sprache! Warum müssen Sie so direkt sein...

Ich verstehe zwar nicht, für wen Sie sprechen, weil Sie immer uns sagen, da ergeben sich schon Sprachschwierigkeiten. Ich spreche immer für mich und sage Ich – warum Sie Wir sagen, ist mir schleierhaft. Aber wenn Ihnen meine Sprache nicht paßt, mein Gott, wieviel Nasen anderer Leute passen mir nicht, und ich muß sie akzeptieren, die Nasen sind eine Realität, und ich kann von den Leuten nicht verlangen, daß sie sich meinetwegen ihre Nasen operieren lassen.

Der Vergleich hinkt doch sehr stark, Herr Kurr. Und dann: Die Nasen richten bestimmt kein Unheil an...

Ach, da wollen Sie hinaus? Sie befürchten, daß mein neuer Roman Unheil anrichtet? Das ist ja interessant. Bei wem, wenn ich fragen darf. Bei Ihnen, oder bei denen, für die Sie immer Wir sagen? Und wo soll er Unheil anrichten? Ich soll und darf also weiterhin Romane schreiben...

Kein Mensch kann Ihnen das verbieten!

Nein, Herr Direktor Gabler, kein Mensch kann mir das verbieten. Aber ich soll Romane schreiben, die nichts mit der Arbeitswelt zu tun haben, oder aber, wenn ich nicht davon ablasse, soll ich diese Welt romantisieren, heroisieren, ich soll nicht zeigen und aussprechen, daß heute die Produktion mehr gilt als die Gesundheit der Menschen und auch das Leben des Arbeiters, ich soll nicht zeigen, in welch ein unmenschliches System der Arbeiter eingepfercht ist, ein System, in dem er hilflos steht, ich soll schreiben aus der Sicht des Unternehmers – alles ist schön, alles ist gelöst, dem Arbeiter ging es noch nie so gut wie heute, warum sozialkritische Romane, wo doch die sozialen Fragen gelöst wurden. Ich soll nicht sagen, daß Dreck Dreck ist, Scheiße Scheiße, Ausbeutung Ausbeutung, ich soll sagen, daß Dreck und Schweiß Gold sind.

Ich bitte Sie, Herr Kurr, Gablers Gesicht hatte sich gerötet, es streitet doch niemand ab, daß es auch heute noch Arbeiten gibt, die schwer sind und gefährlich, wir – ich meine, ich leugne das nicht. Aber ein Großbetrieb ist nun mal keine Kinderverwahranstalt. Ich bitte Sie, Sie sind doch ein intelligenter Mensch...

Besten Dank!

...und ich möchte Sie fragen: Muß eine so harte Welt so hart dargestellt werden, wie Sie es tun. Was glauben Sie, wie das Leben eines Direktors aussieht...

Ich kann mir vorstellen, daß Sie kein Honiglecken haben und daß auch Sie wahrscheinlich nicht an den Fleischtöpfen Babylons sitzen...

Das haben Sie aber schön gesagt, Herr Kurr, wirklich schön...

...aber der Unterschied ist nur der, daß ich als Arbeitnehmer nicht durch einen Chauffeur eine Nachricht schicke, Sie zu mir bestelle, wenn Sie einen Roman über einen Direktor schreiben und wenn Sie sich nicht so ausgedrückt haben, wie es mir paßt.

Sie setzten sich wieder, Kurr nahm nun doch eine Zigarette aus der Dose, die ihm Gabler hinhielt. Aber Cognac lehnte er ab.

Lassen wir das, so kommen wir nicht weiter, Herr Kurr. Sie sind sich doch hoffentlich darüber im klaren, daß Ihr zweiter Roman, wenn er erscheint, eine große Gefahr für unsere Wirtschaft sein wird – für die gesamte Wirtschaft, wenn ich das bemerken darf. Und auch politisch gesehen – ich weiß nicht recht, der Osten wird jubeln.

Was kümmert mich der Osten...

Der sollte Sie aber kümmern, Sie schreiben doch Romane.

Herr Direktor, Ihre Naivität – oder Raffinesse – übersteigt mein Vorstellungsvermögen. Realisiert nämlich hieße das, man muß nach dem Osten schielen, wenn man Romane schreibt. Aber darum geht es jetzt nicht, mich würde nur interessieren, wie Sie nach einer Seite Vorabdruck, im Buch sind das höchstens sechs bis sieben Seiten, ein ganzes Buch beurteilen können. Ich verstehe zwar etwas von Literatur, aber ich traue mir nicht zu, nach einer Probe von sechs Seiten eine Buchbesprechung zu schreiben. Warten Sie doch ab, bis das Buch fix und fertig auf dem Tisch liegt, dann können wir gerne wieder miteinander reden.

Direktor Gabler sah kurz auf und sagte hastig: Wir nehmen an, der Verlag hat nicht die härtesten Stellen zur Vorveröffentlichung freigegeben. Aber aus diesem kurzen Abdruck kann man schon den Tenor Ihres Buches herauslesen, ahnen also, wie das ganze Buch beschaffen sein wird. Wir nehmen an, es wird ein einziger Affront gegen unsere bestehende Gesellschaft sein.

Edwin Kurr lachte einmal kurz auf, haute plötzlich mit der Faust auf den Tisch und sagte lauter, als er wollte: Zum Teufel! Für wen sprechen Sie eigentlich, wer sind diese Wir. Wir! Wir! Wir! Zum Donnerwetter, sagen Sie endlich, in wessen Auftrag Sie sprechen, und wenn in niemandes Auftrag, dann sagen Sie bitte Ich. Ich. Ihr Wir stört mich. Und was Sie da dahergeschwafelt haben, von Affront und Gesellschaft, das ist Käse, ich bestreite Ihre Thesen.

Wir jedenfalls, ich meine ich, ich meine Direktion, Vorstand und einige Herren anderer Unternehmen stehen auf dem Standpunkt, daß schon einmal dieser hier vorliegende Teil Ihres Romans verschwinden muß...

Wie bitte? Also doch Wir! Warum sagen Sie dann Ich. Ich. So sagen Sie doch Wir. Und was muß verschwinden?

Beschwörend hob Gabler die Hände. Ich meinte, gemildert werden muß. Wir stehen auf dem Standpunkt, daß Sie mit Ihrem neuen Buch der deutschen Literatur keinen Dienst erweisen und sie nicht bereichern werden, der deutschen Wirtschaft aber werden Sie einen heute kaum auszudenkenden Schaden zufügen. So, nun wissen Sie, was wir befürchten.

Na also, sagte Kurr und lächelte. Also doch Wir. Und ich sage Ihnen jetzt, ganz langsam, Herr Direktor Gabler, daß ich an meinem Manuskript, das schon seit einem Vierteljahr im Lektorat liegt und in einem Vierteljahr als Buch erscheinen wird, nichts, aber auch gar nichts ändere, es sei denn aus stilistischen...

Direktor Gabler schreit: Das werden wir Ihnen schon beibringen! Das werden wir, jawohl, das werden wir!

...Gründen natürlich. Und das kann ja vorkommen. Und dann möchte ich Sie doch in aller Bescheidenheit fragen: Wer will mir etwas beibringen? Wer? Sind das Ihre Wir?

Gabler rennt im Büro einige Sekunden auf und ab, bleibt dann vor Kurr stehen und sagt langsam und kaum hörbar: Sie sollten sich das genau überlegen. Sehr genau. Sture und Feuerköpfe haben es noch nie zu etwas gebracht. Sie kennen sich doch aus, haben Sie mir gesagt.

Natürlich, mir dämmert allmählich auch etwas. Aber ich weiß nicht, Herr Direktor Gabler, was es da zu überlegen gibt. Darf man denn als Arbeiter nicht mehr die Wahrheit sagen? Sagen wohl, zu seiner Frau, zu seinen Arbeitskollegen, aber man darf diese Wahrheit nicht publizieren. Ebenso könnte jetzt ein Mann von der Straße zu mir in die Wohnung kommen und mir Vorschriften machen, was ich zu schreiben habe und was nicht. Sie, Herr Gabler, sind weder mein Verleger noch mein Lektor. Also, was soll der Quatsch.

Ich bin Ihr Vorgesetzter, schreit Gabler.

Ach, sagt Kurr. Das ist ja interessant. Aber doch wohl nur hier im Betrieb. Wir unterhalten uns aber nicht über Mißstände in Ihrem Betrieb, wir unterhalten uns über meinen Roman, von dem Sie nur eine Zeitungsseite gelesen haben. Sind das nicht zwei verschiedene Welten?

In Ihrer Einfalt vielleicht. Das sind eben keine zwei verschiedenen Welten, und es wird allmählich Zeit, daß in Deutschland begriffen wird, daß man nicht einfach schreiben kann, was man will, es wird zuviel geschmiert. Wo kommen wir denn hin, wenn jeder schreiben darf, was er will, wir sind doch nicht in Texas…

Finden Sie das besonders taktvoll, acht Tage nach Kennedys Ermordung? warf Kurr dazwischen.

Hören Sie doch mit diesen Mätzchen auf, rief Gabler aufgebracht. Es geht hier darum, daß jeder Leser Ihren Roman mit unserem Betrieb identifizieren wird, anderswo können Sie doch Ihre Erfahrungen nicht gemacht haben.

Kurr lachte kurz auf, hob wie abwehrend die Hände und sagte: Aber ich bitte Sie, Ihre Ansicht ist doch primitiv. Meine Erlebniswelt ist nun mal eine andere als Ihre oder die der deutschen Industrie. Vielleicht hängt das etwas mit dem Grunderlebnis zusammen, wenn Sie verstehen, was ich meine.

Danke gütigst für Ihre Belehrung. Das alles ändert nichts an der Tatsache, daß jeder sagen wird, Sie haben Ihre Erfahrungen nur in unserem Betrieb sammeln können, weil Sie da fünfzehn Jahre beschäftigt sind. Ihr Grunderlebnis – so ein verschwommener Begriff – interessiert keinen Menschen. Sie hetzen uns nicht nur die Sicherheitsbehörden auf den Hals, wie bei Ihrem ersten Buch, diesmal auch die Presse und die Öffentlichkeit.

Kurr trat ans Fenster und sah auf die Straße, auf der der Feierabendverkehr zähflüssig stadtauswärts puffte. Er drehte sich um und sagte: Haben Sie etwas zu fürchten? Liegt es an meinem Roman? Soll mein Roman für etwas verantwortlich gemacht werden? Liegt es nicht doch am System? Sehen Sie, ich habe Sie durchschaut, und ich habe Ihre Auftraggeber durchschaut. Hätte ich am System der Gewerkschaften Kritik geübt, das faule Ei gefunden und zerschlagen, auf daß die ganze Umgebung stinkt, dann hätten Sie in Ihrem Sessel gesessen, sich die Hände gerieben und mich heimlich und laut gelobt – und mich wahrscheinlich nicht kommen lassen, höchstens um mir eine Belobigung auszusprechen...

Das ist Quatsch, rief Gabler.

Meinen Sie wirklich? fragte Kurr und setzte sich wieder und entzündete nervös seine letzte Zigarette. Sehen Sie, aber wenn es so wäre, dann hätte mich ein Boß der Gewerkschaft kommen lassen, mir gesagt, daß es so und so nicht gehe, und wenn ich auf meinem Standpunkt beharrt hätte, dann wäre ich wahrscheinlich wegen gewerkschaftsschädigenden Verhaltens ausgeschlossen worden. Ich frage mich nur, was das alles für einen Sinn haben soll. Wo fängt eigentlich die durch das Grundgesetz verbürgte Freiheit an und wo hört sie auf?

Nun kommen Sie bloß nicht mit Ihrer albernen Grundgesetzfreiheit, daran glauben doch nur Phantasten...

Und Schriftsteller! warf Kurr dazwischen.

Das ist dasselbe, sagte Gabler und nickte mehrmals.

Dann sagen wir eben Wahrheit, warf Kurr dazwischen. Wenn Ihnen das lieber ist. Wahrheit wird ja nicht im Grundgesetz garantiert, weil sie keiner kennt. Ich kenne sie auch nicht, ich hebe manchmal nur etwas auf, damit ich mir nicht das Genick breche, und oft stellt sich heraus, daß das Aufgehobene ein Teil einer Wahrheit war. Wäre es nicht schade, wenn ich mir das Genick bräche?

Was? fragte Gabler.

Ich sprach von der Wahrheit, sagte Kurr.

Sie tun mir leid, sagte Gabler abwesend.

Meinen Sie mich oder die Wahrheit?

Um alles in der Welt, hören Sie doch bitte mit dem dämlichen Geklingel auf! schrie Gabler über den Tisch und er drückte mit wütenden Bewegungen seine Zigarette aus, der große und flache Kristallaschenbecher kippte um, und Asche und Kippen streuten weit über den polierten Tisch.

Verflucht, zischte Gabler, auch das noch. Wenn wir schon mal frei und offen reden, dann kann ich Ihnen sagen, daß wir Ihnen zwar das Schreiben nicht verbieten, wohl aber unmöglich machen können.

Ach! Und wie? Kurr karrte mit der Hand Asche und Kippen wieder in den Aschenbecher.

Wie? Wie? Wir weisen Ihnen im Betrieb eine Arbeit zu, wo Sie nach der Schicht die Lust verlieren, auch nur einen Federstrich zu machen, weil Sie dann so müde sein werden, daß Ihnen beim Essen der Löffel aus der Hand fällt.

Kurr sah den Direktor erstaunt an. Er sah ihn lange an, dann sagte er: Ja, allerdings, das könnten Sie – ich sagte, das könnten Sie. Aber Sie sind sich wohl darüber klar, daß Ihr Betrieb nicht der einzige in Deutschland ist.

Sie schreiben Romane und sind weltfremd. Erstens können Sie gar nicht kündigen, Sie wissen genau, daß Ihr Eigenheim noch fünfzehn Jahre an den Arbeitgeber gebunden ist – und dann, sollten Sie wirklich gehen, kein Betrieb wird Sie mehr aufnehmen, wir sorgen schon dafür.

Und ich hoffe, sagte Kurr laut und wütend, daß Sie wissen, was Sie sagen. Sie wollen mich durch wirtschaftliche Repressalien gefügig machen. Gut, ich bin der wirtschaftlich schwächere Teil, ich stehe bei Ihnen in einem Abhängigkeitsverhältnis – Sie sind so unverschämt, mir dergleichen ins Gesicht zu sagen. Sind das Methoden des zwanzigsten Jahrhunderts? Ich kann nur staunen.

Warum unverschämt? erwiderte Gabler nicht ohne Heiterkeit. Sehen Sie, das ist unsere Wahrheit. Ist das unfair? Jeder Angegriffene wehrt sich, und nicht jeder sucht sich zarte Mittel dazu aus.

Ach was, sagte Kurr. Sie können mich wirtschaftlich nicht ruinieren. Ich hoffe, mein zweiter Roman wird so einschlagen, daß ich finanziell von Ihnen und Ihresgleichen unabhängig werde.

So sicher ist das nun auch wieder nicht. Wir können immerhin, aus ohne weiteres belegbaren Gründen, eine einstweilige Verfügung erwirken. Bitte, ein Prozeß folgt, wie er ausgeht, weiß man nicht, aber immerhin können Sie Ihre Honorare erst mal mit der Taschenlampe suchen.

Herr Direktor Gabler, ich hoffe, daß Sie wissen, was Sie reden.

Sicher, Herr Kurr, wir wissen auch, was wir tun!

Ich möchte brennend gern wissen, wer diese Wir im einzelnen sind. Das wäre auch für die Öffentlichkeit interessant. Ich dachte gar nicht, daß es in der deutschen Industrie so viel Solidarität gibt. Jeder aus diesen Kreisen ist also berechtigt, mit Wir zu sprechen. Interessant. Wer sind nun diese Leute?

Gabler stand breitbeinig vor seinem Schreibtisch, eine Zeitung in der Hand. Das wird Ihnen zu gegebener Zeit, wenn es nötig sein sollte, deutlich werden. Ich hoffe allerdings noch auf Ihre Vernunft. Haben Sie, Herr Kurr, sich noch nicht überlegt, daß, wenn Ihr Buch übersetzt werden sollte, sagen wir ins Italienische, Griechische oder Spanische, wir von dort keine Arbeitskräfte mehr bekommen, weil die Leute aufgescheucht oder erschreckt werden? Und warum? Nur weil Sie die Wirklichkeit verzerren, schwarz in schwarz malen – und das mit zerstörerischer Lust.

Aber Herr Direktor Gabler, rief Kurr und ging auf den Direktor zu, der noch immer vor seinem Schreibtisch breitbeinig stand. Ihre Folgerungen sind doch absurd. Es käme in einem solchen Falle immer noch darauf an, wer das Buch liest. Und dann: Verzerre ich wirklich die Wirklichkeit? Aber bleiben wir doch einmal bei einem realen Beispiel: Zweihundert Italiener arbeiten seit einem halben Jahr in unserem Betrieb. Sie waren nach vier Wochen erschrocken, einfach, weil hier gearbeitet wird, sie hörten nämlich immer nur vom deutschen Wunder, vom deutschen Wohlstand. Daß dieser Wohlstand mit schwerer Arbeit erkauft wird, das hatte ihnen niemand gesagt, das lasen sie weder in ihren Zeitungen noch in unseren Werkszeitungen, die sowieso in Schönheit der Arbeit sterben. Das lasen sie weder aus ihrer noch aus unserer Literatur. Und jetzt frage ich: Wer verzerrt? Ich habe nie die Absicht gehabt, Fremdarbeiterwerbung zu betreiben, dafür geben Sie Ihr Geld aus...

So hören Sie doch mit diesen überheblichen Mätzchen auf...

Aber Herr Direktor, ich stelle nur ein System dar. Und das ist anscheinend in Deutschland verboten. Oder ist es von der deutschen Industrie verboten? Sind Sie nicht die eigentlichen Herren in Deutschland?

Welches System? fragte Gabler. Sie standen sich dicht gegenüber.

Welches? Ach nur, daß die Produktion mehr gilt als der Mensch.

Hören Sie auf! schrie Gabler.

Daß die Erfolgsziffer mehr Beachtung findet als Leben und Gesundheit des Arbeiters, die Dividende mehr gilt als das Wohlbefinden des Menschen im Betrieb.

Gabler lachte schallend und schlug mit der Zeitung mehrmals auf seine Schenkel. Das ist doch stinkiger Käse, was Sie daherreden. Sie leben, das habe ich jetzt gemerkt, in idealistischen Vorstellungen. Wir leben im 20. Jahrhundert, wir können uns Humanitätsduseleien nicht leisten.

Da mögen Sie sogar recht haben, sagte Kurr. Ich nehme nur nichts als gegeben hin, nichts als endgültig. Vielleicht ist es Käse, die Wahrheit stinkt nämlich schon lange, Ihre Wahrheit meine ich, weil sie zu lange in den Werkshallen lag und nicht an die frische Luft gelassen wurde. Euer System ist angefault.

Und Sie? Gabler lacht laut. Ausgerechnet Sie wollen diese Wahrheit entmotten?

Ich sagte schon, Herr Direktor, ich nehme nur nichts als gegeben hin. Das ist alles.

Da wirft Gabler die Zeitung über die Schulter Kurrs, läuft hinter den Schreibtisch und schlägt mit der Faust auf den Tisch und schreit: Ja verdammt! Für wen halten Sie sich eigentlich? Sie, ein kleiner Arbeiter am Hochofen, der zufällig ein bißchen schreiben kann und mit einem Roman Erfolg gehabt hat, Sie wollen rebellieren gegen tadellos funktionierende Methoden, gegen Methoden, die in der ganzen Welt Beachtung finden und Achtung genießen. Sie, ein kleiner Arbeiter...

Herr Direktor, Sie fordern mich dazu heraus: Es haben schon Arbeiter Weltliteratur geschrieben...

Gabler lacht schallend und fragt: Ach! Und wer, wenn ich bitten darf?

Viele, Herr Direktor, sehr viele. Zum Beispiel Knut Hamsun oder Maxim Gorki oder...

Nun hören Sie bloß auf, das waren doch Genies!

Ach! sagte Kurr mit gespieltem Erstaunen. Genies? Weil sie tot sind? Und wer hat Ihnen schriftlich gegeben, Herr Gabler, daß ich ein Nichtskönner bin? Etwa ein Schnellbrief vom Bundesverband der Deutschen Industrie?

Gabler springt hoch und schreit: Sie sind einfältig!

In diesem Moment läutete das Telefon. Gabler zögerte einen Moment, sah auf Kurr, als ob er sich überlege, ob er ihn im Zimmer lassen dürfe oder hinausschicken müsse.

Schließlich nahm er doch ab. Ja? Guten Abend. Ja... ist hier... wie? Nein... negativ... wie? So schnell? Wenn Sie meinen, ich halte das für verfrüht... selbstverständlich... ach nein, ausgesprochen stur... natürlich... wäre ja gelacht... selbstverständlich... wie Sie meinen... werde das schon schaukeln... wieviel? fünfzehn Mille? Ja... annehmbar. Rufen Sie morgen wieder an... heute nacht noch? Ist gut... so gegen elf? Ja? Wiederhören.

Kurr war während des Telefongespräches in der hintersten Ecke des Büros auf und ab gegangen, er hatte interessiert Werkslagepläne an den Wänden studiert und so getan, als höre er kein Wort. Gabler kam mit einer aufgeklappten Zigarettendose auf ihn zu, lachte strahlend und bot an.

Danke, sagte Kurr.

Aber bitte, bedienen Sie sich doch, dazu sind die Zigaretten ja hier. Ja, was ich sagen wollte: Wir sind natürlich nicht so dumm, wie Sie vielleicht glauben...

Moment! Ist es nicht umgekehrt?

Neinneinneinnein... Sie fühlen sich natürlich uns geistig überlegen...

Überlegen? Wieso?

Gabler lachte breit. Wir sind natürlich nicht so dumm oder einfältig, wie Sie uns womöglich einschätzen. Natürlich haben Sie das Recht, sich überlegen zu fühlen. Trotzdem wissen wir natürlich, daß der Schuß nach hinten losgehen kann oder könnte.

Von welchem Schuß sprechen Sie?

Ich meine, wenn wir gegen Sie Repressalien... Sie verstehen doch. Es ist aber tatsächlich so, daß unsere Zentrale in Köln Ihre Fähigkeiten erkannt hat und sogar stolz auf so ein Belegschaftsmitglied ist. Sie sind tatsächlich am falschen Platz. Wir sind bereit, Ihnen eine Ihren Fähigkeiten entsprechende Beschäftigung anzubieten, vielleicht in der Redaktion unserer Werkszeitschriften. Sie würden dann Redakteur, natürlich mit dem entsprechenden Gehalt... sagen wir fünfzehn Mille? Die Wohnungsfrage kann auch gelöst werden.

Edwin Kurr stand offenen Mundes vor Direktor Gabler, seine Augen waren starr auf das Telefon gerichtet, aber plötzlich lachte er, lachte, lief im Büro auf und ab und lachte, und sagte unter Lachen: Wenn ich jetzt das Telefongespräch nicht mit angehört hätte, ich wäre der Meinung, Sie hätten sich zu einem selbstlosen Menschenfreund entwickelt, in einer halben Stunde... aber so? Ich bin erstaunt! Ihr Wir funktioniert tadellos. Aber, und Kurr wurde ernst, er trat an das Fenster und sah auf den nun leeren Parkplatz: Ich lasse mich weder kaufen noch bestechen. Das können Sie den Herren, die doch Ihre Auftraggeber sind, gleich telefonisch durchgeben, Sie brauchen nicht bis heute nacht elf Uhr zu warten!

Aber Herr Kurr, sagte Gabler, immer noch strahlend lächelnd. Warum denn gleich so heftig und warum so häßliche Worte. Sie sind ein Heißsporn, Sie sollten sich, bevor Sie Entscheidungen treffen, alles in Ruhe durch den Kopf gehen lassen. Von Ihren Prinzipien können Sie nicht leben, die sind lächerlich und überholt...

Für mich gibt es nichts zu überlegen, schrie Kurr außer sich.

Ich an Ihrer Stelle würde erst einmal mit einem älteren Kollegen sprechen, Schriftstellerkollegen meine ich. Sie können da eine Menge lernen.

Nein danke. Ich will ehrlich leben.

Ist der Beruf eines Redakteurs unehrlich?

Redakteur Ihrer Gesellschaft?

Na und? sagte Gabler. Redakteur unserer Gesellschaft!

Und mein Roman?

Wir haben natürlich nichts gegen Ihre schriftstellerischen Arbeiten, im Gegenteil, wir sind sogar stolz darauf. Aber vielleicht könnten wir einmal Einblick in das Manuskript nehmen...

Ach so! rief Kurr.

Nicht wie Sie denken... nur so... wir wollen Ihnen doch nur helfen, damit Sie keine fachlichen Fehler machen, die Fachwelt würde Sie doch aufspießen. Wir meinen auch, Sie könnten mit ein paar wenigen Strichen Ihrem neuen Roman ein anderes Aussehen geben, ohne daß Ihre Wahrheit dabei verlorengeht, ich meine, in allgemeineren Worten. Wir meinen nämlich, Sie gefallen sich im Destruktiven.

Wissen Sie eigentlich, Herr Direktor Gabler, sagte Kurr langsam, und er wandte sich vom Fenster ab, daß Ihre Methode nicht weit von Erpressung liegt? Es sind die gleichen Methoden wie früher. Peitsche, Zuckerbrot, Peitsche. Ich bin, ehrlich gesagt, jetzt wirklich erschrokken. Ich dachte immer, wir leben in einer freiheitlichen Demokratie, aber anscheinend endet die bei uns vor den Fabriktoren und vor den gepolsterten Türen der Großkonzerne...

Gabler schreit ihn an: Was wollen Sie eigentlich? Die Wurst an zwei Zipfeln halten?

Ja. Aber nicht, um sie zu essen, sondern um sie gerecht aufzuteilen.

Sie sind ein einfältiger Phantast. Aber lassen wir das, meine Zeit ist begrenzt. Sie haben zwei Möglichkeiten: Entweder...

Ich beuge mich keiner, Herr Gabler, keiner. Ich bin nicht der Direktion eines Betriebes verantwortlich, nicht einem Wirtschaftszweig unseres Staates. Würde ich Ihr Angebot annehmen, dann könnte ich ebensogut nach Ost-Berlin gehen und zum Wohle des Sozialismus schreiben.

Sie würden die östliche Verlogenheit nicht aushalten, sagte Gabler.

Da haben Sie recht, Herr Direktor Gabler, ebensowenig wie ich Ihre westliche Heuchelei aushalte...

Kurr stürmte aus dem Zimmer, er schlug die Tür heftig hinter sich zu und rannte die Treppen hinunter und murmelte fortwährend vor sich hin: O diese Schweine! Diese Schweine...

Edwin Kurr saß mit seiner Frau beim Abendessen. Er aß geistesabwesend und bemerkte die Blicke seiner Frau nicht, er wußte nicht einmal, was er aß, er sah auf den eingeschalteten Fernsehapparat.

Aber Mann, polterte die Frau, was ist denn nur los? Sag was! Sitz nicht so herum.

Was? Ist was? Ach so. Laß mir Zeit. Ich brauche Zeit.

Warum ist plötzlich dein Manuskript nichts wert, zeterte seine Frau und räumte geräuschvoll den Tisch ab, sie sah böse auf ihren Mann, der den Kopf in beide Hände gestützt hatte und vor sich hin brütete. Warum ist plötzlich dein Manuskript den literarischen Ansprüchen nicht gewachsen? Du hast doch Briefe des Verlegers und des Lektors und auch mündliche Äußerungen von Fachleuten, die sagen klipp und klar, daß dein Roman nicht nur eine Sensation wird, sondern auch dichterische Höhepunkte aufweist wie selten zuvor. Warum um Gottes willen taugt plötzlich das Manuskript nichts, warum?

Kurr sagte leise: Die Anzeigen.

Aber Mann! Was für Anzeigen? fragte sie verständnislos.

Was für Anzeigen! Er sprang auf und trommelte nervös auf den Tisch! Was für Anzeigen! Bist du schwer von Begriff? Du weißt doch, daß mein Verleger einen großen Zeitungsverlag hat, von dem er genaugenommen lebt. Die Industrie hat ihm gedroht, wenn er meinen Roman bringt, sperren sie ihm die Anzeigen.

Und wegen der blöden Anzeigen will er plötzlich deinen Roman sausen lassen? fragte die Frau ungläubig. Aber das ist doch Unfug.

Die blöden Anzeigen sagst du? Ich danke! Die blöden Anzeigen bringen ihm jährlich Hunderttausende. Verstehst du jetzt?

Was? Hunderttausende? Oh, dieses Schwein. Ich hätte nicht gedacht, daß er so ein Schwein ist.

Sie spülte geräuschlos das Geschirr und schimpfte

halblaut vor sich hin, nahm dann einen Teller und warf ihn wütend auf den Boden, daß er zersprang.

Kurr folgte seiner Frau in die Küche, er sah ihr ein paar Minuten schweigend und abwesend zu, schließlich sagte er: Sie haben mir vierzigtausend Mark geboten.

Was? Was geboten? Wofür? fragte sie dumm und trocknete sich die Hände ab.

Wenn ich mein Manuskript an den Konzern verkaufe, sagte Kurr tonlos.

Sie sah ihn erst an, als sei er ein leibgewordenes Wunder, dann fragte sie: Sie haben dir vierzigtausend Mark für dein Manuskript geboten? Er nickte mehrmals, dann schrie sie: Du hast doch nicht etwa abgelehnt? Hast du etwa abgelehnt?

Aber Ilona. Mein Gott, sagte er hilflos.

Sie schlug beidfäustig auf ihre Stirn und sprach flüsternd-monoton vor sich hin: Sei still! Du Narr, du unverantwortlicher Narr. Was ist schon dran an dem neuen Manuskript, daß du es nicht für vierzigtausend Mark verkaufen willst. Was ist schon dran... was ist schon dran...

Ja, Ilona, was ist schon dran, sagte er, setzte sich in einen Sessel und sah auf den Fernsehschirm, ohne etwas wahrzunehmen. Was ist schon dran. Ich weiß es auch nicht, die andern aber sagen, es ist was dran. Guck mich nicht so an, ich weiß wirklich nicht, was dran ist. Ich habe nur einiges gesagt, was andere nicht gesagt haben. Vielleicht hätten andere, wenn sie es gesagt hätten, es besser gesagt, aber sie konnten es nicht sagen, weil sie das nicht wissen konnten. Diese Dinge wissen nicht einmal die, die das ganze Jahr neben mir arbeiten.

Was willst du jetzt tun? fragte sie und sie stand herausfordernd vor der angelehnten Tür.

Was? Mir einen neuen Verleger suchen.

Sie lief durch das Zimmer, schlug sich mehrmals mit der flachen Hand vor die Stirn und jammerte: Mein Gott, vierzigtausend Mark, mein Gott... wie hätten wir leben können... mein Gott... ohne Sorgen...

Ja, sagte er, wir hätten eine Zeitlang leben können.

Und du glaubst, daß du einen neuen Verleger finden wirst?

Jaja, das glaube ich.

Du bist einfältig! schrie sie ihn an.

Jaja, ich weiß, sagte er und lächelte. Aber ich kann nichts dafür.

Von dem Unglück wußten die Menschen in der Stadt bereits, noch ehe die ersten Kumpels der Nachtschicht gegen sieben Uhr morgens nach Hause gingen. Fast auf die Minute drei Uhr nachts war es, daß auf der fünften Sohle, in der fünften östlichen Abteilung in Flöz Sonnenschein das Hangende auf zwanzig Meter Streblänge niederbrach. Acht Männer hatte das Gebirge eingeschlossen, fünf konnten nach drei Stunden geborgen werden, verletzt, aber sonst wohlauf. Die Bergungsarbeit für die anderen drei Männer währte Stunden. Endlich, gegen elf Uhr mittags wurden auch sie gefunden – tot.

Es war weiter nicht viel passiert. Ein Unglück – fünf Überlebende, drei Tote; es war also noch einmal gutgegangen. In den Abendstunden sprachen in der Stadt nur noch diejenigen von dem Unglück, die unmittelbar berührt oder betroffen waren. Rundfunk und Fernsehen blendeten in ihren Regionalsendungen die Unglücksmeldungen ein. Warum sich groß erregen über drei Arbeiter, die der Berg erschlagen hat. In der Welt verändert sich täglich so viel, ganze Länder werden erschüttert, Städte zum Einsturz gebracht. Flüsse treten über ihre Ufer, Berge speien Feuer und Schwefel; warum sich dann erregen über drei Männer, die weiter nichts als das Opfer ihres Berufes wurden.

Im Ruhrgebiet gewöhnt man sich an solche Meldungen, sie gehören, wie der Staub, zum Alltag.

Zwölf Uhr.

Die Toten fuhren im Schacht tagan, im Büro waren Betriebsführung und Betriebsrat versammelt, um die reihum springende Frage zu erörtern, wer die Familien benachrichtigen solle. Immer ist das ein Weg, um den sich Vorgesetzte wie auch Freunde der Bemitleidenswerten zu drükken suchen, keiner will schließlich die ersten Ausbrüche des Schmerzes erleben und dann dastehen ohne Trost, wie ein Verbrecher, der in eine vorher fröhliche Wohnung das Entsetzen pflanzt.

Für zwei Besuche fanden sich schnell die Boten, für den dritten Weg meldete sich lange keiner, jeder der Anwesenden scheute vor diesem Besuch zurück, denn zwei Söhne jener Familie waren in drei Jahren in der Grube geblieben, und der letzte, ein Knappe von einundzwanzig Jahren, lag nun in der Leichenhalle hinter der Waschkaue.

In die lähmende Stille sagte unvermittelt der Betriebsrat Brinkhoff: Ich werde gehen!

Er sagte es fest, wenn auch mit belegter Stimme, und er sah aufmerksam in die Maskengesichter seiner Kollegen, ob nicht im letzten Augenblick vielleicht einer da war, ihm diesen Gang abzunehmen. Aber die sieben Gesichter verrieten nur Erleichterung, weil sich einer gefunden hatte und nicht, wie so oft in den vergangenen Jahren, durch Loswurf bestimmt werden mußte.

Feige Bande, dachte er, große Fresse, wenn es um nichts geht, aber Schwanz einkneifen, wenn sie Worte finden sollen. Egal, ich habe mich nun mal gemeldet, aber ich darf auf keinem Fall das Fußballspiel heute nachmittag am Fernsehschirm versäumen.

Die Familie Haugk, die Brinkhoff aufzusuchen hatte, wohnte am Stadtrand in einer der vielen Siedlungen. Vater Haugk, wegen Staublunge seit einem Jahrzehnt Invalide, arbeitete in seinem Vorgarten. Brinkhoff bemerkte, wie der alte Haugk ab und zu die Harke sinken ließ, sich aufrichtete, die Augen beschirmte und die Straße hinabsah; die Straße, auf der Brinkhoff gekommen war.

Der Betriebsrat blieb an der Gartenpforte stehen: Tag, Wilhelm! Schaff nicht so viel, laß für die anderen Tage auch noch was übrig.

Schönes Wetter heute. Wurde aber auch langsam Zeit.

Brinkhoff sagte es langsam und unbeteiligt.

Mein Gott, was hat es der Alte gut, dachte Brinkhoff, ist sein eigener Herr, kann tun und lassen, was er will. Auf keinen Fall darf ich das Fußballspiel versäumen.

Ach, sagte Haugk, Fritz, du bist es. Tag auch. Ja, das Unkraut wächst und wächst, da muß man schon jeden Tag ein wenig im Garten machen, wenn man Blumen von Unkraut unterscheiden will.

Ich darf auf keinen Fall das Fußballspiel versäumen, dachte Brinkhoff. Ob der Uwe mitspielt?

Wartest du auf jemand? fragte Brinkhoff.

Warten? Ja, mein Junge ist noch nicht da, hat Nachtschicht, und jetzt ist es gleich zwei Uhr. Macht wohl wieder eine Doppelschicht, der unvernünftige Kerl. Weißt du, der hat jetzt so ein lecker Mädchen, er will sich unbedingt ein Motorrad kaufen. Na, du weißt ja, wie das heute ist, die jungen Leute wollen raus, haben kein Interesse mehr für den Garten. Aber immer diese Überstunden, braucht er doch gar nicht, ich gebe ihm was von meiner Rente dazu.

Jaja, sagte Brinkhoff, und dachte an das in einer Stunde beginnende Fußballspiel am Fernsehschirm.

Aber die jungen Leute wollen natürlich mit dem Kopf durch die Wand, sagte der alte Haugk und war etwas ärgerlich dabei.

Welche Marke will er sich denn zulegen? fragte der Betriebsrat. Motorrad, dachte er, so ein Blödsinn. Wer kauft sich heutzutage noch ein Motorrad. Vier Räder sind vier Räder und ein Dach drüber ist ein Dach drüber. Ob der Uwe heute mitspielt?

Da darfst mich nicht fragen, Fritz, ich kenne mich da nicht aus. Eine italienische soll es sein. Ich sage dir, die letzten Abende saßen er und das Mädchen nur über Katalogen und Prospekten. Hinten, wo früher der Stall war, da hat er sich jetzt eine Garage ausgebaut, fein, sage ich dir. Sogar austapeziert hat er sie, mit Tapeten, die vom Tapezieren immer übrig bleiben. Ist ein bißchen scheckig geworden, die Garage, aber sonst ganz nett. Was die Jungen heute für Ideen haben. Haugk lächelte zufrieden.

Wenn wir so weiterquasseln, versäume ich noch das Länderspiel, dachte Brinkhoff, aber er sagte: Jaja. Wann will er sich die Knattermühle eigentlich holen? Ist sie teuer?

Nächste Woche hat er gesagt. Ich freue mich auch schon, er will mich dann immer zu Tauben- und Hühnerausstellungen fahren. Aber Knattermühle darfst du nicht sagen. Er sagt nämlich, seine Maschine sei die leiseste, die auf dem Markt ist. Das wird mit Phon gemessen, oder so ähnlich heißt das.

Mein Gott, dachte Brinkhoff, wie kann er so in den Tag leben, alle um ihn wissen es, keiner hat es ihm gesagt, ausgerechnet ich muß es sein, mußte mich noch freiwillig melden. So ein Unfug. Ob der Uwe heute mitspielt?

Was machst du eigentlich in unserer Gegend hier? fragte der alte Haugk plötzlich. Willst du Tauben kaufen?

Brinkhoff sah auf seine Uhr. Wenn es so weitergeht, dachte er, versäume ich noch das Fußballspiel.

Hast du Urlaub? fragte der alte Haugk wieder.

Nein, Wilhelm, den hatte ich schon im März, mußte mein Häuschen in Ordnung bringen. Na ja, da nahm ich mir eben Urlaub.

Natürlich, Fritz, da kann man wenigstens über seiner Arbeit bleiben, ich habe das früher auch immer so gemacht. Und jetzt habe ich Zeit, viel Zeit...

Ja, dachte Brinkhoff, Invalide müßte man sein.

...Ich sage dir, was man so den lieben langen Tag alles machen kann. Keine Hetze mehr, keine Antreiber, kein los! los!, kein schneller! mehr, nicht mehr den Satz: nur keine Müdigkeit vortäuschen. Aber jetzt ist man kaputt, die Lunge macht nicht mehr so mit. Ich sage dir, mir ist schon wieder angst, wenn der Nebel kommt, der schnürt mir dann immer die Kehle zu. Von der Rente hat man nicht mehr viel. Wir sind ausgelaugt und verbraucht, wenn wir unser Alter erreicht haben. Aber was willst du machen, ist eben so.

Wir sind eben Arbeiter, sagte Brinkhoff und dachte bei sich, daß nicht immer die Antreiber schuld sind, auch die, die sich antreiben lassen.

Der Niggemeier verkauft seinen ganzen Schlag, der zieht in die Innenstadt. Weißt du, seine Frau hat das Haus ihres Onkels geerbt, da ziehen sie rein. Aber Tauben darf er da nicht halten. Du kannst billig zu Tauben kommen, der hat gute Flieger, hat schon viele Preise gewonnen. Ist auch kein Halsabschneider, der Niggemeier.

Was verlangt er denn für seine Tauben? fragte Brinkhoff.

Wenn ich so weiterquassle, versäume ich noch das Fußballspiel.

Wenn du willst, ich spreche mal mit ihm. Oder wir gehen gleich hin, er wohnt ja nur ein paar Häuser weiter. Das heißt, wenn du willst und Zeit hast...

Nein, Wilhelm, sagte Brinkhoff hastig, ich muß nämlich wieder mal so einen Gang machen, du weißt schon.

Um Gottes willen, Fritz, ist was passiert auf der Zeche? Der alte Haugk sah Brinkhoff von unten an.

Mein Gott, dachte Brinkhoff, so ahnungslos, wo hundert Menschen im Umkreis wissen, daß sein Sohn unter den Toten ist. Wie feige doch die Nachbarsbande sein kann, keiner hat es ihm gesagt.

Ja, Wilhelm, Flöz Sonnenschein, in der fünften östlichen Abteilung. Du kennst dich da ja aus von früher.

Was? Sonnenschein? Fünfte Osten? Jaja, Sonnenschein hatte schon immer ein schlechtes Gebirge. Zu meiner Zeit... jede Woche ein Bruch, es war wie verhext, man konnte noch so sicher bauen, immer kam was runter. Und zugemacht wurde das verdammte Flöz auch nicht, hatte doch die besten und billigsten Kohlen. Was kommt es schon auf ein paar Tote an oder auf ein paar Verletzte. Hauptsache viel und billig Kohlen, Hauptsache, die Kohlen stimmen. Das war immer so und bleibt auch so. Wir können nichts ändern. Gut, daß ich mit der Bande nichts mehr zu tun habe.

Haugk sah einem Bussardpaar zu. Schön, sagte er. Ich beobachte sie schon ein paar Tage. Muß wahnsinnig interessant sein, da oben einen Heiratsantrag anzubringen.

In der Zeitung stand, daß Uwes Aufstellung für das Spiel noch fraglich ist, hat eine alte Verletzung zu spüren bekommen, dachte Brinkhoff.

Aber aber, rief der Alte plötzlich. Was hast du gesagt? Fünfte Osten? Fünfte Sohle? Aber... aber... da ist doch auch mein Junge. Du! Fritz! Was ist nun wirklich passiert?

Sein Junge war ein blendender Linksaußen. Wenn er in die richtigen Hände gekommen wäre, wer weiß, vielleicht bundesligareif. Jetzt könnte ich vor dem Fernsehschirm sitzen, hätte ich mich nicht freiwillig gemeldet.

Acht waren unter dem Bruch, Wilhelm, sagte der Betriebsrat schwer und sah interessiert dem Kreisen der Bussarde zu. Wie zwei Außenstürmer, sagte er unhörbar für Haugk vor sich hin.

Ja, acht waren unter dem Bruch, fünf konnten wir gleich rausholen, drei hat es erwischt. Ja, du weißt ja.

Der alte Haugk zündete seine Pfeife an. Er hatte keinen Tabak im Kopf der Pfeife, aber er entzündete Streichholz auf Streichholz, bis vor seinen Füßen so viele Hölzer lagen, daß sie einem ausgeworfenen Mikadospiel glichen. Wieder sah Haugk die Straße hinunter, auf der Brinkhoff gekommen war.

Drei hat es also erwischt, sagst du, drei. Drei! Fritz! Warum drei! Jaja, deshalb ist also mein Junge noch nicht da, deshalb. Jaja, so ist das also. Und nach einer Weile beklemmender Stille lachte Haugk.

So ist das also, Fritz. Du wolltest von Anfang an zu mir. Und ich Trottel dachte, du wolltest Tauben kaufen vom Niggemeier, wo er doch seinen ganzen Schlag verkauft.

Das Bussardpaar zog noch immer seine Kreise, der alte Haugk aber sah auf die vor seinen Füßen liegenden abgebrannten Streichhölzer. Jaja, sagte er wieder, Sonnenschein hatte schon immer ein schlechtes Gebirge, war mürbe wie Sandkuchen.

Ob er nun begriffen hat? Jetzt wird auch das Spiel anfangen. Ob der Uwe mitspielt?

Drei hat es also erwischt, sagst du... aber warum drei...

warum nicht zwei... oder einen... oder gar keinen. Und er schrie plötzlich: Warum gar keinen?! Warum? Warum? Fritz? Warum? Weil die Herren nicht begreifen wollen, daß ein Mensch mehr wert ist als eine Tonne Kohlen? He! Ist es so? Ist es so?

Mein Gott, wie recht der Alte hat, dachte Brinkhoff, wie recht. Aber was soll man dagegen tun? Soll man die Arbeit abschaffen?

Haugk sah auf das Haus, aus dem seine Frau kam und die Straße hinabsah, ohne die beiden Männer an der Gartenpforte zu beachten. Auf der Straße sah man schon die ersten Kumpel der Frühschicht, sehr eilig, manche liefen Trab.

Die kommen alle noch früh genug an den Fernsehschirm, dachte Brinkhoff.

Aber Fritz, wie soll ich das meiner Frau sagen? Wie nur? Wie? fragte der Alte verzweifelt.

Hab auch schönen Dank, daß du gekommen bist, Fritz. Aber wie soll ich das nur meiner Frau sagen, wie nur, wie?

Ich werde zu ihr hineingehen, sagte Brinkhoff.

Bin ich denn verrückt? Mein Gott, wie komme ich dazu, er verlangt vielleicht noch, daß ich der ganzen Verwandtschaft Bescheid gebe. Jetzt hat das Spiel angefangen.

Der alte Haugk nahm eine Schere und schritt auf einen übermannshohen Ritterspornstrauch zu.

Brinkhoff wartete, bis die Frau ins Haus gegangen war, dann säumte er hinterher. Im Flur roch es nach gebackenem Fisch, und er hörte, wie die Frau Töpfe oder Pfannen hin und her schob. Lange blieb der Betriebsrat im Flur stehen, er atmete schwer, schließlich zählte er wie ein Kind an den Knöpfen seiner Jacke: Soll ich, soll ich nicht, soll ich. Hastig stieß er die angelehnte Tür auf, und die Frau war etwas überrascht, statt Mann oder Sohn einem Fremden gegenüberzustehen.

Ja? Bitte? Wollen Sie zu meinem Mann? Er ist im

Garten... aber, haben Sie nicht eben mit ihm gesprochen?

Jetzt muß ich es sagen, dachte er, schnell, damit es schnell vorbeigeht. Schnell, nur schnell.

Er sprach nicht. Er wollte auf die Frau zugehen und blieb doch auf der Schwelle stehen und drehte seinen Hut in der Hand, immer nur den Hut in der Hand... immer nur den Hut in der Hand.

Betriebsrat Brinkhoff merkte, wie die Augen der Frau größer und größer wurden, wie sie auf einen Stuhl fiel. Dann schrie sie: Nein! Neinneinneinnein! Das ist nicht wahr!

Brinkhoff drehte sich schnell um und lief hinaus. Der Alte schnitt aus dem Rittersspornstrauch lange blaue Stengel und er sagte zu Brinkhoff: Meine Schwägerin kommt gleich, sollte eigentlich schon hier sein. Holt die Blumen und meinen Spaten. Einen Pelzmantel hat sie, aber keinen Spaten.

Du kannst hineingehen! rief Brinkhoff im Vorbeilaufen.

Ja, Fritz, ja... so ein lecker Mädchen hat er, so ein...

Das Bussardpaar war verschwunden.

Als der Betriebsrat Brinkhoff wieder auf der Straße stand, war er schweißnaß, das Hemd klebte am Körper fest, durch die Brauen perlte der Schweiß. Dann schlurfte Brinkhoff die Straße hinunter. Es war niemand auf der Straße zu sehen, menschenleer war die Siedlung, und am Ende der Siedlung, wo auch die Straße ihr Ende fand, setzte sich Brinkhoff in das staubige Gras am Straßenrand und trocknete sein Gesicht.

Mein Gott, was sind das für Menschen, sitzen vor dem Fernsehschirm und glotzen dem Ball nach. Was sind das nur für Menschen, gucken und gucken und schreien sich heiser. Und ich...?

Ob der Uwe aufgestellt worden ist?

Die Entscheidung

Der Schweißer Egon Witty stand vor dem Büro seines Meisters. Er ging oft in dieses Büro, jetzt wollte er die Detailzeichnungen für das Gestänge der neuen Montagehalle holen, damit die Schweißarbeiten begonnen werden konnten.

Der Schweißer Egon Witty hatte Zukunft. Er war dreißig Jahre alt, verheiratet mit einer Frau, die einer bekannten Filmschauspielerin ähnelte, aber viel Verstand mitbrachte und Fürsorge für ihn und seine Pläne; er hatte zwei Mädchen in noch nicht schulpflichtigem Alter, und er war von der Betriebsleitung ausersehen, in einem halben Jahr den Posten des Meisters zu übernehmen, wenn der alte Mann in Pension ging.

Der Schweißer Egon Witty hatte also Zukunft.

Der Schweißer Egon Witty blieb vor dem Büro seines Meisters stehen, es gab keinen Grund, warum er stehenblieb und in die Sonne blinzelte, es gab keinen Grund, warum er nicht, wie alle Tage, sofort eintrat und seine Sache vortrug. Er blieb vor dem Büro stehen und blinzelte in die Sonne.

Es war ein ungewöhnlich heißer Tag.

Was wird sein, wenn ich Meister bin? dachte er. Was wird sein? Was wird sich im Betrieb und in meinem Leben verändern? Wird sich überhaupt etwas verändern? Warum soll sich etwas verändern? Bin ich ein Mensch, der verändern will? Er stand starr und beobachtete mit abwesendem Blick das geschäftige Treiben auf dem Eisenverladeplatz, der hundert Meter weiter unter einer sengenden Sonne lag. Die Männer dort arbeiteten ohne Hemd, ihre braunen Körper glänzten im Schweiß. Ab und zu trank einer aus der Flasche. Ob sie Bier trinken? Oder Coca?

Was wird sein, wenn ich Meister bin? Mein Gott, was wird dann sein? Ja, ich werde mehr Geld verdienen, kann mir auch einen Wagen leisten, und die Mädchen werde ich zur Oberschule schicken, wenn es soweit ist. Vorausgesetzt, sie haben das Zeug dazu. Eine größere Wohnung werde ich beziehen, von der Werksleitung eingewiesen in die Siedlung, in der nur Angestellte der Fabrik wohnen. Vier Zimmer, Kochnische, Bad, Balkon, kleiner Garten – und Garage. Das ist schon etwas. Dann werde ich endlich heraus sein aus der Kasernensiedlung, wo die Wände Ohren haben, wo einer dem andern in den Kochtopf guckt und der Nachbar an die Wand klopft, wenn meine Frau den Schallplattenapparat zu laut aufdreht und die Pilzköpfe plärren läßt.

Meister, werden dann hundert Arbeiter zu mir sagen – oder Herr. Oder Herr Meister – oder Herr Witty. Wie sich das wohl anhört: Herr Witty! Meister! Er sprach es mehrmals laut vor sich hin.

Der Schweißer Egon Witty blinzelte in die Sonne und er sah auf den Verladeplatz, der unter einer prallen Sonne lag, und er rätselte, was die Männer mit den entblößten Oberkörpern wohl tranken: Bier? Coca?

Schön wird das sein, wenn ich erst Meister bin, ich werde etwas sein, denn jetzt bin ich nichts, nur ein Rad im Getriebe, das man auswechseln kann. Räder sind ersetzbar, nicht so leicht aber Männer, die Räder in Bewegung setzen und überwachen. Ich werde in Bewegung setzen und überwachen, ich werde etwas sein, ich werde bestimmen, anordnen, verwerfen, begutachten, für gut befinden. Ich werde die Verantwortung tragen. Ich allein. Verantwortung? Verant... wor... tung?

Da wußte er plötzlich, warum er gezögert hatte, in das Büro des Meisters zu gehen, wie all die Tage vorher, forsch, in dem sicheren Gefühl, hier bald der Meister zu sein. Herr! Oder: Meister!

Wie sich das gehört: Herr Witty! Meister!

Nein, dachte er, ich kann diese Verantwortung unmöglich auf mich nehmen, ich bin nicht der richtige Mann dafür, ich kann das nicht, ich habe nicht die Sicherheit des

Alten; der zweifelt nie, der weiß einfach, wann was wo zu geschehen hat und auch wie. Ich muß einen Menschen haben, der mir die letzte Entscheidung abnimmt, der mir sagt, wann was wo zu geschehen hat und wie.

Ich habe Angst. Einfach Angst.

Eine saubere Naht kann ich schweißen, millimetergenau Eisen zerteilen, und ich kann Pläne lesen und weiß: wo, was, wie, warum, wann. Aber ich weiß nicht, ob das absolut richtig ist. Ich weiß es nicht.

Nein, ich kann diese Stelle nicht übernehmen, ich bin zu unsicher, ich müßte immer fragen, ob es richtig ist. Weil ich nun eben so bin. Ich werde dann nicht Herr heißen und nicht Meister. Kollegen werden lächeln und Feigling sagen. Sollen sie. In die Angestelltensiedlung kann ich dann auch nicht umziehen, das ist schade, werde weiterhin in meiner Kaserne wohnen. Und die Mädchen? Noch ist es nicht soweit, kommt Zeit, kommt Rat, vielleicht haben sie das Zeug gar nicht für die Oberschule. Und das Auto? Wird dann wohl nichts werden, muß meine Frau weiter auf dem Moped in die Stadt zum Einkaufen fahren, vielleicht reicht es zu einem Auto, wenn ich jeden Tag Überstunden mache. Ich kann arbeiten für zwei, ich traue mir alles zu, ich kann gut arbeiten und schnell und sauber, aber ich kann diese Verantwortung nicht tragen, ich habe einfach Angst, eine dumme, erbärmliche Angst. Vor meiner Unsicherheit? Wovor habe ich denn nun Angst?

Der Schweißer Egon Witty stand vor dem Büro seines Meisters und blinzelte in die Sonne. Trinken die Männer dort auf dem Platz unter der stechenden Sonne nun Bier oder Coca?

Mein Gott, wäre das schön: Meister sein. Eine gute Stellung, eine Lebensstellung, und dann mit Herr angeredet werden oder mit Meister. Meine Frau freut sich auf meine Beförderung – sie wird enttäuscht sein und zornig und mich einen Narren schimpfen, der nicht weiß, was er will. Sie wird mich einen Drückeberger nennen und einen, der keinen Mumm in den Knochen hat, der den Mund dort aufreißt, wo es nicht nötig ist. Sie wird das heute abend alles sagen, wenn ich ihr von meinem Entschluß erzähle. Ich kann ihr alles erklären, alles, aber nicht, daß ich Angst habe, eine kleine saublöde Angst, sie wird nie verstehen, was Angst ist. Sie wird zu mir sagen: Warum? Du kennst doch dein Fach, dir kann keiner was vormachen, du kennst wie kein zweiter dieses Fach. Soll ein Halbidiot an deine Stelle treten? Sie ist stolz auf mich, denn von überall und von jedermann hört sie, daß ich tüchtig bin, daß ich Übersicht und Umsicht habe. Ich sei enorm gescheit, hat ihr der Direktor auf der letzten Betriebsfeier gesagt. Ja, sie ist stolz auf mich, sehr. Was wird sie wohl heute abend sagen? Ich sehe schon ihr erschrecktes Gesicht.

Sie wissen alle, was ich kann, der Herr Direktor, der Meister und auch meine Frau, aber sie wissen nicht, daß ich Angst habe, eine kleine erbärmliche Angst. Ich kann ihnen das nicht sagen, nicht erklären, nicht begründen, sie verstehen mich nicht, nicht der Direktor, nicht der Meister, nicht meine Frau. Wohl kann ich eine saubere Naht schweißen, Pläne lesen und weiß: was, wie, wann, warum. Aber ich weiß nicht, warum ich Angst habe, warum ich unsicher bin, wo ich doch in meinem Beruf für alle anderen Sicherheit ausstrahle. Ich kann es ihnen nicht erklären, sie würden mich auslachen und sagen: Du bist doch kein Kind mehr. Ja, das werden sie sagen, sie werden mich für launisch halten, sie werden glauben, ich will mich interessant machen, um vielleicht mehr Geld herauszuschlagen.

Dem Meister werde ich das jetzt sagen, er soll einen anderen vorschlagen, einen, der keine Angst hat und der nicht weiß, was das ist. Der Schweißer Egon Witty blinzelte in die Sonne und auf den Verladeplatz. Die Männer dort! Trinken sie nun Bier? Oder Coca? Bei der Hitze sollten sie kein Bier trinken.

Die Bürotür schlug heftig nach außen auf, der Meister hätte Witty bald umgerannt. Der grauhaarige Mann sah auf und lachte breit, als er Witty erkannte.

Ach, rief er, da bist du ja. Ich wollte gerade zu dir in die Halle.

Zu mir?

Ja. Du hast Glück gehabt.

Glück?

Ja, Glück. Natürlich. Am Ersten ist für mich der Letzte. Ich höre auf. In drei Tagen also. Dann bist du hier der Herr. Der Arzt sagt, ich darf nicht mehr, ab sofort, Herz, weißt du. Ich wußte ja gar nicht, daß es so schlimm steht.

Jaja, sagte Witty.

Na, Mensch, du stehst hier herum wie ein Ölgötze. Freust du dich nicht? Mir darfst du deine Freude ruhig zeigen, ich alter Knochen bin hier sowieso überflüssig geworden, du machst das alles viel besser. Und dann, du warst doch im letzten Jahr schon der Meister, ich habe doch nur Unterschriften gegeben. Na, Mensch, das kam zu plötzlich, verstehe, das hat dich erschlagen. Was? Dicker Hund? Morgen wird gefeiert, mein Ausstand, und du zahlst deinen Einstand.

Der Schweißer Egon Witty ging. Er blieb mitten auf dem Platz stehen und blinzelte in die Sonne und auf den Eisenverladeplatz. Ob sie Bier trinken oder Coca?

Ich muß umkehren und es dem alten Herrn sagen. Von meiner Angst muß ich ihm erzählen und sagen, warum ich Angst habe. Er wird mich verstehen, bestimmt, wenn mich einer versteht, dann er, denn er hat auch einmal Angst gehabt. Er hat es mir vor Jahren einmal erzählt, da sagten wir noch Sie zueinander. Bis zu den Knien hat er im Schnee gestanden und die Arme hochgereckt, als die Russen auf sie zukamen. Wissen Sie, was ich da dachte? hatte er gesagt. Nichts dachte ich, absolut gar nichts, ich hatte nur eine wahnsinnige Angst. Wissen Sie, was Angst ist? Nein? Da geht es hinten und vorne los. Das ist Angst. Und warum? Weil man in dem Moment nicht weiß, was kommt. Man weiß es nicht, man hat so viel gehört und auch gesehen, aber in dem Moment weiß man nicht, was kommt. Und dann ist die Angst da. Als der erste Russe ihn auf deutsch ansprach, war die Angst weg, erzählte er damals auch. Er mußte lachen, gab ihm eine Zigarette. Das Lachen und die Zigarette saugten seine Angst auf. Aber seine Angst ist nicht meine, mich lachen die Menschen an, sie geben mir Zigaretten, die Angst ist trotzdem da. Der Meister wird mich trotzdem verstehen. Nur wer nie Angst hatte, sagt, das sind Kindereien. Der Meister wird mich verstehen.

Egon Witty kehrte um.

Vor der Tür zum Büro blieb er wieder stehen, blinzelte in die Sonne und auf den Verladeplatz. Trinken die Männer nun Bier oder Coca?

Er trat ein, forsch wie immer. Der Meister sah auf, erstaunt, dann nahm er die Brille ab und lächelte breit.

Na? Was gibt's? fragte er.

Ich... ich... ich... stotterte Witty. Dann sagte er fest: Ich habe die Pläne für Halle drei vergessen.

Ach so, ja, hier. Zehn Stück. Gleich in Zellophanhüllen stecken, damit sie nicht so schmutzig werden.

Der Schweißer Egon Witty wollte noch etwas sagen, aber der Meister saß schon wieder hinter seinem Tisch und füllte eine Tabelle aus.

Witty nahm die Pläne und ging, über den Verladeplatz.

Die Männer dort tranken Bier.

Der Wacholderkönig

Es war im vergangenen Jahr, genauer gesagt am 1. Advent, da fuhren drei Männer in die Grube, um eine Arbeit zu verrichten, die während der Wochentage, also in den Förderzeiten, nicht ausgeführt werden kann. An Ruhetagen aber wird der Strom unter Tage abgeschaltet, die Lampen in den Hauptstrecken verlöschen, und dort, wo fast heller Tag mit Hilfe von Fünftausendwattbirnen gezaubert wird, liegt an diesen Tagen ebenso stumpfe Nacht wie in den entlegensten Flöz- und Abbaustrekken. Der Kumpel muß sich auf das Licht beschränken, das er ständig mit sich führt.

Unter den dreien war einer, der nie so recht für voll genommen wurde. Schnapspriester nannten ihn die Kollegen, auch Wacholderkönig, denn er roch, egal, wann er zur Arbeit kam, nach Schnaps. Er selbst entschuldigte das damit, daß er ein chronisches Magenleiden habe. Kein Arzt könne es heilen, und wenn er Wacholder trinke, seien die Schmerzen weg und er könne dann alles essen. Sein Verstand war der eines Kindes, aber als Arbeiter war er bei allen geschätzt, und die Arbeitsgruppe, der er einmal zugeteilt war, wollte ihn behalten; fleißig war er und schuftete wie ein Pferd. Mit ihm konnte man, wie es hieß, Geld verdienen. Natürlich wurde er ausgenützt, die Kameraden wiesen ihm die Arbeit zu, die ihnen selbst zuwider, zu schwer oder zu staubig schien.

Die drei Männer hatten an diesem Sonntag vor ihrer Arbeitsstelle gemächlich ihre Butterbrote verzehrt, waren unlustig an die Arbeit gegangen, wie das so ist, denn sonntags wird die Unlust schon von zu Hause mitgenommen. Dann hatten sie drei Stunden gesägt, abgebolzt, zugehauen und Stöße verzogen, genagelt und verschraubt.

Da sagte Wacholderkönig, Riebensaal hieß er eigentlich: Ich muß mal auf den Kübel. Habe kalte Milch getrunken. Sollte man vor der Arbeit nicht tun.

Der Kübel ersetzt unter Tage die Toiletten, eine Einrichtung, wie sie früher in Gefängnissen vorzufinden war.

Der Kübel, den Riebensaal benutzen mußte, stand etwa sechzig Meter schachtwärts von der Arbeitsstelle. Die anderen beiden brummten nur Unverständliches.

Riebensaal, auch Rübezahl genannt, stellte vor dem Bretterverschlag, hinter dem der Kübel stand, seine Lampe zwischen die Schienen, und kaum hatte er seine Hose runtergelassen, da krachte es hinter ihm, dort, wo seine beiden Kollegen arbeiteten; erst so, als bräche ein starker Ast, dann, als klatschten leere Förderwagen aufeinander, wenige Sekunden später folgte eine Kette ohrenbetäubender Schläge. Es war, als schössen Kanonen ihre Ladungen ab.

Riebensaal wußte trotz seines einfältigen Verstandes, was dieses Krachen zu bedeuten hatte, und er nahm sich kaum Zeit, seine Hose hochzuziehen. Um ihn war es Nacht geworden, seine vor dem Verschlag abgestellte Lampe war umgefallen und erloschen.

Er rief, zog sich hastig an, schrie und spürte beim Atmen die Staubschwaden, die durch den Bruch des Gebirges aufgewirbelt waren, und er wußte plötzlich, seine Kameraden lagen eingeschlossen. Hatten sie Glück gehabt, saßen sie nun hinter dem Bruch, hatten sie Pech, lagen sie unter den Steinen begraben und verschüttet. Aber wie es auch sein mochte, Hilfe mußte kommen, so schnell es nur ging.

Licht! rief er. Otto! Karl!

Riebensaal schrie, weinte und tobte zugleich in seiner Verzweiflung. Nirgendwo eine Antwort. Unter Tage gibt es kein Echo. Nicht einmal seine Stimme klang nach. Riebensaal lief schreiend in die Finsternis. Die Schwärze vor seinen Augen blieb undurchdringlich, er hätte ebenso mit geschlossenen Augen laufen können. Stürzen, aufstehen, stürzen! Langsam vortasten an Holz- und Eisenausbauten, laufen, stürzen, laufen, tasten.

Anfangs fühlte er noch die Schmerzen an seinen Händen, Fingern, an seinen Beinen und am Kopf. Den Schutzhelm hatte er schon beim ersten Sturz verloren und nicht wieder ertasten können.

Er blieb stehen und schrie!

Und als die Schmerzen zunahmen, die Haut von seinen Händen abriß, Fleisch von Händen und Fingern an den Stempeln kleben blieb, spürte er nichts mehr, nur ein wohliger Rausch durchpulste seinen Körper. Er schrie erst wieder wie ein Mensch in Todesangst, als er bäuchlings in den Sickergraben fiel und das Salzwasser seine Wunden zerbiß.

Licht! schrie er, lachte, weinte er.

Mein Gott, nimmt die Strecke nie ein Ende? Mein Gott, bin ich in eine falsche Strecke gelaufen, an einer Abzweigung vom Schacht weg anstatt dem Schacht zu? Und wieder rief er die Namen seiner Kumpel: Otto! Karl!

Er merkte, wie es immer nasser an Händen und Beinen wurde und wußte nicht, war es Wasser oder Blut, denn er wußte überhaupt nichts mehr, er war in einen unbemeßbaren Raum geraten.

Ach, wenn ich nur wieder aus diesem schwarzen Darm herauskomme, dann ist alles gut. Irgendwo in der Strecke hängt ein Telefon, aber wo? Wo bin ich?

Wo war er?

An welcher Stelle des Streckengefüges torkelte er dahin? Hatte er hundert, zweihundert oder zweitausend Meter zurückgelegt? Einige Male fühlte er Kabel, aber waren es Leitungen für den Strom oder das Telefon?

Bei einem Sturz verlor er die Kabel wieder und für zwei, vier oder zehn Sekunden wußte er nicht, aus welcher Richtung er gekommen war, wohin er gewollt hatte. Vielleicht war es besser, sich still zwischen die Schienen zu setzen, zu warten, bis Hilfe von oben kam.

Aber die Angst um die Zurückgelassenen und Angst um sein eigenes Leben trieben ihn wieder an. Weiter! Fort, nur fort.

Er taumelte an den Ausbauten entlang, fiel, stand wieder auf, stolperte über freiliegende Schwellen, verhakte sich im Englauf von Gleisweichen, rutschte wieder auf glitschiger Bahn aus und schlug rücklings an Mauerwerk, klammerte sich an die kalten Schienen und schrie: Licht! Licht! Mein Gott! Licht...! Otto... Karl...

Zerschlagen stand er dann aufrecht, er weinte, und er war zum verlassensten Menschen der Welt geworden, um ihn eine undurchdringliche Nacht und die Angst, die trieb und trieb. Mehrmals sagte er leise und vor sich hin: Wo bin ich, mein Gott, wo bin ich?!

Wieder laufen, stürzen, aufstehen, stolpern, stürzen, laufen. Er lehnte an den Stößen, er torkelte über Schwellen. Nur weiter, nur weiter... fort... zum Schacht... zum Licht... zum Schacht... heraus aus der Hölle... nur weiter.

Da! Da! Riebensaal konnte nicht mehr schreien, er röchelte vor sich hin. Licht!

Da war Licht!

Weit weg ein heller Punkt, die ersten Lampen in der Kurve, die zum Schacht einmündet. Nun hatte er ein sichtbares Ziel, wußte, daß er nicht falsch gegangen war, nun konnte nichts mehr passieren. Licht! Licht!

Wenn er auch wieder und wieder stürzte, der Schmerz ihn zerfressen wollte, er näherte sich diesem Ziel. Die Unendlichkeit schrumpfte unter seinen Schritten, schrumpfte unter Stolpern, Weinen, Lachen, Fluchen. Der Lichtpunkt wuchs und wuchs, aus dem blassen Stern formte sich ein blasser Mond, um ihn formten sich Konturen, das Silberband der Schienen, die Schachtelung von Mauerwerk, und bald konnte er die Kurve erkennen, von der es nur noch zweihundert Meter zum Schacht waren, bis zum Telefon.

Wie ein Betrunkener taumelte er in die Kurve, in das Füllort, an vom letzten Freitag stehengebliebenen Kohlenwagen vorbei, er sah die Gitter des Schachtes, die Signalanlage und das schwarze Ungetüm Telefon.

Er wollte nach Hörer und Kurbel greifen, die Arme heben, die Hände hochstrecken. Aber Riebensaal konnte seine Hände nicht mehr bewegen; wo Fleisch, Schwielen und feste Muskeln waren, da hingen nur noch Knochen, wie ausgezehrte Totenhände. Er erschrak, als er seine Hände sah, er begriff nicht, aber die Angst um die Kumpel zwang ihn immer wieder zu versuchen, die Knochen vorzustrecken, die Kurbel zu drehen.

Es glückte nicht, und er war so verzweifelt, daß er an die Schachtgitter trat und gegen den Wetterzug schrie, als ob seine Worte achthundert Meter höher verstanden werden könnten.

Endlich stieß er, nach unzähligen Versuchen, mit dem Kopf den Hörer aus dem Ruhehaken, dann stellte er sich auf die Zehenspitzen und biß auf den Griff der Kurbel. Da er die Kurbel mit dem Mund nicht drehen konnte, ruckte er immer nur auf und ab, auf und ab. Ganz schwach schlug die Glocke über Tage an, und der Anschläger auf der Hängebank hob den Hörer ab und fragte: Was ist los? He! Da unten! Was ist los? Karl! Bist du es?

Keine Antwort. Riebensaal war zusammengebrochen, bewußtlos. Kaum aber war der Anschläger mit dem Korb zur fünften Sohle gefahren, um zu sehen, warum keine Antwort kam und warum der Hörer nicht wieder aufgelegt wurde, und hatte dort Wacholderkönig in seiner Erbärmlichkeit aufgefunden, gelangten Otto und Karl außer Atem an den Schachtgittern an. Karl rief: Korb hierlassen! Nicht hochfahren! Der Rübezahl ist verschwunden! Der muß unter den Steinen liegen!

Dann aber sahen sie mit einem Blick, was sich zugetragen hatte. Otto und Karl verstanden nicht gleich die Einzelheiten, der Anschläger verstand überhaupt nichts, sie standen eine Weile stumm, vergaßen, daß der vor ihnen liegende Riebensaal Hilfe brauchte.

Dummer Kerl! schrie Karl auf den bewußtlosen Riebensaal ein. Blöder Kerl! Es war doch gar nicht so schlimm, sind doch nur ein paar Steine heruntergekommen, nicht der Rede wert, wir waren doch nicht eingeschlossen.

Und während sie den Schwerverletzten auf den Korb trugen, sagte Otto: Wie muß der Kerl gelaufen sein. Ohne Licht! Wir haben doch nur eine knappe halbe Stunde gebraucht.

Riebensaal kam mit Hilfe der Ärzte wieder auf die Beine, er führt nun, wenn auch ohne Hände, ein geruhsames Leben und sitzt an warmen Tagen auf den roten Bänken, die in den Anlagen rund um das Kriegerdenkmal aufgestellt sind. Wohl ist er noch kindischer geworden, seinen Wacholder aber trinkt er nach wie vor. Und wenn er mit anderen Invaliden zusammensitzt, läßt er seine Flasche reihum gehen an Ringen, die ihm die Hände ersetzen, damit jeder einen Schluck abbekommt.

Von den Vorfällen jenes Sonntags spricht er nicht, es ist, als habe sein Denken damals ausgesetzt. Nur manchmal sagt er: Meine Hände? Ja, ich habe telefoniert. Ja, telefoniert habe ich.

Fahrt in den Morgen

Die vier jungen Männer waren betrunken, als sie aus dem Torbogen einer Gastwirtschaft der Dortmunder Innenstadt torkelten und auf ein unbeleuchtetes Auto zuliefen. Zwei Stunden nach Mitternacht war es, die Straßen menschenleer und ohne Verkehr. Sie grölten, sangen einige Strophen von der Wirtin an der Lahn, der Blondschopf anschließend alleine: Aber der Nowak läßt mich nicht verkommen...

Vor dem Auto, das der Blonde nur mühsam aufschließen konnte, lallten sie sich an, sie schimpften sich aus, und es war nicht weit bis zum Streit. Freunde! rief der Blonde, gebt doch Frieden! Laßt uns singen: Aber der Nowak läßt uns nicht verkommen!

Sie sangen: Aber der Nowak läßt uns nicht verkommen...

Dann nahmen sie im Auto Platz, der Blonde am Steuer. Er lenkte den Wagen mit verbotswidriger Geschwindigkeit stadtauswärts, über Bürgersteige und Ampeln mit Rot- oder Warnlicht. Als sie den Ruhrschnellweg westlich der Westfalenhalle überquert hatten, schleuderte ihr Wagen für einen kurzen Moment, ein Schlag von rechts hatte den Fiat für eine Sekunde auf zwei Rädern taumeln lassen, aber der Blonde riß das Steuer geistesgegenwärtig herum und fuhr ohne Tempominderung weiter Richtung Hombruch.

Nach einigen hundert Metern fragte der am Steuer seinen Nebenmann: Was war das vorhin? Den Schlag am Auto meine ich.

Du bist über einen Bordstein gefahren, sagte einer von hinten.

Wir haben einen guten Fahrer, sagte Boxernase, der neben dem Blonden saß. Einen guten Mann haben wir, fährt wie Fangio.

Nein, rief der von hinten wieder, nein, fährt wie Trips.

Idiot! Wie Fangio, habe ich gesagt.

Also gut, wie Fangio, sagte wieder der von hinten. Laßt uns Frieden machen, laßt uns den Nowak singen.

Und sie sangen: Aber der Nowak läßt uns nicht verkommen...

In den Gesang hinein sagte wieder der von hinten: Einen guten Mann haben wir, aber er ist besoffen.

Sie lachten – auch der blonde Mann am Steuer.

Na wenn schon, die Straße gehört uns, sagte der Blonde.

An der Auffahrt zur Hohensyburg scherte er in einen Seitenweg aus, sie stiegen alle vier lärmend aus und setzten sich an den Wegrand. Boxernase holte eine kleine Flasche Steinhäger aus dem Handschuhfach des Wagens und er ließ, nachdem er getrunken hatte, die Flasche reihum gehen.

Endlich was zu saufen, sagte einer. Alle Kneipen zu, sagte Boxernase, so eine Schweinerei. Und das nennt sich Großstadt. Ein Säuglingsheim ist diese Großstadt.

Wir hätten ja auch in eine Bar gehen können, sagte der Blonde, die sind noch auf.

In eine Bar, sagte Boxernase. Bist du Kapitalist? Bier vier Mark – und dann, immer nackte Weiber.

Na eben, immer nackte Weiber, sagte der Blonde, die hängen einem zum Halse raus, bieten nie was Leckeres. Immer nackte Weiber.

Sie schwiegen und tranken und stierten auf die Straße.

Weißt du genau, fragte plötzlich der Blonde, daß wir vorhin über eine Bordsteinkante gefahren sind? Als es den Schlag am Wagen gab, meine ich.

Was weiß ich, ob Bordstein oder nicht. Du bist doch gefahren.

Jaja, das schon, aber du hast doch daneben gesessen!

Schon schon, sagte Boxernase gelangweilt und gähnte, aber ich bin besoffen, mich darfst du nicht fragen.

Sie rauchten und schwiegen wieder für lange Zeit. Im

Ruhrtal polterte ein Güterzug nach Hagen, hinter den vorgelagerten Bergen quoll gelber Qualm zum Himmel.

Da ist Haspe, sagte Boxernase. Haspe, mein liebes Haspe, bald hast du mich wieder, dann mache ich den gelben Qualm.

Wenn es aber ein Mensch war, sagte der Blonde. Die Flasche ging wieder reihum, auch der Blonde trank, obwohl er so betrunken war, daß es ihm nicht mehr gelang, ein Wort klar auszusprechen.

Ein Mensch? fragte Boxernase. Ein Mensch? Du blöder Kerl, um diese Zeit sind keine Menschen mehr unterwegs, höchstens Besoffene oder Nutten.

Oder Nutten, sagte ein anderer.

Sie lachten alle laut und ließen wieder die Flasche reihum gehen, sie sangen wieder durcheinander, daß der Nowak sie nicht verkommen läßt und daß sie einmal mit einem Freudenmädchen raufen möchten.

Endlich was zu saufen, sagte ein anderer. Alle Kneipen zu. So eine Schweinerei. Und das nennt sich Großstadt, ein Säuglingsheim ist diese verdammte Großstadt. Und in den Bars gibt es auch nur nackte Weiber, nichts als nackte Weiber...

Wenn es aber doch ein Mensch war, sagte der Blonde wieder, und nicht ein Bordstein.

Quatsch jetzt nicht, brüllte Boxernase. Vielleicht war es eine Kuh, eine vierbeinige. Verstehst du?

Sie lachten, auch der Blonde lachte mit.

Dann gibt es eine Notschlachtung, sagte wieder ein anderer. Eine Notschlachtung auf dem Ruhrschnellweg, mal was anderes, nicht immer nur Autos und dämliche Fußgänger und weiße Mäuse und Ampeln. Da können die Polizisten mal beweisen, daß sie auch schlachten können. Boxernase war ganz außer Atem nach seiner langen Rede.

Das machen die Polizisten nicht, das machen Hebammen, sagte ein anderer, die Polizisten haben davon keine Ahnung, haben überhaupt keine Ahnung. Doch, wenn du falsch parkst, dann mußt du zahlen. Gegen Quittung natürlich, sagte Boxernase. Alle lachten – nur der Blonde nicht.

Vielleicht war es doch ein Mensch, fing der Blonde wieder an, das kann doch möglich sein.

Nun halte endlich deine Fresse, du machst Leute verrückt. Auf einmal spielst du den braven Jungen. So brav bist du nun auch wieder nicht, dir genügen nicht einmal die nackten Weiber in der Bar, bloß weil sie unten noch ein Fetzchen dran haben. Verdammt noch mal. Boxernase schleuderte die Flasche wütend auf die Straße, daß noch Scherben zu ihnen herüber sprangen.

Er schrie überschnappend: Die Flasche aus dem Säuglingsheim ist leer.

Sie lachten wieder.

Der Blonde stand vom Straßenrand auf. Kommt! sagte er. Wir fahren zurück, vielleicht war es doch ein Mensch.

Da schlug Boxernase den Blonden mit einem gezielten Haken zu Boden. Die andern lachten, dann leuchteten sie dem Blonden mit einer Taschenlampe ins Gesicht. Ein Blutfaden lief aus dem Mundwinkel über das Kinn zum Hals und auf den weißen Perlonkragen.

Was soll der Quatsch, rief der junge Mann, der bisher nur mitgelacht, aber kein Wort gesprochen hatte. Du Idiot. Er muß schließlich fahren. Wie sollen wir hier wegkommen, wenn du ihn zusammenschlägst. In drei Stunden müssen wir zur Arbeit, das habt ihr Strohköpfe euch noch nicht überlegt. Wie sollen wir hier wegkommen, wenn er auf stur schaltet.

Ist aber auch wahr, brüllte Boxernase, immer dasselbe mit dem Kerl. Erst säuft er mit uns, läßt sich seine Zeche bezahlen, nur weil er uns fährt, und will dann plötzlich nach Hause, diese Memme. Immer ist er der Spielverderber.

Der Blonde rappelte sich hoch, wischte mit dem Handrücken das Blut von Kinn und Hals und ging langsam auf Boxernase zu. Er packte ihn an den Rockaufschlägen und zog ihn zu sich heran. Dicht vor seinem Gesicht flüsterte er: Los! Einsteigen. Alle! Wir fahren jetzt zurück, sofort.

Boxernase wollte sich befreien.

Los! schrie nun der Blonde. Einsteigen! Und ich schlage dich zu Brei, wenn du nicht mitfährst. Ihr fahrt alle mit!

Als sie eingestiegen waren, verschüchtert, sprachlos von der plötzlichen Entschlossenheit des Blonden, wendete er den Wagen und jagte denselben Weg zurück, den sie gekommen waren.

An der Stelle, wo der Wagen den Schlag von rechts bekommen hatte, sahen sie das rotierende Blaulicht eines Peterwagens und auch, wie zwei Sanitäter eine Bahre in das Unfallauto schoben. Einige Polizisten arbeiteten mit Metermaß und Kreide.

Sie hielten am Bordstein hinter dem grünen Volkswagenbus, und der Blonde stieg aus und ging auf einen Polizisten zu.

Fahren Sie weiter, rief er aus dem Peterwagen. Hier gibt es nichts zu gaffen. Los! Fahren Sie weiter!

Der Blonde war an den Kreidestrich getreten und fragte den Polizisten: Ist der Mann tot?

Wieso Mann? War eine Frau. Die hat es ganz schön erwischt, besoffen war sie auch. Hat zu lange gelegen, Blutverlust, wissen Sie. Haben übrigens einen feinen Fang gemacht, das Flittchen suchen wir schon lange, ging auf den Strich. Jetzt haben wir sie auf der Straße gefunden.

Ach so, sagte der Blonde und wollte gehen.

Menschenskind, Sie riechen ja nicht, Sie stinken ja nach Sprit, rief der Uniformierte.

Ja, sagte der Blonde und wollte zurückgehen.

Hiergeblieben! rief der Polizist, mit der Fahne sitzen Sie am Steuer? Was suchen Sie überhaupt hier?

Ich? Der Blonde blieb stehen und drehte sich langsam um. Ich... ich..., stotterte er einige Male. Dann sagte er fest: Ich weiß, wer den Unfall gebaut hat.

Was, Sie? Und da kommen Sie erst jetzt? Haben Sie sich wenigstens die Nummer des Wagens aufgeschrieben?

Die Nummer? fragte der Blonde langsam.

Ja, nun gucken Sie nicht so dumm. Die Nummer. Und der Polizist schritt forsch auf den Blonden zu.

Also?

Der Blonde wies auf den Wagen am Bordstein, aus dem er vor einer Minute ausgestiegen war.

Im Osten wurde es schon hell.

Christoph Klein und der Stier

Den Grubenlokführer Christoph Klein kannte ich, noch bevor sein Beruf ihn zum Krüppel schlug. Ein stiller Mann, er unterband jeden aufkommenden Streit, indem er weglief, und dreißig Arbeitsjahre konnten ihn nicht dazu bringen, den rauhen Umgangston anzunehmen, der in der Regel unter Tage herrscht.

Bescheiden und gewissenhaft verrichtete er ohne großes Aufsehen die ihm zugeteilte Arbeit, fuhr die Kohlenzüge aus den Revieren zum Schacht, die Leerzüge vom Schacht in die Reviere, und manchmal auch die Personenzüge.

Fünfzig Jahre war er alt, als ich ihn kennenlernte. Wieder hatte ich verschlafen, und es war unmöglich, innerhalb der eingegrenzten Seilfahrtszeit in die Grube zu kommen; mit halbstündiger Verspätung gelangte ich zur 6. Sohle. Natürlich war der Personenzug längst abgefahren, und fünf Kilometer Fußmarsch auf schlüpfriger Sohle ist kein Vergnügen, zumal noch die kräfteraubende Schicht bevorstand, und hätte Lokführer Klein mich nicht eingeladen, in das Führerhaus seiner Maschine zu steigen – er wollte mich zur achten Abteilung fahren –, so hätte ich die fünf Kilometer tatsächlich laufen müssen. Dazu brauchte man immerhin über eine Stunde. Die dazukommenden Unannehmlichkeiten am Arbeitsplatz wiegen schwerer als der Verdienstausfall. Dank Kleins Hilfsbereitschaft erreichte ich fast pünktlich meinen Betriebspunkt.

Tage später trug mir ein Freund zu, über den Lokführer sei meinetwegen ein Donnerwetter niedergegangen, der Steiger sei so wütend über die Eigenmächtigkeit des Mannes gewesen, daß er ihn beim Betriebsführer angeschwärzt habe.

Auf meine Frage, wie der Mann sich verteidigt habe, antwortete mein Freund, Klein habe zu Steiger und Betriebsführer gesagt, man hätte mich doch nicht zu Fuß laufen lassen dürfen, ich wäre dann ermüdet an die Arbeit gekommen. Seine einfältige Antwort entwaffnete die anderen, wahrscheinlich deswegen, weil seine kleine Menschlichkeit so ungeheuerlich war und in einem Großbetrieb überflüssig; er hatte gewagt, Mensch zu sein, das machte seine Vorgesetzten stumm.

Es war damals mein erstes und zugleich letztes Zusammentreffen mit Christopf Klein, in der Folgezeit erfuhr ich aber noch sehr viel über sein Leben, und nichts Erfreuliches.

Zehn Jahre sind seitdem vergangen – und in dieser Zeit widerfuhren ihm Dinge, die ich nicht ertragen hätte.

Vier Wochen, nachdem ich ihn kennengelernt hatte, starb seine Frau an den Folgen eines Verkehrsunfalls, ein Jahr später verunglückte sein einziger Sohn in der Grube tödlich. Vierzehn Tage nach dem Verlust seines Sohnes verunglückte Klein selbst schwer; beim Ankoppeln der Förderwagen rutschte er so unglücklich, daß sein rechtes Bein vor das Rad eines eisenbeladenen Wagens zu liegen kam und sein Kopf zwischen die aufeinander klatschenden Puffer sackte. Man hielt ihn schon für tot; er lag drei Wochen im Krankenhaus ohne Bewußtsein, nach zwei Jahren konnte er, geheilt, aber nicht mehr arbeitsfähig, entlassen werden. Sprache und Gehör hatte er verloren, er hinkte, und seine rechte Schulter stieß spitz nach oben, die linke hing schlaff.

Die Rente, die er zugesprochen bekam, war nicht allzu hoch, dennoch konnte er bescheiden leben. Er zog zu einem entfernten Verwandten seiner Frau, der im Münsterländischen einen Hof besaß und einige Hektar Land bebaute.

Der Bauer nahm ihn auf, weniger aus Mitleid, als vielmehr in der Hoffnung, eine billige Arbeitskraft zu bekommen, denn außer einem Zimmer und der Mahlzeit beanspruchte der einstige Kumpel nichts. Dafür aber war Klein täglich auf den Beinen und bald war er dem Bauern eine unersetzliche Hilfe geworden, denn Bergleute sind in der

Regel handwerklich geschult und begabt für alle möglichen Arbeiten, und der Bauer sparte hinfort Zimmermann, Maurer und Dachdecker.

Das Leben des einstigen Bergmannes ging seinen ruhigen und geregelten Gang, seine Existenz auf dem Hof war nur durch Essen und die geleistete Arbeit bemerkbar.

Im vergangenen Frühjahr hörte ich noch einmal von ihm, las über ihn in der Zeitung und sah sein Bild. Am nächstfreien Samstag fuhr ich in das Dorf und ließ mir die Geschichte erzählen.

Das fünfhundert Einwohner zählende Bauerndorf W., unweit der Eisenbahnlinie Dortmund–Münster, durcheilte in den späten Nachmittagsstunden der Ruf: Felix ist ausgebrochen!

Felix, der mehrfach preisgekrönte Bulle des Bauern Wöhrmann, war nicht nur der Stolz des Bauern und des Dorfes, er war zu einem Wahrzeichen des Münsterlandes geworden. Der Bauer hatte die leere Box vorgefunden und dachte erst, das wertvolle Tier sei gestohlen worden, er ließ den Gedanken aber schnell fallen, nachdem er Spuren an den Eichenwandungen der Box bemerkte, die darauf hinwiesen, daß der Bulle ausgebrochen war.

Sein Angstschrei schreckte das ganze Dorf auf, und plötzlich rannten alle zu einer bestimmten Stelle, von der es hieß, daß Felix dort aufzufinden sei.

Massig stand der Bulle am Rande eines Wassertümpels auf der Koppel, die unmittelbar an den Obstgarten grenzte und wohin er ab und zu, natürlich am Nasenring gesichert, zum Weiden geführt wurde. Der Stier glotzte in das brakige Wasser, und alle guten und beschwörenden Worte des Bauern nützten nichts, das Tier wehrte sich, indem es gegen seinen Herrn anrannte, und Felix' Wut steigerte sich in dem Maße, wie erregte Rufe aus der anwachsenden Menschenmenge in die Koppel drangen.

Zu allem Übel donnerte nah ein Schnellzug vorbei. Sein Geratter regte Felix noch mehr auf, so daß er mit gesenktem Kopf durch die Koppel galoppierte, gegen alle anraste, die nur den leisesten Versuch wagten, sich ihm zu nähern. Mistgabel- und stangenbewehrt umkreisten die Männer das wütende Tier, das aber fand stets eine Lücke, sich der Einkreisung zu entziehen.

Die Feuerwehr, vom Dorfpfarrer telefonisch herbeigerufen, fuhr mit zwei Löschwagen in das Dorf ein, und ein paar Minuten später begrenzten die ausgestoßenen Wasserstrahlen den Bewegungsraum des Bullen. Man glaubte sich schon am Ziel, das Tier ausbruchssicher eingeengt zu haben, da setzte der für schwerfällig gehaltene Felix mit mächtigen Sätzen durch die Umklammerung des Wassers, über den Weidezaun auf das freie Feld, und erst einige hundert Meter weiter, vor dem steilen Bahndamm, stand das Tier zitternd still. Die Männer brüllten vor Wut, die Frauen schrien aus Angst, die Kinder johlten, sie hatten im öden Alltag ihren Spaß gefunden.

Niemand weiß, wer die Bundeswehr benachrichtigte, vielleicht kam sie auch von ungefähr vorbei, jedenfalls fuhren, als der Bulle über das Land tobte – sei es aus Lust über die vorher nie geschmeckte Freiheit oder aus Angst über so viele Menschen –, drei Lastwagen in das Dorf, und die schnell abgesprungenen Soldaten reihten sich in die Verfolgergruppe ein. Die Bauern hatten nun durch Feuerwehr und Bundeswehr uniformierte Verstärkung bekommen.

Noch ehe die ersten Verfolger den Bullen erreichten, schnaufte der die Böschung hoch, stand wenige Sekunden zwischen den Schienen still und war plötzlich wie vom Erdboden verschwunden.

Bauern, Uniformierte, Frauen und Kinder rannten auf den Bahndamm, aber sie sahen nur das weite Land nach Süden, verstreut ein paar rotbedachte Häuser; unmittelbar vor ihnen, in einer Senke, einen übermannshohen Strohhaufen und auf dem anschließenden Feld einen verkrüppelten Mann, der mit Rübenverziehen beschäftigt war.

Da erhob sich der Mann, es war der taubstumme Christoph Klein, weil er im Strohhaufen etwas Glitzerndes sah, golden in der schrägen Sonne, und er wollte wissen, was es war. Er ließ seine Harke fallen, ging an den Strohhaufen, faßte das Aufglänzende, in dem er nun einen Ring fühlte, und zog daran. Auf dem Bahndamm aber standen die Menschen und suchten das Land ab, es war ihnen unbegreiflich, wohin der Bulle in den wenigen Sekunden gelaufen sein konnte. Einige Männer waren den Bahndamm hinuntergelaufen, Christoph Klein zu warnen, der aber sah und hörte nichts, er zog nur und zog an dem Ring im Strohhaufen. Plötzlich schälte sich unter Prusten und Schnaufen aus dem Haufen, von gebrochenen Halmen umkleidet, der Bulle, und wenn Klein auch erschrocken war, er zerrte nur fester den Ring und damit den Bullen zu sich. Je kraftvoller er zog, desto gefügiger wurde das Tier, so, daß es schließlich lammfromm hinter dem Buckligen hertrottete, die wenigen Meter zum Aschenweg, der in geringem Anstieg die Bahngeleise kreuzte und sich dann weiter zum Dorf wand.

Das Angstgeschrei der Menge löste sich in Lachen auf, und alle, die vorher Felix aus sicherer Entfernung verflucht hatten, kamen nun angelaufen und klopften die prallen Hinterteile des Bullen und auch die verkrüppelten Schultern des einstigen Kumpels.

Christoph Klein ahnte, daß er und der Bulle zum Mittelpunkt großer Freude geworden waren. Klein lachte, er führte den Bullen in den Stall, die Johlenden kehrten zu ihrer Arbeit zurück, die Bundeswehr fuhr singend aus dem Dorf, die Feuerwehr begoß bis spät in die Nacht den glücklichen Fang.

Vier Wochen nach meinem Besuch las ich Christoph Kleins Todesanzeige in der Zeitung, der, wenn auch nur für einen Tag, eine lokale Berühmtheit gewesen war. Er sei das Opfer eines tragischen Unfalls geworden, hieß es.

Wieder fuhr ich hinaus, mich interessierte sein Ende, so wie mich früher sein Leben interessiert hatte. Im Wirtshaus, als einziger Gast, erkundigte ich mich nach den Einzelheiten, und der Wirt gab mir auch bereitwillig Auskunft.

Tja, sagte er, der Christoph war ja nun nicht richtig im Kopf; seit er den Stier gefangen hat, arbeitete er keinen Handschlag mehr. Er ging nur noch spazieren. Mit Hut.

Tja, und immer hat er den Felix geärgert, und der wurde immer wütender in der Box.

Tja, und eines Abends hat der Felix ausgeschlagen, und der Christoph war sofort tot. Ist vielleicht gut so, der Bauer hätte an ihm sowieso keinen Nutzen mehr gehabt. Tja, vielleicht war der Christoph schon immer nicht richtig im Kopf, wer weiß.

Tja, sagte er noch, dann ging ich.

Sie verstand ihn nicht

Sie hatten Kaffee gekocht. Er saß, nur mit einer kurzen Unterhose bekleidet, in einem Sessel, die Beine ausgestreckt und sah der Frau abwesend zu, wie sie leichtfüßig, in einem Hemdchen, das ihr kaum über den Nabel reichte, im Zimmer hin und her lief, Zucker und Milch holte und auf den Tisch stellte. Manfred Waibler starrte auf die dampfende schwarze Brühe, dann auf seine Zehen, wieder auf die Frau. Er strähnte seine Haare minutenlang mit den Fingerkuppen nach hinten, dann flachhändig wieder nach vorn.

Liebster! Was hast du? Tut es dir jetzt leid? Du kannst es mir sagen, ich bin nicht empfindlich. Sag es mir. Sie legte ihre ruhigen Hände auf seine fahrigen.

Nein, es tut mir nicht leid, es wird mir nie leid tun, das weißt du doch. Mir fiel nur eben etwas ein – ich weiß nicht, wie ich darauf kam, aber plötzlich war es da.

Hast du über uns nachgedacht? Sie schmiegte ihr Gesicht auf sein Haar.

Über uns? Nein, wohl mehr über mich.

Kannst du es mir nicht sagen? Oder willst du nicht?

Du wirst mich nicht verstehen, du wirst mich nur auslachen. Es ist auch schwer zu verstehen.

Ich werde nicht lachen. Versuch es doch, und wenn ich es nicht verstehe, dann erklärst du es mir. Vielleicht verstehe ich es dann doch.

Es ist nur, sagte er, wegen gestern.

Was war gestern? Sag schon, ich weiß jetzt nicht, was du meinst.

Die Frau kniete vor ihm nieder und legte ihren Kopf zwischen seine Oberschenkel, ihre Brüste drückte sie fest um sein rechtes Knie. So verharrten sie eine Minute im Schweigen.

Er streichelte mit der rechten Hand über ihr Haar, mit

der linken über ihre Brüste und sagte: Es ist wegen gestern, weißt du. Ich habe doch gestern auf der Belegschaftsversammlung gesprochen, und da habe ich, wenn von der Zone die Rede war, immer DDR gesagt. Verstehst du?

Nein, ich verstehe nicht. Was hast du für Sorgen, und ich dachte schon, es wäre etwas Schlimmes. Was bin ich froh.

Du täuschst dich, ich habe DDR gesagt. Weißt du nicht, was das bei uns hier heißt? Ich habe DDR gesagt!

Aber Liebster, was machst du dir plötzlich für Gedanken. Es heißt doch auch so, die großen Zeitungen schreiben das doch auch.

Ja, die großen Zeitungen, das ist was anderes, für die kann es so etwas geben, aber für einen Arbeiter, noch dazu für einen Betriebsrat, heißt das Zone. Sowjetzone! Verstehst du?

Nein, Liebster. Was quälst du dich rum, das ist doch schließlich ganz egal, wie man das nennt, jeder weiß, was gemeint ist.

Egal? rief er. Das ist nicht egal! schrie er plötzlich und stieß die Frau von seinen Knien weg, sie fiel unter den Tisch, eine Kaffeetasse schwappte über, und die schwarze heiße Brühe spritzte auf ihre behaarten Beine. Die Frau schrie auf. In ihr Jammern polterte der Mann: Das ist es ja! Das ist es ja! Das ist eben nicht egal. Verstehst du? Das ist nicht egal! Die da drüben sind nicht DDR, die sind Zone! Verstehst du? Warum bist du so dämlich und verstehst das nicht!

Er war aufgesprungen.

Die Frau lag noch immer unter dem Tisch, sie wimmerte leise und rieb sich die Beine. Liebster, sagte sie kaum hörbar, Liebster!

Er lief im Zimmer auf und ab. In Teufels Küche kann ich kommen, sagte er gedämpfter, verstehst du? Ich habe als einziger DDR gesagt, ich, ich. Als einziger habe ich DDR gesagt. Mein Gott, wie konnte ich mich nur so vergessen, ich muß von allen bösen Teufeln geritten worden sein. Wie konnte mir das nur passieren? Sie werden jetzt zusammensitzen und über mich reden, sie werden sagen, ich bin ein Kommunist, nur weil ich DDR gesagt habe. Und dann, wenn sie sich erst mal einig geworden sind, daß ich Kommunist bin, dann fliege ich aus dem Betriebsrat, womöglich noch aus dem Betrieb. So stehen die Dinge.

Aber Liebster! Du bist doch für den Betrieb unentbehrlich, sagte die Frau unter dem Tisch hervor. Sie lag immer noch ausgestreckt auf dem Teppich, manchmal rieb sie noch ihre Beine, das Hemdchen war bis zum Halse hochgerutscht.

Unentbehrlich? fragte er zurück. Nein, mein Liebling, da bist du auf dem Holzweg. Wer DDR sagt, ist entbehrlich, zumindest im Betriebsrat entbehrlich. Er stand einige Sekunden still und betrachtete sie abwesend. Ja, sagte er dann, ich bin entbehrlich. Sie werden jetzt über mich sprechen, sie werden etwas finden, sie müssen etwas finden, weil mir die SPD nicht links genug ist, muß ich ein Kommunist sein. Jawohl, das werden sie finden, und sie werden mir beweisen, nach allem, was ich gesagt habe, daß ich ein Kommunist bin, und Kommunist sein, heißt bei uns Verbrecher sein. Und dabei bin ich kein Kommunist, begreifst du? Ich bin alles andere als ein Kommunist, mir paßt nur so vieles nicht hier, im Land und im Betrieb, und ich sage frei, was mir nicht paßt. Und daraus drehen sie dir einen Strick, der Strick heißt Kommunismus, und an dem wirst du aufgehängt. Mein Gott, was ist das nur für eine Zeit. Wahnsinn! Das ist doch eine wahnsinnige Zeit. Begreifst du?

Die Gewerkschaft wird dich schützen, sagte sie.

Was? Die? Nein, nein, wenn man erst mal zusammengelogen hat, daß ich ein Kommunist bin, dann tut auch die Gewerkschaft keinen Handgriff. Für die gibt es doch auch keine DDR, nur eine Zone. So ist das.

Die Frau stand auf und sah ratlos an sich herab. Sie wollte auf ihn zugehen, sah auf die Uhr und erschrak. Mein Gott, Manfred, wir müssen uns anziehen, er kann gleich hier sein.

Was tut das jetzt noch, ob uns dein Mann sieht oder nicht? Morgen bin ich im Betrieb als Kommunist verschrien, dann fliege ich aus dem Betriebsrat und kann womöglich meine Stellung verlieren. Mein Gott, das ist doch völlig unwichtig, wenn uns dein Mann jetzt so sieht.

Bist du wahnsinnig, Manfred? Denkst du überhaupt nicht an mich? Bitte, Manfred, bitte!

Sie holten ihre im Zimmer verstreut liegenden Kleidungsstücke zusammen und zogen sich an, sie wendeten sich ab, denn plötzlich schämten sie sich voreinander. Erst als sie angezogen waren, sahen sie sich wieder in die Augen. Die Frau umhalste den Mann und fragte dicht vor seinem Gesicht: Liebster! Ist das alles wirklich so schlimm, wie du es ausgemalt hast?

Es kann aber schlimm werden, sagte er. DDR sagen ist bei uns ein halbes Staatsverbrechen, weil man dann in den Geruch kommt, Kommunist zu sein.

Sie setzten sich in die Sessel einander gegenüber, und nichts deutete darauf hin, daß sie sich sehr gut kannten.

Da wohnen doch auch Menschen, in der Zone, ich meine in der DDR, achtzehn Millionen. Gibt es die denn nicht?

Denkste! Die wohnen nur dort, die existieren nur, wenn man Zone sagt. Wenn man DDR sagt, dann sind die achtzehn Millionen nicht mehr da, weil...

Aber wieso denn?

Weil es die DDR nicht gibt, versteh doch endlich, die gibt es nicht, folglich gibt es auch die achtzehn Millionen nicht. Verstehst du?

Nein, ich verstehe dich zwar nicht, das geht über meinen Verstand, aber warum sprechen wir nur immer über diese blöde Politik. Ich muß dir so viel sagen, ich wollte es dir schon vorige Woche sagen, daß ich Angst habe, ein Kind zu bekommen, und da sitzen wir und sprechen über Politik und...

Politik? rief er. Was ist das? Wir unterhalten uns doch nicht über Politik, nur über Dummheiten und Scheuklappen und darüber, daß eins und eins nicht mehr zwei ist, sondern eins, und auch eins bleiben muß.

Was meinst du damit?

Laß nur, ich verstehe es auch nicht, ich habe auch noch nicht so recht darüber nachgedacht. Nur jetzt fiel es mir ein, weil ich gestern auf der Belegschaftsversammlung DDR gesagt habe und weil ich jetzt Angst um meine Stellung habe, und nur deshalb mache ich mir Gedanken, deshalb merke ich jetzt, daß wir in einem wahnsinnigen Zustand leben, daß es Menschen gibt, die vor Überheblichkeit platzen, die glauben, alles, was sie für richtig halten, müsse auch Richtigkeit und Verstand haben.

Hättest du nicht besser sogenannte DDR sagen können, Liebster, sagte sie, stand auf und strich über sein Haar.

Ich habe aber nicht sogenannte gesagt, schrie er und sprang auf, ich habe nicht sogenannte gesagt, ich habe nicht. Verstehst du?

Nein!

Nein? Nein? Er sah die Frau an wie etwas völlig Fremdes. Nein, sagte er dann langsam, nein. Aber du hast recht mit deinem Nein. Sage das mal denen, sage es ihnen. Sage ihnen: Ich fahre mit dem sogenannten Auto auf den sogenannten Autobahnen der sogenannten DDR, und über mir ist ein sogenannter Himmel, sogenannte Vögel singen in sogenannten Bäumen, und die sogenannten Menschen links und rechts der sogenannten Autobahnen fahren sogenanntes Heu ein, und das sogenannte Leben dieser sogenannten Menschen hat sogenannte Freuden und sogenannte Leiden, und der sogenannte...

Hör auf! Bitte! Hör auf! Das ist zum Wahnsinnigwerden.

Ja, da hast du recht, das ist zum Wahnsinnigwerden.

Man muß das hinausschreien, Liebster!

Ja, schrie er sie an, geh hinaus, stell dich auf den Brunnenrand am alten Markt und schrei, daß es alle hören: Ich verstehe euch nicht! Ich verstehe euch nicht!

Und was wird dann passieren? fragte sie leise.

Was dann passiert? fragte er flüsternd zurück. Sie werden dich vom Brunnenrand herunterholen, dich für wahnsinnig erklären, weil du nicht verstehst.

Meinst du?

Das weiß ich! sagte er laut.

Dann ging er.

Masken

Sie fielen sich unsanft auf dem Bahnsteig 3a des Kölner Hauptbahnhofes in die Arme und riefen gleichzeitig: Du?! Es war ein heißer Julivormittag, und Renate wollte in den D-Zug nach Amsterdam über Aachen, Erich verließ den Zug, der von Hamburg kam. Menschen drängten aus den Wagen auf den Bahnsteig. Menschen vom Bahnsteig in die Wagen, die beiden aber standen in dem Gewühl, spürten weder Püffe noch Rempeleien und hörten auch nicht, daß Vorübergehende sich beschwerten, weil sie ausgerechnet vor den Treppen standen und viele dadurch gezwungen waren, um sie herumzugehen. Sie hörten auch nicht, daß der Zug nach Aachen abfahrbereit war, und es störte Renate nicht, daß er wenige Sekunden später aus der Halle fuhr.

Die beiden standen stumm, jeder forschte im Gesicht des anderen. Endlich nahm der Mann die Frau am Arm und führte sie die Treppen hinunter, durch die Sperre, und in einem Lokal in der Nähe des Doms tranken sie Tee.

Nun erzähle, Renate. Wie geht es dir? Mein Gott, als ich dich so plötzlich sah... du... ich war richtig erschrocken. Es ist so lange her, aber als du auf dem Bahnsteig fast auf mich gefallen bist...

Nein, lachte sie, du auf mich.

Da war es mir, als hätte ich dich gestern zum letzten Male gesehen, so nah warst du mir. Und dabei ist es so lange her...

Ja, sagte sie. Fünfzehn Jahre.

Fünfzehn Jahre? Wie du das so genau weißt. Fünfzehn Jahre, das ist ja eine Ewigkeit. Erzähle, was machst du jetzt? Bist du verheiratet? Hast du Kinder? Wo fährst du hin...?

Langsam, Erich, langsam, du bist noch genauso ungeduldig wie vor fünfzehn Jahren. Nein, verheiratet bin ich nicht, die Arbeit, weißt du. Wenn man es zu etwas bringen will, weißt du, da hat man eben keine Zeit für Männer.

Und was ist das für Arbeit, die dich von den Männern fernhält? Er lachte sie an, sie aber sah aus dem Fenster auf die Tauben. Ich bin jetzt Leiterin eines Textilversandhauses hier in Köln, du kannst dir denken, daß man da von morgens bis abends zu tun hat und...

Donnerwetter! rief er und klopfte mehrmals mit der flachen Hand auf den Tisch. Donnerwetter! Ich gratuliere.

Ach, sagte sie und sah ihn an. Sie war rot geworden.

Du hast es ja weit gebracht, Donnerwetter, alle Achtung. Und jetzt? Fährst du in Urlaub?

Ja, vier Wochen nach Holland. Ich habe es nötig, bin ganz durchgedreht. Und du, Erich, was machst du? Erzähle. Du siehst gesund aus.

Schade, dachte er, wenn sie nicht so eine Bombenstellung hätte, ich würde sie jetzt fragen, ob sie mich noch haben will. Aber so? Nein, das geht nicht, sie würde mich auslachen, wie damals.

Ich? sagte er gedehnt und brannte sich eine neue Zigarette an. Ich... ich... Ach weißt du, ich habe ein bißchen Glück gehabt. Habe hier in Köln zu tun. Habe umgesattelt, bin seit vier Jahren Einkaufsleiter einer Hamburger Werft, na ja, so was Besonderes ist das nun wieder auch nicht.

Oh, sagte sie und sah ihn starr an, und ihr Blick streifte seine großen Hände, aber sie fand keinen Ring. Vor fünfzehn Jahren waren sie nach einem kleinen Streit auseinandergegangen, ohne sich bis heute wiederzusehen. Er hatte ihr damals nicht genügt, der schmalverdienende und immer ölverschmierte Schlosser. Er solle es erst zu etwas bringen, hatte sie ihm damals nachgerufen, vielleicht könne man später wieder darüber sprechen. So gedankenlos jung war sie damals. Ach ja, die Worte waren im Streit gefallen und trotzdem nicht böse gemeint. Beide aber fanden danach keine Brücke mehr zueinander. Sie wollten und wollten doch nicht. Und nun? Nun hatte er es zu etwas gebracht.

Dann haben wir ja beide Glück gehabt, sagte sie und dachte, daß er immer noch gut aussieht. Gewiß, er war älter geworden, aber das steht ihm gut. Schade, wenn er nicht so eine Bombenstellung hätte, ich würde ihn fragen, ja, ich ihn, ob er noch an den dummen Streit von damals denkt und ob er mich noch haben will. Ja, ich würde ihn fragen. Aber jetzt?

Jetzt habe ich dir einen halben Tag deines Urlaubs gestohlen, sagte er und wagte nicht, sie anzusehen.

Aber Erich, das ist doch nicht wichtig, ich fahre mit dem Zug um fünfzehn Uhr. Aber ich, ich halte dich bestimmt auf, du hast gewiß einen Termin hier.

Mach dir keine Sorgen, ich werde vom Hotel abgeholt. Weißt du, meinen Wagen lasse ich immer zu Hause, wenn ich längere Strecken fahren muß. Bei dem Verkehr heute, da kommt man nur durchgedreht an.

Ja, sagte sie. Ganz recht, das mache ich auch immer so. Sie sah ihm nun direkt ins Gesicht und fragte: Du bist nicht verheiratet? Oder läßt du Frau und Ring zu Hause? Sie lachte etwas zu laut für dieses vornehme Lokal.

Weißt du, antwortete er, das hat seine Schwierigkeiten. Die ich haben will, sind nicht zu haben oder nicht mehr, und die mich haben wollen, sind nicht der Rede wert. Zeit müßte man eben haben. Zum Suchen, meine ich. Zeit müßte man haben. Jetzt müßte ich ihr sagen, daß ich sie noch immer liebe, daß es nie eine andere Frau für mich gegeben hat, daß ich sie all die Jahre nicht vergessen konnte. Wieviel? Fünfzehn Jahre? Eine lange Zeit. Mein Gott, welch eine lange Zeit. Und jetzt? Ich kann sie doch nicht mehr fragen, vorbei, jetzt, wo sie so eine Stellung hat. Nun ist es zu spät, sie würde mich auslachen, ich kenne ihr Lachen, ich habe es im Ohr gehabt, all die Jahre.

Fünfzehn? Kaum zu glauben.

Wem sagst du das? Sie lächelte.

Entweder die Arbeit oder das andere, erwiderte er.

Jetzt müßte ich ihm eigentlich sagen, daß er der einzige Mann ist, dem ich blind folgen würde, wenn er mich darum bäte, daß ich jeden Mann, der mir begegnete, sofort mit ihm verglichen habe. Ich sollte ihm das sagen. Aber jetzt? Jetzt hat er eine Bombenstellung, und er würde mich nur auslachen, nicht laut, er würde sagen, daß... ach... es ist alles so sinnlos geworden.

Sie aßen in demselben Lokal zu Mittag und tranken anschließend jeder zwei Cognac. Sie erzählten sich Geschichten aus ihren Kindertagen und später aus ihren Schultagen. Dann sprachen sie über ihr Berufsleben, und sie bekamen Respekt voreinander, als sie erfuhren, wie schwer es der andere gehabt hatte bei seinem Aufstieg. Jaja, sagte sie; genau wie bei mir, sagte er.

Aber jetzt haben wir es geschafft, sagte er laut und rauchte hastig.

Ja, nickte sie. Jetzt haben wir es geschafft. Hastig trank sie ihr Glas leer.

Sie hat schon ein paar Krähenfüße, dachte er. Aber die stehen ihr nicht einmal schlecht.

Noch einmal bestellte er zwei Schalen Cognac, und sie lachten viel und laut.

Er kann immer noch herrlich lachen, genau wie früher, als er alle Menschen einfing mit seiner ansteckenden Heiterkeit. Um seinen Mund sind zwei steile Falten, trotzdem sieht er wie ein Junge aus, er wird immer wie ein Junge aussehen, und die zwei Falten stehen ihm nicht einmal schlecht. Vielleicht ist er jetzt ein richtiger Mann, aber nein, er wird immer ein Junge bleiben.

Kurz vor drei brachte er sie zum Bahnhof.

Ich brauche den Amsterdamer Zug nicht zu nehmen, sagte sie. Ich fahre bis Aachen und steige dort um. Ich wollte sowieso schon lange einmal das Rathaus besichtigen.

Wieder standen sie auf dem Bahnsteig und sahen aneinander vorbei. Mit leeren Worten versuchten sie die Augen des andern einzufangen, und wenn sich dann doch ihre Blicke trafen, erschraken sie und musterten die Bögen der Halle.

Wenn sie jetzt ein Wort sagen würde, dachte er, dann...

Ich muß jetzt einsteigen, sagte sie. Es war schön, dich wieder einmal zu sehen. Und dann so unverhofft...

Ja, das war es. Er half ihr beim Einsteigen und fragte nach ihrem Gepäck.

Als Reisegepäck aufgegeben.

Natürlich, das ist bequemer, sagte er.

Wenn er jetzt ein Wort sagen würde, dachte sie, ich stiege sofort wieder aus, sofort.

Sie reichte ihm aus einem Abteil erster Klasse die Hand. Auf Wiedersehen, Erich... und weiterhin... viel Glück.

Wie schön sie immer noch ist. Warum nur sagt sie kein Wort.

Danke, Renate. Hoffentlich hast du schönes Wetter.

Ach, das ist nicht so wichtig. Hauptsache ist das Faulenzen, das kann man auch bei Regen.

Der Zug ruckte an. Sie winkten nicht, sie sahen sich nur in die Augen, so lange dies möglich war.

Als der Zug aus der Halle gefahren war, ging Renate in einen Wagen zweiter Klasse und setzte sich dort an ein Fenster. Sie weinte hinter einer ausgebreiteten Illustrierten.

Wie dumm von mir, ich hätte ihm sagen sollen, daß ich immer noch die kleine Verkäuferin bin. Ja, in einem anderen Laden, mit zweihundert Mark mehr als früher, aber ich verkaufe immer noch Herrenoberhemden, wie früher, und Socken und Unterwäsche. Alles für den Herrn. Ich hätte ihm das sagen sollen. Aber dann hätte er mich ausgelacht, jetzt, wo er ein Herr geworden ist. Nein, das ging doch nicht. Aber ich hätte wenigstens nach seiner Adresse fragen sollen. Wie dumm von mir, ich war aufgeregt wie ein kleines Mädchen und ich habe gelogen, wie ein kleines Mädchen, das imponieren will. Wie dumm von mir.

Erich verließ den Bahnhof und fuhr mit der Straßenbahn nach Ostheim auf eine Großbaustelle. Dort meldete er sich beim Bauführer.

Ich bin der neue Kranführer.

Na, sind Sie endlich da? Mensch, wir haben schon gestern auf Sie gewartet. Also dann, der Polier zeigt Ihnen Ihre Bude, dort drüben in den Baracken. Komfortabel ist es nicht, aber warmes Wasser haben wir trotzdem. Also dann, morgen früh, pünktlich sieben Uhr.

Ein Schnellzug fuhr Richtung Deutz. Ob der auch nach Aachen fährt? Ich hätte ihr sagen sollen, daß ich jetzt Kranführer bin. Ach, Blödsinn, sie hätte mich nur ausgelacht, sie kann so verletzend lachen. Nein, das ging nicht, jetzt, wo sie eine Dame geworden ist und eine Bombenstellung hat.

Am 24. Oktober 1963 stürzte auf der Zeche Mathilde bei Lengede ein Klärteich mit 500000 cbm Wasser und Schlamm in die Grube.

29 Tote.

Drei Bergarbeiter konnten nach 184 Stunden gerettet werden.

Als die Rettungsaktion schon abgebrochen war, weil man glaubte, keine Überlebenden mehr auffinden zu können, entdeckte man durch eine Bohrung noch elf Bergleute.

Auch sie wurden nach 336 Stunden ans Tageslicht gebracht.

Sie waren gelaufen, sie waren gestolpert, hingefallen, aufgesprungen, weitergelaufen. Ihnen war, als berste die Erde entzwei. Hinter ihnen donnerte und zitterte der Berg, eine Welle von Wasser und Schlamm wälzte sich hinter den Flüchtenden her, Wasser und Schlamm flossen immer schneller, schon wateten die letzten im Schlamm, Steine fielen auf sie nieder. Die Männer schrien, aber der Steinfall und das hereingebrochene Wasser verschluckten ihre Schreie.

Dann war plötzlich Stille. Furchtbare Stille.

Die flüchtenden Männer blieben mitten im Lauf stehen. Sie hörten nur noch ihren eigenen stoßenden Atem. Irgendwo tropfte Wasser aus dem Gestein. Das Wasser tropfte gleichmäßig, nicht besonders laut, wie ein undichter Wasserhahn.

»Mein Gott, was war das?« keuchte einer. »Was ist passiert?« schrie ein anderer.

Sie sahen sich um, sie standen eng nebeneinander in einem Stollen, manche bis zu den Knien im Wasser oder Schlamm. Etliche hatten auf der Flucht ihre Lampen verloren. Aber die, die noch im Besitz einer Lampe waren, leuchteten den Stollen aus, den anderen Männern ins Gesicht, um zu wissen, wer um sie war. Sie waren noch elf.

»Hier können wir nicht bleiben«, sagte Eberling. »Wir müssen uns einen trockenen Platz suchen.«

Eberling war 54 Jahre alt und Vorarbeiter.

Eberling schlurfte allein die Strecke entlang, er leuchtete die Steinwände ab, fühlte das Gestein ab, ob es auch fest genug war. Er spürte plötzlich einen Luftzug und ging ihm nach. Er sah eine Öffnung von zwei Meter Durchmesser über sich, er kletterte hindurch und befand sich in einer Höhle. Er war, wie er wußte, im »Alten Mann«, einer abgebauten Strecke. Es war sonst verboten, sich darin aufzuhalten.

Hier konnten sie bleiben, nach hier würde weder Wasser noch Schlamm hochsteigen, es sei denn, die gesamte Grube bräche zusammen. Er kletterte zurück, um die wartenden Kollegen zu verständigen. Als Eberling bei ihnen ankam, sah er, daß sie dabei waren, Tote aus dem Schlamm zu ziehen. Sie schleiften die Toten in einen trockenen Streckenteil, aber da kam plötzlich eine Woge Schlamm und deckte sie zu. Sie kletterten in den von Eberling ausgekundschafteten Stollen, da war es trocken, und auch die Luft war verhältnismäßig gut. Sie suchten sich einen Platz, wo sie halbwegs gut sitzen oder liegen konnten und wo sie vor niederfallendem Gestein sicher waren. Sie setzten sich zu einem Kreis zusammen. Jetzt erst spürten sie, wie erschöpft sie waren. Eberling war der einzige, dessen Lampe noch Licht gab, er leuchtete in die Gesichter der Kameraden, und er sah mit Schrecken, daß die meisten am Kopf oder an den Händen verletzt waren.

Eberling holte seine Verbandspäckchen aus den Taschen, er verband bei Karl die Stirn, bei Fritz den Unterarm, bei Egon den Daumen, und als die Verbandspäckchen verbraucht waren, suchte er die Taschen der Kameraden nach Taschentüchern ab. Er fand auch fünf und verband nach und nach die Wunden, die unbedingt verbunden werden mußten. Die Lampe gab noch milchiges Licht, sie würde bald verlöschen. »Erst mal Ruhe«, sagte Eberling, als einige zu klagen begannen. »Wir wissen jetzt wenigstens, was los ist. Bleibt liegen und ruht euch aus. Horcht in den Berg, vielleicht erfahren wir durch Geräusche mehr.«

Dann lagen sie und horchten in die Nacht. Irgendwo tropfte Wasser. Irgendwo polterten Steine. Es war undurchdringliche Nacht. Eberling hatte seine Lampe ausgeschaltet, er mußte sparen, denn keiner wußte, wie lange sie eingeschlossen sein würden. Die anderen zehn waren eingeschlafen, einige stöhnten im Traum. Eberling überlegte. Wie spät mochte es sein? Niemand hatte eine Uhr. Ihm war klargeworden, daß es ein großes Unglück war. Dann legte sich auch Eberling auf die Steine, er schlief sofort ein.

Als nach mehreren Versuchsbohrungen bekanntgeworden war, daß 70 Meter unter der Erde doch noch Kumpels überlebt haben konnten, holte man alle in Frage kommenden Männer zusammen, um neue Rettungsaktionen einzuleiten. Erst wollte niemand glauben, daß nach so vielen Tagen noch Männer unter Tage leben könnten. Aber die, die den Schacht kannten, schlossen die Möglichkeit nicht aus, daß sich etliche Bergleute in eine abgebaute Strecke geflüchtet haben könnten, wo es ihnen möglich war, in einer Luftblase mehrere Tage lang zu leben.

Die Rettungstrupps und die Fahrzeuge mit den Spezialgeräten zur Bergung Eingeschlossener wurden durch Polizeifunk zurückgeholt. Peterwagen der Polizei stoppten auf den Autobahnen die Fahrzeuge, die ins Ruhrgebiet und nach Hamburg unterwegs waren. Auch die Journalisten, die Berichterstatter des Rundfunks und des Fernsehens kehrten auf das Betriebsgelände zurück und bauten ihre erst vor Stunden abgebauten Geräte wieder auf.

In kurzer Zeit war das Spezialbohrgerät montiert. Ingenieure und Bohrmeister errichteten in knapp zwei Stunden die Rampe, auf die die Bohranlage gesetzt werden mußte.

Alles lief nach Plan, als ob es vorher tausendfach geprobt worden wäre. Jeder Handgriff saß, nichts wurde überstürzt, die Männer arbeiteten ruhig, gelassen, so, als hätten sie nichts zu versäumen.

Der Reporter Guido Schütte vom Norddeutschen Rundfunk berichtete ständig im Fernsehen, was getan wurde, was getan werden konnte, um die Eingeschlossenen ans Tageslicht zu fördern. Er erklärte den technischen Aufwand, der bei solch einer Aktion notwendig ist, bei der es auf Sicherheit und Schnelligkeit zugleich ankommt, er befragte Menschen um ihre Meinung, er ließ Direktoren und Arbeiter der Zeche vor seiner Kamera berichten. Auf dem Fabrikgelände hatte sich Guido Schütte eine Tafel aufbauen lassen, die den Querschnitt des Berges darstellte. Sie zeigte das Gestein, das durchbohrt werden mußte, und die Kuppel unter Tage, in der sich noch Männer befinden konnten. Millionen Menschen auf der ganzen Welt hörten und sahen seine Berichte.

Der Reporter betonte immer wieder in seiner Berichterstattung: »Hoffentlich ist unter Tage einer bei den Eingeschlossenen, der die Kraft hat, die Männer zu beruhigen, sie aufzumuntern, ihnen Mut zuzusprechen.« Und er erklärte den Zuschauern immer wieder, wie es zu dem Unglück kommen konnte. »In der Nähe der Zeche befand sich ein Klärteich. Die riesige Menge Wasser und Schlamm war immer schwerer geworden, so daß die dünnen Steinwände die Last und den Druck nicht mehr aushielten und brachen, so daß Schlamm und Wasser in die Grube eindrangen. Im Laufe der Jahre waren die Stollen bis an den Klärteich vorgetrieben worden. Es war, wenn man so will, eine Überschwemmung unter Tage, vergleichbar mit einem Deichbruch am Meer: Das Wasser stürzt ungehindert in das Hinterland.«

Schreie weckten Hans Eberling. Er sprang auf. »Was ist los?« schrie er. Er hatte zuerst Mühe, sich zurechtzufinden, er wußte nicht gleich, wo er sich befand. Dann war er hellwach, schaltete seine Lampe ein und sah sich um. Einer fiel hin und her und schrie, als wäre er verrückt geworden. Eberling sprang auf und versuchte, den sich wie wahnsinnig Gebärdenden zu beruhigen. Es gelang ihm nur mit Mühe. Es war Emil, der kein Bergmann war; er war von einer Montagefirma aus Hannover für einen Tag in die Grube abgestellt, um eine Maschine zu montieren. Emil war 20 Jahre alt und zum ersten Mal unter Tage.

Dann beratschlagten sie, überdachten ihre Lage. Selbst konnten sie sich nicht retten, das sahen sie selbst, und das sagte ihnen ihre Erfahrung. Sie waren auf Hilfe von oben angewiesen. Aber wann würde diese Hilfe kommen? Einige jammerten, denn sie glaubten nicht an diese Hilfe von oben. Eberling gelang es nach und nach, sie zu beruhigen. Dann überlegten sie, wie spät es wohl sein mochte. Das Gefühl für Zeit war verlorengegangen, sie wußten nicht, ob zehn oder zwanzig oder vierzig Stunden vergangen waren, ein Tag oder zwei Tage oder drei – oder vielleicht auch erst eine Stunde.

Das hier war eine Welt geworden, die niemand, der sie nicht selbst erlebt hatte, verstehen und begreifen konnte; denn in dieser Welt gab es keine Zeit, weil es keine Uhr gab und keine Sonne.

Sie saßen wieder im Kreis und unterhielten sich über die Zeit, sie stellten Vermutungen an, über ihre Lage, über die Welt oben, ob man sie vermißte, ob man sie finden würde. Einige redeten von ihren Frauen, ihren Kindern. Ob oben wohl die Sonne scheint, Nebel das Land bedeckt, ob es Nacht ist oder heller Tag, die Menschen beim Mittagessen sitzen oder abends beim Fernsehen? Während des Sprechens schliefen einige ein, so erschöpft waren sie. Zuletzt blieben nur noch Karl wach und Eberling, sie lehnten Rücken an Rücken. Die Lampe hatten sie ausgeschaltet; sie wollten mit dem Licht sparsam umgehen.

»Was glaubst du«, fragte Karl, »wie lange wir hier noch eingesperrt sind?«

»Wahrscheinlich noch lange«, antwortete Eberling. »Aber beruhige dich, die finden uns schon.«

»Und woher weißt du das so genau?«

»Verlaß dich drauf, die finden uns«, sagte Eberling wieder.

»Woher du bloß das Vertrauen nimmst«, sagte Karl.

Dann schrie er: »Hans! Du machst dir selber was vor, wir werden hier langsam verhungern und verdursten!«

Aber während Karl schrie, kippte er zur Seite und schlief schon.

Als sich die Nachricht, daß noch Lebende im Berg seien, in Lengede und den umliegenden Ortschaften herumgesprochen hatte, rannten die Angehörigen und Freunde der noch Vermißten, vor allem Frauen, Mütter und Kinder, vor das Zechentor und fragten schreiend durch die Gitter: »Ist mein Mann dabei?« – »Ist mein Junge dabei?« – »Wo ist mein Vater?«

Niemand konnte ihre Fragen beantworten, denn niemand wußte zu dem Zeitpunkt, wie viele Männer unten waren, niemand kannte ihre Namen.

Männer und Frauen ließen sich vor dem Tor nieder und warteten, Stunden um Stunden. Sie schliefen sogar neben dem Tor auf den Bürgersteigen, in Decken gehüllt. Männer des Roten Kreuzes mußten völlig erschöpfte Frauen mit Gewalt in ihre Wohnungen bringen, denn die Nächte waren kalt. Töchter lösten ihre Mütter ab, Söhne ihre Väter. Aus jeder Familie blieb einer am Tor zurück, um gleich nach Hause berichten zu können, wenn die Namen der Eingeschlossenen bekannt würden.

Die Menschen starrten wie hypnotisiert auf das Gestänge des sich langsam drehenden Bohrers, der ein Loch in die Erde fraß, Zentimeter um Zentimeter. Sie starrten auf die Techniker und die Hilfsmannschaften wie auf Erscheinungen aus einer anderen Welt. Manchmal schrie eine Frau: »Bohrt doch schneller! Schneller!« Der Berichterstatter des Fernsehens sprach jeden Abend bei Schluß der

Übertragung die Worte: »Hoffentlich ist unter Tage einer, der die Kraft hat, die verzweifelten Männer zu beruhigen, ihnen Hoffnung zu geben, ihnen Mut zuzusprechen.«

Und wieder schreckte Hans Eberling aus Traum und Schlaf auf. Diesmal aber schrie nicht der junge Mann aus Hannover, der für einen Tag in die Grube gekommen war, um eine Maschine zu montieren, jetzt schrien und liefen alle durcheinander. Er sah es zwar nicht, sie hatten kein Licht mehr, er hörte es.

»Wir gehen hier kaputt!« schrie einer. »Wir verrecken hier!« – »Wir verdursten!« – »Wir verhungern!«

Eberling sprang auf, er wußte selbst nicht, woher er die Kraft nahm, denn auch er war völlig erschöpft, die Zunge brannte in seinem Mund, und er spürte, während er die Männer zu beruhigen versuchte, wie seine Zunge anschwoll. Er konnte kaum stehen, denn seine Füße waren ebenfalls angeschwollen, so daß er die Schuhe ausziehen mußte.

Dann war es Eberling endlich gelungen, alle wieder um sich zu versammeln, sie saßen oder lagen auf dem harten und kalten Stein. Einige hatten von den Steinwänden tropfendes Wasser geleckt. Das war besonders schlimm, denn dieses salzhaltige Wasser steigerte nur ihren Durst. Sie konnten kaum noch stöhnen, so waren ihre Zungen angeschwollen.

Auch wenn die Männer Eberling hätten Widerstand leisten wollen, weil er ihnen verwehrte, von dem Wasser zu trinken, sie waren dazu nicht mehr fähig, sie waren zu erschöpft. Der Durst, der Hunger, die Dunkelheit, die große Ungewißheit, vor allem die Angst. Und immer wieder die Nacht, die endlose, undurchdringliche Nacht. Und aus der Nacht Laute, Stöhnen, Weinen, erstickte Schreie, Gemurmel. Und vor allem das tropfende Wasser, das man nicht trinken durfte. Eberling sagte: »Männer, nur Ruhe. Trinkt das Wasser nicht, es bringt euch um. Bleibt liegen, bewegt euch nicht, das kostet Kraft. Wir werden hier herausgeholt, glaubt mir, die holen uns, die wissen oben, wo wir sind. Aber wir sind achtzig Meter tief unten, da braucht es schon seine Zeit, bis der Bohrer durch ist.«

Einige lachten. Ihr Lachen klang gespenstisch.

Dann war Stille. Sie hatten nichts zu essen, nichts zu trinken und, was noch schlimmer war, kein Licht.

Eberling lag und starrte in die Finsternis. Er überlegte. Was wird jetzt über Tage sein? Arbeiten sie schon an unserer Rettung? Wie lange sind wir hier unten schon eingeschlossen? Zwanzig Stunden oder zwanzig Tage? Eine Stunde oder einen Tag? Wenn man das nur wüßte. Hans Eberling spürte keinen Hunger mehr, denn seine Zunge war so dick, daß sie seinen ganzen Mund füllte, und seine Beine und Füße waren so angeschwollen, daß er sich kaum bewegen konnte. Trotzdem kroch er von einem zum anderen, um allen die Schuhe auszuziehen. Eberling begriff sich selbst nicht mehr: Er war nie ein mutiger Mann gewesen, und doch hatte er all die Zeit die Kraft gehabt, die anderen davon abzuhalten, das tödliche Wasser zu trinken und sich zu bewegen. Er hatte ihnen Mut zugesprochen, er war zwischen sie gefahren, beschwörend, zornig, begütigend, nur damit sich die Männer nicht unnötig erregten. Jede Bewegung und jegliche Erregung kosteten Kraft.

Der Oberingenieur stand ganz dicht neben dem Bohrer auf der Rampe und beobachtete die Skala, auf der man ablesen konnte, wie tief sich der Bohrer in den Berg gefressen hatte. Als der Zeiger auf der Skala die Zahl 70 erreichte, ließ der Oberingenieur anhalten und versammelte alle Männer um sich. Er erläuterte ihnen die technische Situation: »Ab sofort wird nur noch mit halber Kraft gebohrt, denn es werden höchstens noch zehn Meter sein, bis der Bohrer die Kuppel durchstößt. Bohren wir im jetzigen Tempo weiter, besteht die Gefahr, daß durch die Geschwindigkeit des Bohrers die gesamte Kuppel niederbricht und die Männer da unten vom Gestein erschlagen werden. Also Leute, äußerste Vorsicht! Beobachtet genau den Widerstand, den der Bohrer hat. Wird der Widerstand geringer, dann noch langsamer bohren. Ab jetzt ist Vorsicht die beste Sicherheit!«

Dann drehte sich der Bohrer wieder, langsamer als die vielen Stunden vorher. Es war Morgen geworden, es war Nacht geworden, es war wieder Morgen geworden, und es war wieder Nacht geworden. Für die wartenden Angehörigen war es, als bewegte sich der Bohrer überhaupt nicht mehr, denn ihnen war es die Stunden und Tage vorher schon zu langsam gegangen.

Die alles entscheidenden Stunden waren für die Männer am Bohrer angebrochen. Jetzt kam es auf Millimeter an, auf Fingerspitzengefühl; der Bohrer war nicht mehr ein plumpes und schweres Instrument, er war plötzlich feinnervig geworden. Auch für die Männer unter Tage kamen die kritischen Stunden, ohne daß sie es wußten; denn würde der Bohrer genau die Stelle der Kuppel durchstoßen, wo sie lagen, dann bestand die Gefahr, daß sie verletzt oder gar verschüttet würden.

Der Bohrer aber stieß in das Gewölbe, und das Gewölbe brach nicht. Die Männer hatten eine technische Meisterleistung vollbracht. Als der Bohrer keinen Widerstand mehr zeigte, ließ der Oberingenieur anhalten, alle schrien auf – die Wartenden wußten, daß jetzt eine Verbindung zu den Eingeschlossenen hergestellt war.

Karl rüttelte Eberling wach. »Horch mal! Hörst du was?«

Eberling starrte in die Nacht und fragte: »Was ist? Karl, bist du es?«

»Hörst du nichts? Da ist etwas. Ich höre es ganz deutlich.«

Jetzt hörte auch Eberling das Geräusch. Er fluchte leise, weil sie kein Licht hatten. Plötzlich war das Geräusch ganz nahe, und gleich darauf spürte er Staub in Augen und Mund eindringen. Er erhob sich mühsam, griff in die Nacht, an das Gestein. Er hatte plötzlich ein Stück Eisen in der Hand. Eberling stolperte vorwärts, denn irgendwo mußte der Bohrer durch die Steindecke gedrungen sein. Er versuchte zu schreien. Ach, wenn er nur ein Licht hätte! Und da hatte er den durchgedrungenen Bohrer gefunden, er konnte es nicht glauben. Er schlug mit dem gefundenen Stück Eisen an das Bohrgestänge. Aber da war der Bohrer schon wieder verschwunden, lautlos nach oben gezogen worden.

Eberling schrie: »Männer! Wacht auf! Sie haben uns gefunden!« Er sah nichts, er hörte nur, wie um ihn einige Männer aufwachten, er versuchte hastig zu erklären, daß die oben sie endlich gefunden hätten.

Dann war wieder Nacht. Wieder Stille.

»Hans, du hast geträumt«, sagte einer dicht neben ihm. Eberling blieb an der Stelle, wo der Bohrer durch das Gestein gedrungen war. Dann hörte er, wie etwas durch das enge Loch heruntergelassen wurde. Eine Stimme fragte: »Wer ist da?« Es war ein winziges Funksprechgerät.

»Hier sind wir! Hier!« schrie Eberling. »Elf Mann! Hier sind wir.« Und die Stimme aus dem Gerät sagte: »Jetzt nur Ruhe bewahren, wir holen euch, wir schicken gleich Licht und Wasser hinunter.«

Dann überstürzten sich die Ereignisse. Die anderen hatten nun auch begriffen, daß Eberling nicht geträumt hatte, und der junge Mann aus Hannover, der für einen Tag in die Grube gekommen war, um eine Maschine zu montieren, schrie plötzlich wie ein Irrer, und als er einmal an Eberling vorbeikam, fühlte Eberling, daß er nackt war. Der junge Mann sang Kinderlieder. Er hatte einen Nervenschock. Dann kam wieder das Funkgerät von oben, und sie erfuhren: Es war der 4. November. Sie hatten also elf Tage und elf Nächte in einem Stollen gesessen, ohne Essen, ohne Trinken, ohne Licht. Durch das kleine Bohrloch ließ man von oben eine Lampe in die Tiefe, die Stimme von oben sagte: »Jetzt bekommt ihr gleich was zu trinken. Langsam trinken, nicht hinunterstürzen. Langsam, schluckweise. Dann bekommt ihr eine kräftige Suppe, dann schicken wir euch eine Tablette, die gebt ihr dem Mann, der da unten nackt herumläuft, damit er sich beruhigt. Eberling, Sie sind dafür verantwortlich, daß meine Anweisungen eingehalten werden.«

Es war der Arzt, der von oben sprach.

Die Männer des Rundfunks hatten es möglich gemacht. Sie ließen an einem langen Kabel ein Mikrophon in die Tiefe, sie ließen Eberling und die Männer, die noch Kraft dazu hatten, in das Mikrophon sprechen, und ihre Gespräche wurden über Tage auf ein Tonband aufgenommen. So konnten die Angehörigen die Stimmen der Männer hören und bekamen Gewißheit, daß sie lebten. Die Welt über Tage erfuhr nun, wieviel Männer noch eingeschlossen waren, erfuhr ihre Namen, erfuhr auch, wie es ihnen ergangen war und in welcher körperlichen Verfassung sie waren. Namen wurden gerufen, Namen an das Tor weitergegeben, Namen auf eine Tafel geschrieben; die Tafel wurde an das Tor gehängt.

Schreie!

Schreie der Freude, las man da den Namen eines Angehörigen, Schreie des Entsetzens, weil der Name fehlte, auf den man tagelang gewartet hatte. Die Frauen und Mütter, deren Männer oder Söhne unter Tage waren, wurden ans Mikrophon geholt, sie durften eine Minute lang unter Tage sprechen. Mehr erlaubte der Arzt nicht, die Aufregung konnte den Männern gefährlich werden. Aber die Frauen standen nur vor dem Mikrophon und wußten nichts zu sagen vor Freude. Sie sagten nur: »Ja, nein, ja.« Oder: »Hansi hat keine Schule.« Oder: »Gestern war Regen.« Und eine alte Frau sagte: »Jochen, den Hühnerstall brauchst du nicht auszumisten, wenn du rauskommst, das hat Vater schon gemacht.«

Vor dem Werkstor fielen sich Menschen in die Arme, Verzweifelte und solche, deren Hoffnung sich erfüllt hatte. Tränen flossen ineinander, Tränen derer, die Grund hatten, sich zu freuen, und derer, denen die letzte Hoffnung genommen war.

Vier Tage, nachdem sie entdeckt worden waren, wurden die Männer mit Hilfe der Dahlbusch-Bombe aus dem Schacht nach oben geholt. Einer nach dem andern. Ein Steiger war zuvor in die Tiefe gefahren, um die Rettungsaktion zu überwachen. Der letzte, den sie ans Tageslicht holten, war Eberling.

Als der erste Gerettete über Tage ankam, sagte er: »Wenn wir Eberling nicht gehabt hätten, ich weiß nicht, was dann passiert wäre. Vielleicht wären wir nicht mehr am Leben.«

Auch Eberling kam gleich darauf zu Tage. Nach 336 Stunden.

Der PI

Wie man das verstehen soll.

Mein PI schweigt sich darüber aus, er ist darauf nicht programmiert und ist dafür nicht gespeichert worden. Es muß eine furchtbar langweilige Zeit gewesen sein, als es noch Bücher gab, die man lesen mußte, um etwas zu erfahren, die man lesen mußte, um für einen Beruf vorbereitet zu werden, aus Büchern mußte man lernen. Das ist heute anders. Was ich wissen möchte, wissen muß, das rufe ich ab durch meinen PI, meinen elektronischen Speicher, der bei meiner Geburt in Anwesenheit meiner Eltern in meinen Kopf eingesetzt worden ist.

Was muß das für eine schreckliche Zeit gewesen sein, als unsere Vorfahren noch das aufzuschreiben gezwungen waren, was sie dachten und was sie sich ausdachten; sie haben damit Bücher gefüllt und haben riesige Häuser gebaut, um diese Bücher zu stapeln. Heute rufe ich durch meinen PI einfach alles ab, was ich glaube wissen zu müssen oder das mir aufgetragen wird, daß ich es wissen und können sollte für spätere Zeiten; man weiß ja nie genau, wie man später in der Gesellschaft eingestuft wird.

Bücher lesen stahl den Menschen früher die Zeit. Heute können wir durch den PI alles abrufen, was wir brauchen, und doch können wir durch den PI lesen und uns dabei anderweitig beschäftigen, vielleicht mit früher vergleichbar, als die Leute Radio hörten und dabei etwas anderes taten; mein bei meiner Geburt eingesetzter PI leistet alles, was ich zum Leben brauche. Mein PI hat viele Frequenzen, so daß ich, wenn meine Mutter, die in Südafrika arbeitet, sich mit meinem Vater, der schon dreißig Jahre in Indien tätig ist, unterhält, mithören kann, so, als ob sie neben mir stünden. Immer wieder wollte mein Vater von Indien weg, aber trotz schärfster staatlicher Kontrollen war es bislang nicht möglich, die Geburten dort in den Griff zu bekommen. Es laufen einfach noch zu viele Menschen ohne PI herum. Neugeborene werden einfach versteckt oder als tot gemeldet. Und das kann auf die Dauer gesehen die liberale Weltregierung in Peking gefährden. Hungersnöte sind in den letzten zweihundert Jahren ausgeblieben, aber die Gefahr bleibt immer, daß eines Tages die Menschen einfach zuwenig zu Essen bekommen, deshalb hat die Weltregierung ein absolutes Limit gesetzt: Sechs Milliarden und nicht mehr dürfen die Erde bevölkern, mehr Menschen würde bedeuten, daß sie wieder in die Barbarei des Hungers zurückfallen, wie vor tausend Jahren, als es Völker gab, die aus Genußsucht schon nicht mehr wußten, was sie essen sollten, und nebendran jährlich Hunderttausende krepierten, weil sie nicht einmal in den Genuß des Abfalls der Genußsüchtigen kamen.

Nur wenn ich außerhalb der Schlafenszeit die Augen schließe, wenn ich das tun will, was die Menschen vor vielleicht undenklichen Zeiten »Träumen« nannten, dann gerät mein PI in Panik. Er stößt keuchende Töne aus, er faucht, zischt, knattert, ich weiß nicht einmal, ob diese Töne im Speicher registriert sind, und wenn ja, welche besondere Bedeutung sie haben sollen. Wohl ist mir nicht bei den fremden, ungewohnten Tönen, es ist auch nicht besonders unangenehm oder schmerzhaft, aber die Töne passen einfach nicht in meine Welt, in der doch alles und jedes programmiert ist. Trotzdem will ich einmal wissen, wie ich mich fühlen werde, wenn ich die Augen schließe und es keinen PI-Ton gibt, der mich daran hindert, die Augen geschlossen zu halten, mitten im Wachsein; ich möchte die Augen geschlossen halten dürfen, bis ich sie selbst öffne, und nicht durch meinen PI gezwungen werde, sie zu öffnen. Ich will mir Bilder malen mit meinen inneren Augen hinter meiner Stirn. Aber solche Bilder dürfen nicht gemalt werden, sagt mein PI. Was ist das, »träumen«. Vielleicht eine süße, nicht pulverisierte Speise.

Manchmal spricht mein Vater aus Indien mit mir, ich darf ihn empfangen, denn ich bin ein Privilegkind. Kinderkriegen, Kinderzeugen muß ein Privileg bleiben, wo kämen wir hin, wenn jeder, wie er wollte, Kinder in unsere Welt setzte, einfach so, wie es ihm beliebt, aus Lust vielleicht, aber Kinderzeugen ist nicht eine Lust allein, nicht ein biologischer Vorgang allein, es ist ein Orden. Ich zum Beispiel bin so privilegiert durch die Verdienste meiner Eltern, daß ich später einmal zwei Kinder zeugen darf. Mein Vater hat die Möglichkeiten geschaffen, eine Wüste zu bewässern, meine Mutter hat einen Sumpf trockengelegt, durch ihrer beider Verdienste konnte damit zusätzlich eine Million Menschen ernährt werden. Die Regierung in Peking kämpft für das Leben und das Überleben – alles andere ist zweitrangig.

Immer wieder erheben sich vergessene Völker oder solche, auf die niemand besonders geachtet hat, die sich einen Dreck darum scheren, ob wir etwas zu essen haben, die einfach leben wollen, so wie sie sich das Leben vorstellen. Gegen solche Eigenmächtigkeiten muß mit aller Härte vorgegangen werden. Niemand kann leben, wie es ihm gefällt und wie es einmal vor vielleicht tausend Jahren war; deshalb kam es zu Kriegen, zu Hungersnöten, zu Katastrophen. Daß ich ein Privilegierter bin, das merke ich täglich in der Schule, denn niemand, auch nicht die Lehrer, erheben Einwände, wenn ich während des Unterrichts meinen PI umschalte, einfach hören will, was mein Vater oder was meine Mutter derzeit arbeiten, ob sie mir etwas zu sagen haben.

Wenn ich meinem PI glauben darf – und wer würde je an seinem PI zweifeln –, ist das Wort »träumen« schon seit Jahrtausenden ausgestorben, zu der Zeit etwa, als es noch viele Regierungen auf der Welt gab, die sich bekämpften wegen Energie und Geschäften. Da war man noch so dumm und menschenfeindlich, Atom zur Herstellung von Strom zu verwenden, kein Wunder – Regierungen machten mit den Stromerzeugern gemeinsame Sache –, so daß zum Schluß niemand mehr wußte, wer nun Regierung, wer Stromerzeuger war. Was müssen doch diese Menschen, die sich Minister nannten, dumm gewesen sein – oder abgrundtief verlogen und korrupt. Gut, sie hatten keinen PI, aber auch das entschuldigt nur wenig. Politiker waren vor tausend Jahren sowieso dumm, vielleicht waren sie es immer in der Geschichte der Menschheit, das kann man heute erst ermessen, wenn man die Leistungen der Weltregierung in Peking betrachtet: Nichts für uns, alles für den Erdenbewohner. Diese Regierung hat den Hunger besiegt.

Ich muß manchmal daran denken, was meine Mutter einmal gesagt hat, bevor sie nach Südafrika mußte, daß bei meiner Geburt den Verpflanzern meines PIs ein Fehler unterlaufen sein muß, mit oder ohne Absicht, das sei dahingestellt: Mein PI läßt Fragen zu. Es gibt immer wieder PI-Einpflanzer, denen es Vergnügen macht, die Vorschriften zu umgehen, sie sehen das als stummen Protest gegen die Regierung an; das ist noch ein Relikt aus der Zeit, wo diese Menschen sich Götter in Weiß nennen durften – ungestraft nennen durften. Aber auch da hat unsere Zeit aufgeräumt und nachgewiesen, daß diese Weißgötter weiter nichts als geldgierig waren, sich an der Krankheit anderer schamlos bereicherten immer unter dem Mantel grenzenloser Nächstenliebe, und doch haben sich einige dieser Elemente über ein Jahrtausend hinweggerettet, und sie handeln auch heute wieder gegen alle Vernunft, wenn sie einem Neugeborenen den falschen PI einsetzen.

Mein PI erlaubt mir zu fragen, nicht wie andere, die einfach hinzunehmen haben. Meine Mutter sagte mir einmal, ich werde es nicht leicht haben mit meinem PI, denn wer Fragen stellt, fällt auf, wer auffällt, darf einer besonderen Beobachtung gewiß sein. Ich soll wenigstens in der Schule keine Fragen stellen, und ich halte mich meistens daran, aber manchmal muß ich fragen. Meine Lehrer sind dann erstaunt, meine Mitschüler – alles Privilegkinder – sind ebenfalls erstaunt, dann kratzt sich mein Lehrer mit seinen zehn Fingern in seinen Haaren, als wollte er seinen PI suchen, der irgendwo unter der Kopfhaut im Verborgenen arbeitet. Niemand weiß, wo sein PI sitzt. Mein Lehrer tut mir leid, weil auch er nur das vermitteln kann und darf, was sein PI gespeichert hat; er kann nur Gespeichertes abrufen, dann ist Leere, Schweigen, Ziel erreicht.

Ich habe einmal gefragt, warum man früher das Fleisch von Kühen, Schweinen und Lämmern gekocht oder gebraten hat und dann aß. Nicht wie heute, wo wir alle Speisen in Pulverform zu uns nehmen. Er wußte nicht zu antworten, ihm ist nur ein beschränkter Teil von Geschichte gelassen worden. Das mit dem Fleisch gehört zwar in die Ernährungswissenschaft, ist aber von der Geschichte der Menschheit nicht zu trennen. Er wußte zum Beispiel nicht, daß das pulverisierte Fleisch, überhaupt alle Nahrungsmittel zu Pulver verarbeitet werden. Dadurch haben wir die Möglichkeit, riesige Mengen zu lagern, und wer die Möglichkeit der großen Lagerhaltung hat, der ist auf alles vorbereitet, der kann vielleicht sogar drei Mißernten überstehen. Mit dieser Methode ist es möglich geworden, seit etwa fünfhundert Jahren den Hunger zu besiegen.

Es ist kaum begreifbar, wenn mein PI mir sagt, daß Menschen früher einfach verhungert sind. Die Pulverisierung der Lebensmittel hat entscheidend mit dazu beigetragen, daß die Menschen heute satt werden, ganz gleich, wo sie leben, und daß die Menschen seitdem, seit mehr als fünfhundert Jahren, keinen Krieg mehr gegeneinander führen, daß sich die Menschen nicht mehr umbringen wegen Energie, Profit, Macht, Raum, vielleicht auch, weil es jedermann möglich ist, in seiner Wohnung oder Garage Atombomben herzustellen. Von da ab hörten die Menschen auf, aufeinander zu schießen. Ein selbstverständlicher Vorgang und doch erstaunlich, wenn man sich heute vergegenwärtigt, daß sich Menschen früher für den Profit anderer haben umbringen lassen, daß viele Erfindungen vor tausend Jahren zwar schon existierten, aber nicht angewandt wurden, weil die praktische Auswertung anderen wiederum zu geringen Gewinn versprach, was uns heute auch wieder unverständlich bleibt, denn was sollten Menschen mit Millionen in ihren Händen. Auch sie konnten damals nichts anderes als irgendwann sterben, und sie wurden nicht, wie heute, hundertfünfzig Jahre alt.

Ich bin überzeugt, es lag an den Religionen und Ideologien und an den Regierungen, die das vertraten, denn jedes Land hatte damals eine eigene Regierung, vielleicht auch, weil in jedem Land eine eigene Sprache gesprochen wurde. Das gibt es zwar heute noch – wenngleich Englisch allumfassend geworden ist –, aber durch die Erfindung des PI hat jeder von seiner Geburt an gleich einen Dolmetscher mit in seinen Kopf bekommen.

Vor etlichen Monaten habe ich bei einer Unterhaltung mit meinem Vater den Ausdruck gehört: Kleiner Mann im Ohr. Das muß bei den Menschen vor tausend Jahren so etwas wie ein dummer Kerl gewesen sein. Wenn die Menschen von vor tausend Jahren aufstehen und unsere Welt sehen könnten, auf der sie doch auch einmal gelebt haben, ich würde mich gerne mit ihnen unterhalten, möchte sie fragen, was Bücher, was Schriftsteller in ihrer Welt für eine Funktion hatten, möchte sie fragen, was »träumen« ist, was Poesie, und vielleicht wäre es den Menschen von vor tausend Jahren möglich, mir zu erklären, was Träume sind – was Poesie ist, ein Wort, mit dem ich absolut nichts anzufangen weiß. Trotzdem, zwei schöne Worte in allen Sprachen. Meine Mutter jedenfalls sieht mich entsetzt an, hält sich Augen und Ohren zu, wenn ich sie frage: Was ist »träumen«? Junge, hat sie einmal geflüstert, wenn das jemand hört, er könnte glauben, du bist, wir sind gegen die Regierung. Du bist doch kein Reaktionär.

Wobei ich längst begriffen habe, daß reaktionär sein zu allen Zeiten etwas Schlimmes gewesen sein muß. Nur, wer vor tausend Jahren für die Regierung war, der war reaktionär, wer heute gegen unsere Regierung ist, der ist heute reaktionär. Ich verstehe das zwar nicht ganz, aber mein PI gibt mir darauf keine Antwort, wahrscheinlich gehöre ich doch noch nicht zu den Absoluten, auch wenn mein Vater ein Absoluter ist, meine Mutter eine Absolute seit geraumer Zeit.

Das ist überhaupt so eine Sache in unserer Schule auf Sizilien. Die gesamte Insel wurde vor dreihundert Jahren als Schulzentrum der Abteilung Europa eingerichtet. Da finden sich Schüler aus allen sozialen Schichten und Ländern, die heute Provinzen heißen, wie England, Finnland, Norwegen, die Ukraine. Und alle haben sie ihren PI, aber wie man mit einem PI richtig umgeht, das eben müssen wir in der Schule erlernen, und dann müssen einige die Schule verlassen und Fleisch zu Pulver mahlen, nur weil sie angefangen haben, gegen ihren PI zu opponieren; sie finden es ungerecht, sagen sie, daß es qualitativ abgestufte PIs gibt. Es gibt eine oberste und eine unterste Stufe und dazwischen noch Hunderte von PIs unterschiedlichster Qualität. Wogegen sich einige Schüler wenden ist, daß nicht einmal bei der Geburt des Menschen die gleichen PIs verpflanzt werden und daß die dann auch nicht mehr ausgewechselt werden können, weil in der Regel ein PI sich nach zwanzig Jahren entmaterialisiert. Es ist so, daß viele weniger qualifizierte PIs im Kopf tragen. Es gibt, daran darf man wohl nicht mehr zweifeln, Klassen-PIs, ja, die Aufbegehrer sagen einfach Klassen, obwohl das Wort durch die Weltregierung strengstens verboten ist. Ich könnte ruhig meinen PI danach fragen, was Klasse ist, was Klassen sind, er würde antworten: Begriff aus dem Schulischen – und ein Relikt von vor tausend Jahren, das es den Mächtigen erlaubte, ganze Völker gegeneinander zu hetzen, und das immer im Sinne von Fortschritt und Menschlichkeit.

So wie es früher bei den Religionen war. Auch so eine Sache, über die sich mein PI ausschweigt. Mein Vater hatte gesagt, wenn du ein Absoluter geworden bist, dann bekommst du einen PI eingesetzt, mit dem es dir möglich ist, alle Speicherungen der Welt abzurufen. Meine Güte, muß das schön sein, dann könnte ich vielleicht durch meinen neuen PI erfahren, was Traum ist, was »träumen« ist. Vielleicht, bin ich ein Absoluter geworden, darf ich wachend die Augen schließen, und kein PI wird mich mehr mit Fauchen und Zischen daran hindern, das zu tun, was die Menschen vor tausend Jahren getan haben: Augen schließen und an nichts denken, nur Bilder sehen. Ich werde meinen Ehrgeiz daransetzen, ein Absoluter zu werden, nur um mir das zu ermöglichen, was man früher »träumen« nannte. Ist das kein Ziel?

Ich weiß, der Weg dorthin ist schwer, mit Prüfungen und Wohlverhalten vermauert, vielleicht werde ich drei Jahre auf dem Mond stationiert oder werde drei Jahre als Taxidriver durch den Weltraum schippern, was weiß ich, was die für Aufgaben für mich bereithalten; das Schlimmste, was mir passieren kann, ist, daß sie mich in die Region A verlegen, also Südamerika und Afrika Nord, wo in den letzten Jahren diese endlosen Fabriken gebaut wurden mit diesen Sonnenenergiedächern, wo all das hergestellt, wo all das produziert wird, was die Menschen zum Leben benötigen. Da gibt es Millionen von Menschen, die immer noch Arbeiter heißen, denen man den niedrigsten PI einsetzte, und auch wer in unserer Schule nicht spurt, wie man so sagt, der landet eines Tages dort und stellt Sachen her, die er persönlich nicht braucht, die aber die Menschheit als Gesamtes benötigt. Denn sein Teil ist der Teil eines Teils vom Teil.

Wer einmal in den Regionen der Sonnendächer gelandet ist, der kommt nicht wieder heraus, obwohl das Leben der Menschen dort sehr angenehm ist; sie arbeiten nur drei Stunden am Tag und nur drei Tage in der Woche, und in der anderen Zeit tun sie das, wozu sie Lust haben, sie tun das, was ihnen ihr PI sagt, daß sie zu diesem oder jenem Lust haben sollten. Das Leben ist einfach, wenn man nicht fragt.

Ich werde einmal ein Absoluter werden, und obwohl es so etwas wie Protektionen nicht gibt, so werden doch sowohl mein Vater als auch meine Mutter dafür Sorge tragen, daß ich ein Absoluter werde, nur um einen anderen PI zu bekommen. Auch das Leben mit einem PI kann schön sein, angenehm, man braucht nicht denken, es wird einem alles gesagt, ein großer Menschheitstraum ist in Erfüllung gegangen: Leben ohne zu denken. Das ist es, was die meisten Menschen zu allen Zeiten anstrebten. Unsere Zeit hat es erreicht.

Im vorigen Jahr hatten wir in der Schule einen Hund, er war uns zugelaufen, man hatte vergessen, ihm einen PI einzusetzen: Das kann schon vorkommen, wenn plötzlich sechs Welpen sich herumwälzen, wahrscheinlich hat ein anderer Welpe zwei PI bekommen – dieser Hund also fing plötzlich an zu bellen, gegen jedes Gesetz, denn es gab keine Bellzeit mehr. Einige wollten ihn erschlagen, wir aber dürfen nicht töten. Also, der Hund kam einfach in die Klasse, setzte sich auf einen Stuhl, hörte zu, gähnte, schniefte, kratzte sich, furzte, bellte, knurrte und was weiß ich noch alles, jedenfalls benahm er sich so, wie sich Menschen vor tausend Jahren benommen haben sollen. Wir waren überzeugt, daß er keinen PI hatte, aber wie sollte man das beweisen, vielleicht war diese Kreatur nur eingeschleust durch unseren Ober-PI, um uns zu testen. Also ließen wir den Hund gewähren, der sich dazu noch strikt weigerte, Pulver zu fressen, er knabberte einfach an einem Stück Holz herum und soff gewöhnliches Wasser. Keiner wagte den Hund auszuschließen, und so begann langsam unsere Klasse die Sitten des Hundes anzunehmen. Wir knurrten und fauchten, kratzten uns und gähnten, wenn wir keine Lust hatten, dann dösten wir mit herabgefallenem Kopf vor uns hin, bellten und scharrten mit den Füßen, wir machten, was der Hund machte und, verdammt – wir fühlten uns plötzlich wohl, bis eines Tages der Hund nicht mehr auftauchte.

Vielleicht hat er doch einen PI gehabt, und der war durch irgendwelche äußeren Einflüsse außer Kontrolle geraten, wer weiß.

Als wir nach drei Tagen merkten, daß der Hund nicht mehr kommen würde, da wurde ich traurig, und ich wagte, meinen PI zu fragen, was zu tun sei. Mein PI schwieg erst, dann begann er so verrückt zu kreischen und zu pfeifen und hörte und hörte nicht auf. Ich mußte drei Tage in ein Hospital.

Sie wollten meinen Vater verständigen. Das wollte ich nicht, denn mein Vater würde dafür kein Verständnis haben, daß alles nur mit einem Hund angefangen hat.

Im Hospital aber war es mir einen Moment möglich, meine Augen zu schließen. Nichts war da, keine Bilder, kein Traum. Ich werde warten, ich bin noch jung.

Was ist eigentlich passiert?

Da saß ich mit tausend anderen in einem POW-Camp in Monroe im Staate Louisiana. Wir hörten aus dem Radio die Nachrichten, wir hörten und lasen vom Krieg, dem wir entkommen waren. Wir hörten von Bombenangriffen auf deutsche Städte, auf die Städte im Ruhrgebiet, auf Essen, und immer wieder hörten wir den Namen Krupp. Der Name Krupp war für die Amerikaner ein Trauma. Oft dachte ich an Hitlers Rede, die ich in Deutschland noch aus dem Volksempfänger gehört hatte. Wir werden ihre Städte ausradieren! hatte er geschrien.

Nun radierten die anderen unsere Städte aus.

Einer neben mir sagte beim Baumwollpflücken: Gott sei Dank, daß sie den Scheißladen von Krupp zusammengeschlagen haben. Ich war viel zu jung, um zu begreifen, daß für ihn Krupp gleichbedeutend mit Krieg war, ein Jahrhundert lang.

Und dann kam ich aus den USA und stand zum ersten Male in einer zerstörten Stadt, und dann wurde gearbeitet für ein bißchen Brot und ein paar Kartoffeln, und alles sollte anders werden, darüber waren wir jungen Leute uns einig, ganz anders! Wir saßen nächtelang und diskutierten und waren überzeugt, daß eine neue Zeit angebrochen war und wir den Fortgang dieser neuen Zeit bestimmen würden.

Wir waren jung. Als ich aus der Kriegsgefangenschaft zurückkehrte, war ich einundzwanzig Jahre alt.

Am Tage der Währungsreform hielt mir der Bauunternehmer, bei dem ich zum Maurer umgeschult wurde, zwei Zwanzigmarkscheine vor die Nase und sagte: Siehst du, jetzt habe ich genausoviel Geld wie du, jetzt kommt es nur darauf an, was man aus seinem Geld macht.

Ich war so naiv, daß ich tatsächlich einige Zeitlang glaubte, durch diesen Geldumtausch wären alle Menschen gleich geworden, alle hätten nun die gleichen Startchancen, die Währungsreform wäre eine besondere Art von Sozialisierung.

Der Bauunternehmer hatte ein Jahr später zwei Lastwagen und drei neue Betonmischer und ein neues Auto und einen Polier und 128 Arbeiter; ich konnte mir damals endlich ein neues Fahrrad kaufen, ich war anscheinend nicht tüchtig, ich habe nur zehn Stunden am Tag gearbeitet.

Nach einem weiteren Jahr begann ich zu ahnen, daß wir in dieser Bundesrepublik noch nicht alle gleichgeworden sind, daß sich irgendwie ein Mechanismus in Bewegung gesetzt haben mußte, der die einen begünstigte, die anderen benachteiligte – und dem, der hatte, noch gegeben wurde, dem, der nicht hatte, noch genommen wurde. Ich begriff, daß der Wert einer Arbeit nicht nach Zeit und Schwere benotet wurde. Bei Krupp in Essen war es nicht anders als bei meinem Bauunternehmer, nur die Größenordnungen waren andere.

Alles zerstört? Ja.

Und wer hat alles wieder aufgebaut? Das freie Unternehmertum habe ein Wunder geschaffen, der freien Marktwirtschaft allein ist es zu danken, daß es dem Volk heute gutgeht, sagen die Besitzenden und verwechseln ihr Bankkonto mit Volk, die Steuergenerosität des Staates gegenüber Großverdienern mit sozialem Rechtsstaat.

Auch Krupp in Essen.

Ich hatte Ende der vierziger, Anfang der fünfziger Jahre romantische Vorstellungen, wie es nicht anders sein kann, wenn man in einem kleinbürgerlichen Elternhaus groß geworden ist und in drei Jahren als POW in den USA die Demokratie entdeckt zu haben glaubte. Ich war der festen Überzeugung, die Einführung des Betriebsverfassungsgesetzes bringe dem Arbeiter Rechte und Freiheiten wie nie zuvor, und später dann, die paritätische Mitbestimmung im Montanbereich werde dazu beitragen, daß über den Arbeiter nicht mehr verfügt werden könne. Ich vertraute auf die Institution Gewerkschaft, war später selbst aktiv in der Gewerkschaft tätig. Und dann sagte mir ein in der Bundesrepublik als fortschrittlich bekannter Unternehmer, welch ein Romantiker ich wirklich sei, denn eben diese Mitbestimmung käme doch den Unternehmern gelegen! Sie hätten erreicht, daß sie das Risiko halbieren dürften, eine Verteilung des Profits müßte aber nicht vorgenommen werden.

Auch nicht bei Krupp in Essen.

Von den Gewerkschaften war eine Veränderung der Gesellschaft nicht zu erwarten. Die Gesellschaft, die am 8. Mai 45 auf den Trümmern weiterlebte und sich einrichtete, als wäre nichts passiert, tat so, als habe ein schweres Gewitter lediglich Verwüstungen angerichtet, die man schleunigst, im Interesse eines reibungslosen Nebeneinanderlebens, beseitigen müsse.

Nein, die Gewerkschaften haben niemals ihre Politik darauf ausgerichtet, die bestehenden kapitalistischen Herrschaftsverhältnisse abzuschaffen, sie haben nur mitgeholfen, sie zu rationalisieren. Die Ketten, die übrigblieben nach den Luftangriffen, waren die Ketten, in die man die Arbeiter legte; es waren nicht mehr die faschistischen, es waren demokratische Ketten geworden. Die Zerstörung der Krupp-Werke blieb ein Betriebsunfall.

Die Arbeiter wurden zum Antikommunismus erzogen, damit sie ihren Feind nicht im eigenen Land suchten, und wurden auf eine fröhliche Peter-Stuyvesant-Welt getrimmt. Mit Schlagworten wie: Arbeitnehmer und Partnerschaft! Eigentumspolitik und konzertierte Aktion! Jedem Arbeiter sein Eigenheim! wurde die Restauration verniedlicht und verschleiert – und damit alles seine Richtigkeit hatte, baute der DGB in Recklinghausen einen Kulturtempel und träumen die Kulturbeflissenen des DGB noch heute von ihrer Revolution: Kunst gab ich für Kohlen!

Auch die Krupp-Arbeiter in Essen.

Wer etwas gegen die skrupellose Unternehmerpolitik zu sagen wagte, beging schon ein Sakrileg; wer uferloses

Profitstreben geißelte, wurde verdächtigt, unsere freiheitliche Grundordnung anzugreifen. Politiker gebrauchten dieselben Worte wie die Antisemiten im Dritten Reich, sie dachten schon wieder in Arten und Entartung, und ein Bayer Franz Josef sagte sehr deutlich, daß der »nausgehen kann, dem es hier nicht paßt«. Und die Arbeiter in der Stuyvesant-Welt klatschten Beifall in ihren Ketten, weil die Ketten weniger weh taten als früher, und sie waren geneigt zu glauben, daß sie frei sind, wirklich frei, weil sie nach Rom und Madrid und auf die Balearen fahren konnten. Niemand war da, der ihnen sagte, daß in unserem Staat Bewegungsfreiheit mit Freiheit verwechselt wird.

Auch die Krupp-Arbeiter in Essen glaubten an solche Freiheit. Nicht die Gesellschaft hatte sich geändert, nur die Umgangsformen: Es wurde nicht mehr befohlen und verhaftet, es wurde delegiert und konferiert, der Ton wurde höflich-infam, man sprach nicht mehr von militärischer Expansion, nur noch von notwendig wirtschaftlicher, die ja auch noch mit Humanität zu beschönigen war, denn man hatte doch das Wohl des Ganzen, und damit des einzelnen, im Auge: daß er zu essen hat und ein Dach über dem Kopf, daß es ihm gutgeht, daß er mit einem Auto zur Fabrik kommt, denn einen radfahrenden Arbeiter konnte sich diese neue Industrie und Wirtschaftsmacht nicht mehr leisten.

Und dann drohte die Fabrik Krupp noch einmal in Trümmer zu fallen, als der Konkurs an die Tür klopfte. Seitdem bekommt ein Playboy zwei Millionen Mark im Jahr von einer Zeche am Rhein, wo die Kumpels unter Tage noch genauso schuften und schwitzen wie früher.

Schufen wir wirklich auf den Trümmern den sozialen Rechtsstaat? Fürwahr – wir haben viel erreicht! Für die Unternehmer kehrte sich der Sieg der Alliierten über den Faschismus zu ihrem Sieg um: Sie modernisierten die Betriebe mit Hilfe günstiger Kredite. Der Dollar und die Trümmer aus dem Jahre 45 verbanden sich zum Humus. Die Not trieb ihnen die Arbeiter zu, und sie schlugen nicht mehr und sie wurden nicht geschlagen, denn sie waren sich einig geworden, daß es im Interesse des Profits besser wäre, nicht mehr zu brüllen, sondern nur noch zu schmeicheln und zu streicheln. Auch in Essen. Auch bei Krupp.

Es hat für mich als jungen Menschen lange gedauert, bis ich begriff, daß totale Zerstörung von Städten und Produktionsstätten nicht gleichbedeutend ist mit Zerstörung einer Ideologie, eines Systems der Ausbeutung und wie man es auch immer benennen mag. Neues Leben sprießt aus den Ruinen? Wer hat das doch gesagt – und ohne Fragezeichen? Aus den Ruinen wuchsen nur neue Formen, nicht aber ein neues Denken.

Uns ging es noch nie so gut wie heute, wie in dem Staat Bundesrepublik Deutschland! So wird argumentiert. Aber woran wird unser Wohlstand gemessen? Etwa daran, daß zehn Prozent der Bevölkerung siebzig Prozent des Volksvermögens besitzen? Und wer hat das Märchen aufgebracht, daß wir nicht mehr in einem Klassenstaat leben?

Aus den Trümmern des Jahres 45 wuchs keine Gerechtigkeit für die kleinen Leute, nein, nur wieder neue Demütigungen! Obgleich die Unternehmerideologie, daß man durch Konsumverzicht zu Reichtum gelangen könne, längst unter der Hand verteufelt wird. Aber man tut noch so. Man spielt noch 19. Jahrhundert.

Die Stadt Essen und der mit ihr verbundene Name Krupp sind dafür das augenfälligste Beispiel. Essen steht fünfundzwanzig Jahre nach dem Tage X schöner denn je, die einst verschriene Drecksstadt ist eine moderne und saubere geworden, die Waffenschmiede von einst produziert keine Waffen mehr, die Herren Krupp haben auf ein Imperium, der Not gehorchend, verzichtet, ihre einstige Residenz, die Villa Hügel, dient heute der Stadt Essen als Musentempel. Hat sich dadurch aber etwas geändert? Ich wage zu sagen: Nein. Als die Produktionsstätten zerstört waren, da hat man dem Arbeiter gesagt, daß er »seine« Fabriken wieder aufbauen muß, damit er nicht verhungert. Als die Fabriken aufgebaut waren, da versperrte man dem

Arbeiter den Zugang zum Gewinn – vom Vermögen ganz zu schweigen. Sein Aufbau wurde ihm streitig gemacht, seine Mitwirkung in der Gesellschaft aufs Dienen reduziert. Noch immer. Krieg. Zerstörung.

Zerstörungen lohnen nicht – nicht für den Arbeiter.

Sehe ich tagsüber aus dem Fenster meines Arbeitszimmers im ersten Stock auf die Straße unter mir und in die vielen Seitenstraßen meiner wie ein Schachbrett gebauten Siedlung – und ich sehe oft aus dem Fenster, schließlich kann man nicht immer schreiben –, bin ich jedesmal wieder darüber bestürzt, daß es in unserer Siedlung bei Tage nur Frauen, Kinder und alte Männer zu sehen gibt.

Selten verliert sich ein fremder Wagen in unsere Straßen, mit provokativer Gleichmäßigkeit aber erscheint jeden Morgen der blaue Milchwagen, am frühen Nachmittag der gelbe Bäckerwagen.

Die jungen Männer, oder die Aktiven, wie sie hierzulande genannt werden, sind in den Fabriken, auf der Zeche unter Tage, oder sonstwo in Hamm, Unna und auch in Dortmund in einem Betrieb.

Eine männerlose Siedlung? Aber nein, es gibt Männer.

Alte? – Ich weiß nicht recht. Mit sechsundfünfzig Jahren, ist man da schon alt? Bestimmt nicht.

Aber die Männer, von denen hier die Rede ist, sind alt, sind gezeichnet, sind Schatten in einer rauchigen, rußigen Landschaft. Die Landschaft heißt Ruhrgebiet.

Die alten Männer in den besten Jahren sind Invaliden. Unsere Invaliden.

In dem »unsere« – wie es hier langgezogen ausgesprochen wird – kommt eine Liebe zum Ausdruck, die nur einer versteht, der zu ermessen vermag, was vierzig oder gar fünfzig Jahre Arbeit unter Tage für jeden von ihnen bedeutet haben. Wer weiß denn schon von ihrem Leben, sie wissen ja selbst nicht viel um ihr Dasein von gestern und heute, es hat sich tagaus, tagein in engen Bahnen gelebt: in den niedrigen, muffigen und bruchschwangeren Stollen unter Tage, vor Stein oder Kohle, und zwei Liter Schweiß pro Schicht war ihr Lohn für einen Schichtlohn – und über Tage in einer uniformierten Siedlung, in einer uniformierten Wohnung, die ein zungenfertiger Vertreter ihnen aufgeschwatzt hat.

Sie hatten ihre Arbeit – eine harte Arbeit. Ich selbst habe sie dreizehn Jahre erlebt. Ich verfluchte jeden Tag, der mir die Nacht brachte, wenn ich im zugigen Korb in die Grube fuhr, und ich war erlöst, schrie innerlich: Nach mir die Sintflut! schloß sich nach der Schicht hinter mir das Tor. Sauber gewaschen, aber mit schwarzen Staubrändern in den Augenhöhlen und auf dem Wimpern, verließ ich die Grube.

Aber während ich meine Arbeit Tag für Tag verfluchte, brachten diese Männer ihrer Arbeit Achtung und sogar Liebe entgegen. Sie waren von Jugend auf hineingeboren, sie wußten an der Wiege schon, wohin sie gehörten.

Ich habe es dreizehn Jahre erlebt. Als ich ging, waren meine Lungen gesund geblieben. Gott sei Dank. Gott sei Dank. Ich wiederhole es noch einmal: Gott sei Dank!

Die alten Männer, unsere Invaliden, haben vierzig oder gar fünfzig Jahre unter Tage gearbeitet, nun sind ihre Lungen zugemauert mit Staub, ihre Lungen wehren sich gegen den Sauerstoff, Staublunge haben unsere Invaliden. Silikose. Das macht sie alt.

Nun sind sie erlöst von Zeche und von Flüchen auf die Zeche, aber sie tragen die Jahre ihres Lebens unter Tage mit sich herum, für die wenigen Jahre, die sie noch haben werden.

Wenige Jahre, wofür? Für eine lebenswerte Zukunft, für einen Feierabend, oder aber eine Vergangenheit, der sie nachtrauern? Ich weiß es nicht, der Milchmann am Vormittag und der Bäcker am Nachmittag wissen es nicht, die Pastoren wissen es nicht, und mein Arzt sagt: Warum ihnen nachspüren, sie wissen es ja selbst nicht.

Unsere Invaliden, sagen sie im Dorf. Wer darf sich rühmen, daß zehntausend Menschen, die diese Gemeinde hat, von ihm sagen: unser!

Die Invaliden stiegen aus der Gleichförmigkeit ihrer Arbeit in die Uniform ihres kurzen Abends, die sie als Invaliden weithin kenntlich macht: in einen grünen Lodenmantel. Sterben sie, wird ihnen dieser mit in den Sarg gegeben, zu einer Schlummerrolle geformt an die Füße. Niemand weiß, niemand kann oder will mir sagen, warum sie ausgerechnet grüne Lodenmäntel tragen. Mein Wirt, den ich einmal darum befragte, zuckte mit den Schultern, ließ mich stehen. Er war verärgert, vielleicht sogar auf mich wütend, denn das Pils, das er mir anschließend zapfte, hatte nicht die appetitliche, in seiner Wirtschaft gerühmte Schaumkrone.

Ich mußte erfahren: Niemand darf sich nach dem erkundigen, was mit Invaliden zu tun hat. Wir sprechen heute so viel von Tabus und fragen nach Absoluten; ich weiß ein absolutes Tabu, das niemand hierzulande bricht: sich nach dem Wohlbefinden eines Invaliden zu erkundigen. Als mir das bewußt war, und immerhin habe ich mit vielen, die heute invalid sind, mehrere Jahre unter Tage zusammengearbeitet, erschrak ich doch ein wenig. Ich erschrak über mich selbst, denn ich glaubte zu wissen, und mußte feststellen, daß ich gar nichts wußte, nicht die einfachsten, primitivsten ungeschriebenen Gesetze unseres Dorfes, unserer Siedlung. Und unser Dorf ist eine Ansammlung von Siedlungen, ein Industriedorf, ein Ruhrgebietsdorf, entstanden, wie es Industrie und Wirtschaft mit sich brachten – niemals dem Menschen gemäß.

Alles in diesem Dorf ist unmenschlich. Die Gleichförmigkeit der Häuser, die mich immer an Kasernen erinnern – selbst diese werden heute schon aufgelockerter geplant und gebaut –, die Tristheit der Straßen, wo selbst ein Hund sich verirren kann, wahrscheinlich gibt es einen Einheitsgeruch, das Zusammenschmelzen von Farben zu einer Einheitsfarbe im Laufe der Jahre, und ich vermag nicht zu sagen, wie die uniformierte Farbe heißt. Grau? Nein, viel schlimmer. Unmenschlich ist der Ruß, der Staub unter verdunkelter Sonne, die erschreckende Monotonie der Arbeit, der Fatalismus vieler Menschen hier, der stärker ist als alle Religion, Fatalismus, den selbst die Pastoren beider Konfessionen, weltoffen und ohne Standesdünkel, nicht ausrotten können.

Um Gottes willen, was ist dann noch menschlich hier? Was ist es, was das Leben in diesem Ruhrgebietsdorf so erträglich macht, oder dennoch erträglich. Kleinigkeiten, winzige Kleinigkeiten am Rande der vier großen Autobahnen, die am Dorf vorbeiführen. Da ist einmal der Taubenschlag, die Aufregung, das Abenteuer, ob diese oder jene Taube am nächsten Sonntag einen Preis in den Schlag fliegen wird, da ist die Kneipe, in der vom Baron bis zum Kumpel alle gleich sind, wo es keine sozialen Unterschiede gibt, wo der Herr Direktor mit dem Straßenkehrer Skat spielt, da ist der Garten hinter dem Haus, liebevoll gepflegt und die Visitenkarte der Familie, da ist das Gespräch über den Zaun mit dem Nachbarn – da ist, was alle verbindet: die Arbeit unter Tage, die Abwehr gegen den auskalkulierten Sog der Manipulation im Betrieb, die gemeinsamen kleinen Freuden und Streitigkeiten am Stammtisch oder beim Spaziergang, die Abwehr gegen eine anonyme Macht, mag sie nun Staat oder Betriebsführer heißen. Jeder weiß um den andern, weiß um seine Schwächen und Nöte. Jeder ist jedermanns Nachbar.

Dazwischen leben unsere Invaliden. Sie leben ein abgeschlossenes Leben, aber sie sind voller Hoffnung, ihre sauer verdiente Rente werde ihnen noch etwas von dem Leben schenken, von dem sie ewig geträumt und das sie nie erlebt haben. Sie leben in Träumen, in rührenden Illusionen. Sie haben während ihres Invalidendaseins vollauf damit zu tun, sich daran zu gewöhnen, daß sie nun Tag und Nacht haben werden, nicht mehr Tag in achthundert Meter Tiefe und Nacht in achthundert Meter Tiefe. Das ist schwer, wenn man bedenkt: Fing für sie die Nacht an, dann begann für andere der Tag, lockte sie der Tag, schattete um andere die Nacht. Das ist schwer zu begreifen, nach vierzig oder fünfzig Jahren Arbeit.

Sie fragen mich manchmal belangloses Zeug, weil sie plötzlich ihrer Träume unsicher werden, ihnen und sich selbst mißtrauen. Ich erzähle ihnen, sie hören zu – sie achten mich, nicht etwa, weil ich viele Menschen sprach und nach ihren Vorstellungen »etwas erlebt« habe; sie achten mich, und haben Vertrauen, weil ich unter Tage zu ihnen hielt, ihre ihnen zugefügten kleinen Ungerechtigkeiten zu den meinen machte. Ganz einfach: Ich habe Staub gerochen.

Sie fragen mich, und ich darf mit ihnen gehen; das ist viel. Unsere Invaliden haben ihre Spaziergänge, am Morgen und am späten Nachmittag. Sie treffen sich am Kriegerdenkmal, schlurfen dann, von ihren Hunden begleitet – und alle haben sie Hunde – die Straße entlang, an der evangelischen Kirche vorbei, über Feldwege zum Grafenwald, rund herum, drei Kilometer etwa, immer die Hunde um sich, vom Rehpinscher bis zum Bernhardiner, vom Reinrassigen bis zur Promenadenmischung, und wenn der Abend anbricht, tapsen sie gebeugt in ihre Wohnungen.

Ich darf mitgehen, und ich weiß die Ehre zu schätzen. Mein Pudel – ein kleines schwarzes Kerlchen – ist auch dabei, und er fühlt sich sonderbarerweise, sonst ausschließlich nur mir zugetan, unter den Invaliden und ihrer Horde Hunde wohl.

Es ist ein Bild von Eintracht und Verlorenheit. Die Hunde stören dieses Bild nicht, sie machen es lebendiger. Ich frage mich manchmal: Warum haben sie alle Hunde. Ich weiß es nicht genau, aber ich nehme an, sie kommen sich nicht so verlassen vor, wenn da jemand ist, der sie braucht. Ich kann mich irren, aber ich spüre es aus ihrem Verhalten, und wie sie zu ihren Hunden sprechen.

Ich öffne das Fenster. Es ist halb elf. Mein Zimmer dampft blaugrau vom Zigarettenqualm, den ich zu vier Manuskriptseiten produzierte. Ich sauge die frische Luft ein, die durchsetzt ist vom Staub der nahen Zeche und dem Faule-Eier-Gestank der einige Kilometer entfernten Großkokerei. Meine Annette springt auf die Fensterbank, knurrt, kläfft, draußen gehen Leute vorbei, die sie anscheinend nicht leiden kann. Ich sage: Bist du still. Aber sie kläfft weiter. Plötzlich wedelt sie mit ihrem Stummelschwanz. Mein Nachbar ist aus der Haustür getreten, Lodenmantel und Hund, undefinierbare Rasse, Mischung von Dackel und Pekinese. Er schreit zu meinem Fenster hoch: »Kommst du mit?«

Ich nicke, ziehe meinen Mantel an, es ist Anfang Mai und ungewöhnlich warm.

»Hast du in der Zeitung gelesen? Russen haben wieder auf den Mond geschossen. Ist doch was«, sagt Heinrich vor dem Haus.

»Und ob«, antworte ich.

Am Kriegerdenkmal sind wir zehn. Männer und Hunde. Keiner spricht, kurzes Murren heißt guten Morgen. Wir gehen los, langsam, wie im Stechschritt, nur sie gehen vorgebeugt und mit eingeknickten Knien, schlurfen aus dem Dorf, auf die Feldwege, am Grafenwald entlang. Dann teilen wir uns. Sieben Invaliden und sieben Hunde, die Waldläufer, biegen links ab auf ihren immer gleichbleibenden Weg um den Wald, ich gehe mit Heinrich Kämper, meinem Nachbarn, und Fritz Baumann, sie sind die Brükkensteher, rechts ab eine kleine Siedlung hinauf. Zwei Hunde umrunden uns dauernd, mein Pudel und Fritz Baumanns Papsi, ein Chow-Chow, Heinrichs Promenadenmischung Mäcki läuft einen Schritt hinter seinem Herrn. Der Hund nahm im Laufe der Jahre den Schritt seines Herrn an.

Bis zur Kuppe, etwa dreihundert Meter, bleibt Heinrich mehrmals stehen, nimmt seine Sauerstoffpumpe aus der Manteltasche, führt den Schlauch in den Mund und pumpt zusätzlich Sauerstoff in seine betonierten Lungen. Auch der Hund bleibt stehen, und oft frage ich mich: Bleibt Heinrich stehen und pumpt seine Lungen voll, weil der Hund stehenbleibt, oder bleibt der Hund stehen, weil er sieht, wie sein Herr das Instrument aus der Tasche zieht.

Ich glaube bemerkt zu haben, daß der Hund immer zwei, drei Sekunden früher stehenbleibt als sein Herr.

Dann sind wir auf der Kuppe.

Auf der schmalen Brücke, die nur von landwirtschaftlichen Fahrzeugen benutzt werden darf.

Auf der Brücke über die Autobahn Wuppertal–Kamener Kreuz. Unter uns rasen die Autos einem Ziel und einer Hoffnung entgegen, laut, endlos, widerlich und doch schön.

Ich weiß es nicht und frage auch nicht, wahrscheinlich wissen die beiden es selbst nicht, warum sie täglich auf der Brücke stehen, auf den nie versiegenden Verkehr hinabsehen. Auf der Brücke über der Autobahn Wuppertal–Kamener Kreuz.

»Mensch, hast du das gesehen, Heinrich? Schert doch dieser Blödmann einfach aus. Hast du gesehen, wie der Sportwagen bremsen mußte? Junge, Junge, das hätte aber auch ins Auge gehen können. So was.«

»Sollen doch nicht immer so rasen«, sagt Heinrich. »Aber die denken, wenn sie einen Sportwagen fahren, gehört die Straße ihnen allein.«

»Na hör mal, Heinrich, der kann doch nicht einfach ausscheren, der muß doch in seinen Rückspiegel gucken. So passieren nämlich die schweren Unfälle.«

Drüben am Waldrand gehen die sieben anderen Invaliden, in grüne Lodenmäntel gehüllt, mit ihren Hunden ihren immer gleichbleibenden Weg. Ein Bild von Eintracht und Verlorenheit.

Unter uns tobt der Verkehr, Heinrich und Fritz stehen am Geländer und schauen auf das Band unter der Brücke, sie werden nicht müde, obwohl ich anfange mich zu langweilen, denn mehrmals in der Woche gehöre ich selbst zu denen, die da unten sich in Geschwindigkeiten austoben, und wenn ich am späten Nachmittag von Dortmund komme, schere ich auf die rechte Fahrbahn ein, fahre langsam und winke zu den beiden hinauf. Sie winken mir zu, sie lachen, sie freuen sich, sie drehen sich um, und ich sehe sie bis zur Abfahrt in meinem Rückspiegel. Sie winken, lachen und freuen sich, als käme da einer zurück, den sie längst verloren glaubten.

Und abends, wenn sie noch einmal in ihre Stammkneipe gehen, werden sie erzählen: Wir haben ihn gesehen, den roten Blitz.

Die Waldläufer sind verschwunden, sie biegen bei den Kasernen um die Waldspitze, in einer knappen Stunde werden sie am anderen Ende wieder sichtbar werden.

»Fritz guck mal, was dein Köter macht...«

»Du sollst nicht immer zu meiner Papsi Köter sagen. Sage ich doch auch nicht zu deinem Mäcki... Papsi, komm her, los! Heinrich, da guck, war das ein Wagen. Das war so ein schwedischer, oder?« Fritz sieht mich an, ich nicke und sage: »Volvo.«

»Ach was«, schreit Heinrich. »Hat auch bloß vier Räder.«

»Du bist aber heute knurrig«, sagt Fritz Baumann.

»Ist aber doch auch wahr«, sagt Heinrich. »Was hast du schon davon.«

»Glaubst du«, antwortet Fritz gereizt, »die fahren alle zu ihrem Vergnügen? Die haben doch alle was zu tun.«

»Natürlich«, sagt Fritz. »Müssen alle rasend Geld verdienen.«

Heinrich hatte sich seinen Mäcki geholt, mit einem Fingerzeig befohlen, daß er sich auf die warmen Steine legt. Dann pumpt er wieder Sauerstoff in die Lungen. Die Gummipumpe quietscht leicht durch das Brummen unter uns. Papsi läuft mit meiner Annette die Böschung rauf und runter, sie haben einen Ast gefunden, daran zerren sie herum. Ich langweile mich, wage aber nicht zu sagen, daß es besser wäre, nun zu gehen. Fritz und Heinrich sehen mit einer Andacht auf die Fahrbahnen hinunter, die schon nicht mehr komisch wirkt, im Gegenteil, auf ihren Gesichtern gefriert so etwas wie Verbissenheit. Ich lehne mich an das Geländer, schaue den Hunden zu. Meine Annette hat sich den Ast erkämpft, legt ihn mir vor die Füße. Sie will spielen.

Da schreit Fritz Baumann: »Heinrich, guck dir das bloß an! Überholt doch der Sauhund tatsächlich rechts. So ein Schwein. Aber wenn so was passiert, natürlich ist keine Polizei weit und breit.«

Ich sage: »Fritz, wenn Polizei da wäre, würde der auch nicht rechts überholen.«

»Da hast du's, du Klugscheißer«, sagt Heinrich, schadenfroh, wie es schien.

Und wieder hängen ihre Augen auf dem vierspurigen Band unter ihnen. Ihre Augen sind starr, sie sind abwesend, es hat den Anschein, als bereite der Verkehr ihnen satanische Lust. Sie lecken sich die Lippen, die Augen starr, ich spüre das Prickeln in ihnen, das mich langsam ansteckt und das, hält es lange an, womöglich den Schrei aus einem heraustreibt: Wenn doch endlich einmal was passieren würde!

Mäcki liegt zu Füßen seines Herrn, Annette und Papsi laufen die Böschung rauf und runter, sie zerren wieder an einem Ast, es ist ein anderer, länger, dicker, jeder will ihn für sich allein haben.

Die Sonne sticht. Ich knöpfe mir das Hemd auf, Heinrich und Fritz aber schlagen noch die Kragen ihrer Mäntel hoch, sie verkriechen sich darin. Über nichts kann ich mich mehr wundern: Sie frieren, wenn andere schwitzen, schwitzen, wenn andere frieren. Der Staub in ihren Lungen reagiert fein und nicht voraussehbar auf das herrschende Wetter.

Die Gruppe der Waldläufer mit den Hunden taucht wieder auf, langsam kommen sie den Weg vom Wald her auf die Brücke zu

»Laß uns gehn«, sagt Fritz. »Sie kommen.«

Wir gehen der Gruppe entgegen, langsam, nur die Hunde umkreisen uns, sie tragen Leben in das Abgeschlossene, Fertige, längst Erledigte.

»Heinrich, guck, der Horst hat ein Kaninchen auf dem Arm.«

»Ist uns einfach vor die Füße gelaufen«, sagt Horst, als

sich ihre Gruppe der unseren auf zwanzig Schritt genähert hatte. »Brauchte mich nur zu bücken. Hat wahrscheinlich der Hund aufgestöbert.«

»Laß doch das arme Vieh laufen«, sagt Heinrich. »Siehst doch, wie es zittert.«

»Ja doch, Heinrich, wollte es euch nur zeigen. Guck mal, ganz klein ist das Kerlchen noch.« Horst streichelt das zitternde Tier, als habe er etwas Zerbrechliches in den Armen. Die Hunde springen an ihm hoch, winseln und jaulen.

Ich nehme Horst das Kaninchen ab, gehe ein paar Schritte von der Gruppe fort und setze es an den Grabenrand. Noch ehe die Hunde begreifen, ist der Hase im Gestrüpp des Waldes verschwunden.

Bis zum Kriegerdenkmal laufen wir gemeinsam, schweigend, nur ab und zu erzählt Fritz Baumann den Waldläufern, was heute auf der Autobahn los war. Die Waldläufer nehmen es schweigend zur Kenntnis, nur Horst revanchiert sich, indem er umständlich aufzählt, was sie gesehen hatten: mehrere Fasane, einige Rebhühner und an den Kasernen Wagen über Wagen.

Am Kriegerdenkmal, wo fünf Straßen wie ein Stern zusammenlaufen, zerfällt das einträchtige Bild. Allein oder zu zweit biegen sie in die Straße ein, um die herum ihre Siedlung erbaut ist. Heinrich und ich laufen nebeneinander her unseren Reihenhäusern zu, vor meinem Hause, es schlägt von der evangelischen Kirche ein Uhr, sagt er: »Weißt du, ich bin ja froh, daß ich Mäcki überleben werde. Der ist jetzt zwölf. Na ja, zwei Jahre wird er es wohl noch tun. Was meinst du?«

»Ach weißt du, bei Hunden kann man das nie wissen. Die können plötzlich umfallen. Aus.«

»Wie Menschen«, sagt Heinrich.

»Heinrich, Quatsch, du wirst hundert Jahre alt, du kannst die Knappschaft noch ganz schön schröpfen.«

»Meinst du? So alt will ich gar nicht werden. Nur noch ein bißchen so, du weißt schon, ein bißchen auf der

Brücke, na ja, was ist schon dabei. Und dann, mein Mäcki, du weißt ja, die jungen Leute können sich um so einen Hund nicht so kümmern, und wenn er früher stirbt als ich, dann haben die Jungen keine Last mehr und der Hund auch nicht. Du weißt doch, wie das mit dem Ebermeier seinem war, der lief doch dauernd auf den Friedhof, na, dann ist er verhungert. Und die Frau war doch gut zu dem Hund.«

»Weiß ich doch, Heinrich.«

»Na, dann laß es dir schmecken. Was gibt's denn bei dir?«

»Sauerbraten.«

»Ich muß es mir warm machen. Weißt du, meine Tochter sorgt ja gut für mich, aber na ja, sie ist halt den ganzen Tag nicht da, macht das Essen immer am Abend fertig, ich brauche es mittags nur aufzuwärmen.«

»Wie lange muß sie denn noch nach Dortmund?«

»Halbes Jahr, dann ist sie fertig, will hier an der Schule anfangen. Und Lehrer bekommen auch ein schönes Anfangsgehalt.«

»Und ob«, sage ich, dann gehen wir auseinander.

Wohl den Invaliden, die noch ihre Frau haben. Schlimm sind die dran, für deren Wohl Kinder sorgen müssen. Nicht mit Geld, nein, unsere Invaliden kassieren am Monatsletzten eine gute Rente; ich meine sorgen für das Leibliche, das Alltägliche.

Heinrich, mein Nachbar, traf es gut, er hat eine Tochter, die Lehrerin wird, letztes von fünf Kindern, das ihm blieb. Die anderen sind verheiratet, von München bis Flensburg zerstreut. Er hat diese Kinder gar nicht mehr, abgesehen von einem einzigen Brief pro Jahr, und als seine Frau starb, kam keines seiner Kinder zur Beerdigung. Sie hatten keine Zeit, und Heinrich traf es schwer, aber damals war er noch auf der Zeche unter Tage, und er kam darüber hinweg. Nun sorgt für ihn seine Tochter, mit seiner guten Rente finanziert er ihr Studium und kaufte ihr einen gebrauchten

VW. Sie kocht für ihn, wäscht seine Wäsche und achtet peinlich genau, daß er immer sauber und gut gekleidet geht. Ingrid ist ein liebes Mädchen, wie man in der Straße sagt, und sie tut alles für ihren Vater, mit dem sie zusammen eine Werkswohnung bewohnt. Nicht gerade praktisch, aber billig. Invaliden werden die Wohnungen, in denen sie nicht selten mehr als dreißig Jahre lebten, vom Betrieb nicht entzogen.

Manchmal ist Heinrich mittags zu müde oder aber auch zu faul, was er selbst zugibt, das fertige Essen aufzuwärmen, er verzehrt eine Schnitte Brot mit Käse oder einer geräucherten Mettwurst, trinkt dazu eine Flasche Bier, legt seinem Hund ein rohes Schweineschwänzchen vor, das Mäcki schon zuviel wird, denn auch Mäckis Zähne sind nicht mehr die besten. Dann liest Heinrich in der Zeitung den Teil, den er am Morgen nur überflog. Er liest regelmäßig Zeitung, und alles von vorne bis hinten, er ist über alles bestens informiert; freilich wirft er nicht selten die Informationen durcheinander, dann werden es »Mäcki-Informationen«, wie wir sie nennen. Nach dem Essen geht Heinrich auf sein Zimmer und schläft, die Sauerstoffpumpe legt er auf das Nachttischkästchen, und dem Hund braucht er nicht zu befehlen, sich auf den Bettvorleger zu legen, der liegt schon, bevor Heinrich sich hinlegt. Er schläft bis gegen drei, steht auf und macht sich einen starken Kaffee, den zu trinken der Arzt ihm verbot. Und dann geht er zum Kriegerdenkmal, wo die anderen warten. Jeden Tag, jeden Tag. Einmal am Vormittag, einmal am Nachmittag, bei jedem Wetter, sofern es die Lungen erlauben.

Fritz Baumann ist ebenfalls Witwer, seit drei Jahren, er hat zwei Kinder, und er hätte gern so eine Tochter wie Heinrich. Seine Tochter, ich kannte sie noch, ist in Oberhausen verheiratet, ein Flittchen mit Variationen. Sein Sohn, ebenfalls auf der Zeche beschäftigt, heiratete eine Frau, die sich selbst nicht leiden kann, noch weniger ihre beiden Kinder, die sie in zwei Jahren bekam, schon gar nicht ihren Schwiegervater, nur weil er hustet und hustet und manchmal vergißt, die Hand vor den Mund zu halten. Du steckst uns alle an! Schreit sie mehrmals am Tag, wo sie doch wissen muß, daß Silikose nicht ansteckend ist. Sein Sohn wohnt mit seiner Familie in seiner Wohnung, er gibt ihnen von seinem Geld und zieht sich in sein Zimmer zurück, wo er für sich ist, allein. Manchmal stehlen sich die beiden Enkel in sein Refugium, und der fünfjährige Junge sagt: Opa, bei uns darfst du husten, so viel du willst.

Aber sonst ist er allein, am Tag und in den Nächten, wenn der Nebel ihn quält, seine Lungen so zusammendrückt, daß ihm ist, als breche eine Betonwand auf seine Lungen nieder.

Ich weiß von ihren Nächten, ich weiß von ihren Ängsten, wenn für den einen das Gewitter tobt und die Straßen der Siedlung im Blitz aufleuchten, für den anderen der Nebel tagelang in den Straßen kriecht. Ich weiß von ihren Nächten, da hilft auch keine Sauerstoffpumpe neben dem Bett.

Bei Nebel kommen sie tagelang nicht aus ihren Häusern, das Kriegerdenkmal bleibt leer, der Weg um den Grafenwald und auch die Autobahnbrücke; dann liegen sie in ihren Betten und japsen nach Luft. Sie essen oft tagelang nichts, trinken nur Steinhäger oder Doppelwacholder, wie sie es getan haben, als sie noch zur Zeche gingen, vierzig oder fünfzig Jahre, in dem guten Glauben, der Schnaps zerfresse den Staub in ihren Lungen. Und als ich einmal am Tresen zu einem Kumpel sagte: Ist doch Quatsch eure Ansicht, der Schnaps geht doch in den Magen und nicht in die Lunge, erhielt ich die Antwort: Halt die Klappe, das verstehst du nicht.

Ich weiß von ihren Nächten – um die Wahrheit zu sagen – ich weiß nur von den Nächten Heinrichs, und auch erst seit kurzem. Heinrichs Nächte aber sind die Nächte aller.

Ich sprang aus dem Bett, es hatte geklingelt, und im Schlaftaumel wußte ich nicht, war es das Telefon oder die Haustürschelle. Mein Hund hatte gebellt – also die Tür. Es klingelte herausfordernd, unaufhörlich. Ich lief im Schlafanzug hinunter, öffnete. Ingrid stand davor, einen Mantel um die Schultern, sie zitterte, sie schrie: »Kommen Sie! Kommen Sie! Vater! Vater!«

Es war zwei Uhr. Ich lief mit ihr über die Straße, und hinter uns her mein Hund.

Heinrich lag im Bett, er keuchte, er röchelte, er hatte die Sauerstoffpumpe in der Hand, pumpte aber in die Luft, nicht in den Mund. Sein Mäcki saß vor dem Bett und winselte. Dieses Winseln ist unbeschreibbar – so hündisch, daß es fast schon menschlich wirkte, und die Worte meines Vaters kamen mir wieder in den Sinn, als er mir einmal erzählte, wie es war, wenn in Buchenwald ein Häftling ausgepeitscht wurde. Zum Schluß, sagte er, schrien sie nicht mehr, es war nur noch ein leiser hoher Hohlton, wie wenn ein Hund winselt, aber er drang bis in die hintersten Reihen auf dem Appellplatz, gegenwärtiger als das Klatschen der Peitsche auf das nackte Fleisch.

Mäcki heulte wie ein bis zur Erschöpfung geschlagener Mensch.

»Heinrich«, sagte ich. »Heinrich, was ist?«

Ingrid war in der Küche geblieben, auch meine Annette, die mir sonst nicht von den Fersen weicht.

»Da bist du ja«, röchelte Heinrich. »Das ist aber schön.«

Ich half ihm, den Schlauch der Pumpe in den Mund zu stecken, und pumpte selbst. Das tat ihm anscheinend gut, er atmete plötzlich tief durch, der Hund winselte leiser, er saß aber immer noch auf dem Bettvorleger und sah zu Heinrich hinauf, als komme von dort Fluch und Erlösung.

»Der Nebel«, sagte Heinrich. »Der Nebel, du weißt ja.«

Ich nickte, obwohl ich bis dahin überhaupt nichts wußte von seinen Nächten und seiner Furcht vor Nebel. Mir war die Tage vorher nur aufgefallen, daß er nicht zum Kriegerdenkmal gekommen war, nicht nur er. Wenn ich morgens die Post holte, war das Rondell leer, und ich glaubte, das Wetter sei unseren Invaliden zu schlecht. Aber sie scheuen schlechtes Wetter nicht – nur Nebel.

»Wenn ich sterbe«, sagte Heinrich, »dann nimmst du meinen Mäcki. Bei dir hat er es gut, und deine Annette verträgt sich ja mit ihm.«

»Aber Heinrich«, sagte ich.

»Weißt du, die Ingrid ist ja ein liebes Mädchen, aber sie ist auf der Schule und in einem halben Jahr wird sie Lehrerin sein und keine Zeit für den Hund haben. Du weißt ja. Hunde brauchen unsere Zeit.«

»Mach bloß keinen Scheiß, Heinrich, du bist doch noch ein junger Kerl, Mensch, mit sechsundfünfzig Jahren. Da muß ich ja lachen, da will ich aber noch Bäume ausreißen. Dir geht es jetzt ein bißchen schlecht, morgen ist alles vorbei. Mir geht es manchmal auch nicht gut in der Nacht, kann nicht schlafen, träume fürchterliches Zeug.«

»Bei dir ist es nur Nervosität«, sagte er und streichelte aus dem Bett heraus seinen Mäcki. »Du politisierst zu viel, davon kommt das bei dir, daß du nicht schlafen kannst.« Der Hund winselte auf, war dann still. Mäcki schloß die Augen unter Heinrichs kraulender Hand.

»Weißt du, wenn der Nebel so an den Fenstern hängt«, sagte Heinrich, »es ist furchtbar. Ich fürchte mich vor dem Nebel. Weißt du, es ist dann so, als ob mir einer die Kehle zudrückt. Ich hab dich nicht holen lassen, Ingrid hat das von sich aus getan, sie hat Angst. Nicht vor dem Nebel, nein, vor mir.«

»Nun komm, Heinrich, jetzt legst du dich schön flach, morgen früh ist alles vorbei. Bestimmt.«

»Jaja, aber nur wenn der Nebel vorbei ist.« Er sah zur Uhr. »Schon halb drei, und immer noch der Nebel.«

»Um diese Zeit ist er immer so schlimm. Ich habe gestern im Fernsehen noch den Wetterbericht gehört, das Wetter wird besser. Sonne, hat er gesagt.«

»Meinst du?«

»Ich habe es im Fernsehen gehört.«

»Gestern habe ich gar nicht geguckt, war wieder was von Nazis dran und Juden und so, hängt mir bald zum Hals raus. Unsereiner hat vierzig Jahre auf der Zeche gearbeitet, war schlimmer als KZ, da spricht kein Mensch davon, nichts im Fernsehen, waren ja auch keine Juden mit im Schacht. Mein Gott, die waren auch keine Engel, wir waren auch keine, aber das wird immer gesagt, daß wir keine waren.«

»Jaja, Heinrich, du mußt jetzt schlafen.«

Heinrich schloß die Augen. Ich saß an seinem Bett und starrte auf die Pumpe in seinen Händen, auf den großen Regulator in der Fensterecke und auf den Hund. Es war unheimlich still, und das gleichmäßige Tack Tack aus dem Glasgehäuse des Regulators machte die Stille nur noch unheimlicher.

Ich mußte wohl ebenfalls eingenickt sein, schreckte hoch, als Ingrids Hand meine Schulter berührte. Es war drei Uhr geworden. »Jetzt ist es vorbei«, sagte sie und deutete auf den Hund. Mäcki lag zusammengeringelt vor dem Bett und atmete gleichmäßig, ich möchte sagen: Er schnarchte laut.

Meine Annette sprang mich an, als ich in die Küche trat.

»Ich wußte nicht, was ich tun sollte«, sagte Ingrid. »Dauernd hatte er nach Ihnen verlangt. Und es war schon zwei.«

»Macht nichts«, sagte ich. »Wenn er wieder einmal nach mir verlangen sollte, holen Sie mich, und wenn mal was Ernstes sein sollte, Sie wissen, ich habe Telefon...«

»Kommen Sie, wir trinken erst mal einen Schnaps zusammen, den haben wir uns verdient.« Sie schenkte zwei Doppelstöckige ein, wir prosteten uns zu.

»Hat er wieder von Mäcki angefangen?« fragte sie. Ich nickte.

»Manchmal habe ich den Eindruck, Menschen kümmern ihn gar nicht mehr, nur noch sein Hund.«

»Das ist doch verständlich«, sagte ich. »Er hat mit den Menschen längst abgeschlossen, das müssen Sie doch wissen. Er hat nur noch sein Kriegerdenkmal, seine Autobahnbrücke, die Kneipe und seinen Hund.«

»Ja, wie sie alle.«

»Wie bitte? Alle?« fragte ich dumm.

»Natürlich. Wußten Sie das nicht?«

Ich schüttelte den Kopf, denn ich wußte nicht, daß in nebligen Nächten Betonwände auf ihre Lungen niederbrechen, auch nicht, daß die Hunde vor ihren Betten jaulen, daß Heinrich und alle anderen, seit ihrer Konfirmation der Kirche entfremdet, wieder zu beten beginnen, wenn der Nebel an den Fensterscheiben zu griesigem Wasser zerfließt.

»Wenn nur Mutter noch leben würde, dann wäre alles besser. Die konnte mit ihm umgehen«, sagte Ingrid.

»Damals«, sagte ich. »Ach, da war er noch auf Zeche. Sie hat ihn nie als Invaliden gekannt.«

»Und wie schnell das damals ging. Vater mußte zur Untersuchung. Wenn es nicht Pflicht wäre alle zwei Jahre, er hätte nie einen Arzt aufgesucht. Und da sagte der Arzt: Mein lieber Heinrich! Sofort aufhören. Nicht mal mehr über Tage durfte er beschäftigt werden. Schlimm war das damals. Er stand sich monatelang selbst im Wege und wollte auch nicht mit den anderen gehen. Aber dann fand er die Autobahnbrücke, dann war alles gut.«

»Was suchen die bloß auf der Brücke. Ich bin noch nie dahintergekommen«, sagte ich. Wir tranken einen zweiten Doppelstöckigen.

»Fritz Baumann hat ihn mitgeschleppt, damals, und der wartet doch jeden Tag nur darauf, daß einmal ein Unfall passiert. Baumann hat Vater schon angesteckt.«

Es war Viertel nach drei, als ich ging, und ich konnte nicht mehr schlafen. Ich setzte mich an die Schreibmaschine, aber ich konnte auch nicht schreiben; als ich die ersten Anschläge auf das Papier hämmerte, klopfte es an die Wand. In den Nächten sind unsere Häuser aus Papier. Ich versuchte zu lesen, sah aber nur Buchstaben, die keine Wörter ergaben, ich legte mich auf die Couch und schlief ein.

Unser Dorf hat zwei Wahrzeichen. Der hohe Förderturm der Zeche und die Invaliden. Die Invaliden sind Statuen, die sich zu einer bestimmten Tageszeit in Bewegung setzen, in grüne Lodenmäntel gehüllt, auch Silikosemäntel genannt, auf ihren immer gleichbleibenden Weg. Stirbt ein Invalide, gehen sie alle mit auf den Friedhof, sofern es die Witterung zuläßt. Man kann ihn doch nicht alleine lassen, sagen sie, und dann, die quatschigen Reden von denen vom Betrieb, das ist doch auch nichts, da bekommt man ja die Krätze, und der Pastor, na ja, der spricht doch bei jedem immer dasselbe, da ist es schon gut, wenn er weiß, daß wir alle dabei sind.

Jaja, sagen sie nach solch einer Beerdigung, gehen nach Hause, holen ihre Hunde, stehen dann am Tresen in der Kneipe und trinken zwei oder drei Bier mehr als sonst und sie sprechen kein Wort über den, der verscharrt wurde.

Jaja, sagen sie. Und die Gäste in der Wirtschaft behaupten dann an solchen Tagen: Ihr werdet hundert Jahre alt, nur weil ihr wollt, daß die Ruhrknappschaft in Bochum pleite geht. Aber diejenigen, die das sagen, wissen, daß morgen oder übermorgen ein anderer an der Reihe sein wird, wenn der Nebel in den Straßen hängt, an den Scheiben zu Griesregen zerfließt, die Betonwände einbrechen und die einbetonierten Lungen, sie nach Pumpe und Hoffnung greifen und oft nicht mehr die Kraft haben, den Schlauch in den Mund zu führen.

So ist es, sagen die Invaliden dann, sie trinken ihr Bier und lassen die anderen reden. Sie wissen es besser. Sie leben nur in Träumen.

Manchmal fragt mich einer beim Spaziergang: Was haben wir eigentlich von unserem Leben gehabt. Die anderen bleiben stehen und sehen mich an. Sie alle hätten dasselbe fragen können, einer nur fragte. Nie hat es Urlaub gegeben, nie dazu gereicht, nur zu Hunden und zu Tauben, und die Tauben brachten das große Leben der Welt in ihr Haus, wenn sie vom Preisflug aus Wien oder Brüssel kamen. Was hatten wir? Die Zeche hat uns entlohnt, nicht immer gut, meist unter unserer Leistung, jetzt sind wir uninteressant geworden. Jetzt könnten wir in Urlaub fahren, die Kinder sind groß, die Rente ist gut, na ja, sechs- bis achthundert Mark haben sie im Monat, aber jetzt sind sie müde geworden, jetzt wollen sie nichts mehr von der Welt sehen, das Fernsehen genügt ihnen, denn jetzt haben sie ihre Welt eingekreist und lokalisiert, klein ist sie geworden, ihre Welt, wie die ihrer Hunde, die nur bestimmte Wege zu gehen gewohnt sind und erstaunt aufsehen, stehenbleiben und zu Herrchen aufsehen, verirrt der sich einmal in eine Straße, die ihren Geruch nicht trägt.

Es läge nahe zu fragen, ob sie unglücklich sind. Ich glaube, nein. Ihr Glück war durch das ganze Leben bescheiden. Sie waren glücklich, schellte am Sonntagmorgen nicht der Wecker zur Schicht und surrten nicht die Räder vom Schachtgerüst vor ihrer Haustür. Viele wollten ihr Glück genießen, sie stellten auch am Sonntag den Wecker zur gewohnten frühen Zeit. Schlug er an, stellten sie ihn ab und streckten die Zunge heraus. Schliefen weiter. Sie waren glücklich, wenn es ein paar Feiertage hintereinander gab und man faulenzen und auf die Zeche pfeifen konnte, sie waren glücklich, hatten sie sich acht Tage Urlaub genommen, um den Garten zu bestellen oder ein Zimmer zu tapezieren. Sie waren glücklich, hatte Schalke gewonnen oder Borussia Dortmund, und jetzt sind sie glücklich, wenn kein Nebel über die Ebene von Münster her kommt. Sie wissen um ihren Tod in nebligen Nächten, sie sprechen nicht davon, sie wissen um die Gefährlichkeit von schweren und trockenen Gewittern, dann pochen ihre Lungen – aber sie sprechen nicht davon; nicht zu anderen, nur zu ihresgleichen und auch da nur in der Art, als könnte es einmal passieren. Ich wundere mich heute noch, nach einem Jahr, daß ich mit ihnen gehen darf, was keinem im Dorf gestattet war, seit sie denken können. Ich wundere mich, hüte mich aber, sie danach zu fragen, vielleicht könnte ich sonst alles zerstören, denn bei ihnen ist alles so leicht und durchsichtig, wie ein Spinngewebe, sichtbar allen nur dann, hängt der Tau im Netz. Ich gehe mit, und sie sind mir auch nicht böse, wenn ich viel zu tun habe und in meinem Zimmer bleibe. Dann sagt Heinrich zu den anderen am Kriegerdenkmal, kommt er ohne mich: Der hat keine Zeit, der schreibt.

...und der erste wird sagen: Was der nur immer schreibt, ist doch alles Quatsch...

...und der zweite wird sagen: Ist gar kein Quatsch. Den laß mal, der weiß schon, was er will...

...und der dritte wird sagen: Ist doch Quatsch. Wäre er mal auf Zeche geblieben, da weiß er wenigstens, was er hat. Aber so...

...und der vierte wird sagen: Auf Zeche geblieben? Du Blödmann. Was hat er davon. Soll er laufen wie wir, mit Pumpe, und Angst haben vor Nebel.

...und der fünfte wird sagen: Hab ja von ihm noch nichts gelesen, soll aber was dran sein...

...und der sechste wird sagen: War bei mir fünf Monate unter Tage. Arbeiten konnte er, muß schon sagen, damals vor Ort auf vierte Sohle. Aber große Fresse hat er immer schon gehabt...

...und der siebte wird sagen: Hätten wir auch mal große Fresse gehabt in den vierzig Jahren, dann hätten wir vielleicht keinen Staub in der Lunge...

...und der achte wird sagen: Quatsch. Große Fresse hilft auch nicht gegen Staub...

...und Heinrich wird zum Schluß sagen: Redet nicht! Kommt! Laßt ihn machen, was er will, jeder muß wissen, was er kann und nicht... Morgen nimmt er mich mit nach Schalke, in seinem roten Flitzer. Karten hat er auch schon.

Und die Hunde? wird Horst fragen.

Die bleiben im Auto, wird Heinrich antworten, bis wir wiederkommen, die kennen sich ja, die tun sich ja nichts.

So wird es sein, nehme ich an – oder weiß ich aus ihren Gesprächen, wenn manchmal Worte fallen auf den Spaziergängen. Niemals fragen sie mich, was ich verdiene, so wie ich sie nicht frage, wie es ihnen gesundheitlich geht, ob sich die Luft heute besser atmen läßt als gestern. Wir fragen uns nicht, wissen aber um den anderen Bescheid.

Annette erwachte aus ihrem ausgestopften Dasein, sie jault, wedelt mit dem Stummelschwanz, denn Heinrich und Mäcki sind aus der Tür getreten. Es war halb vier.

»Gehst du mit?« ruft er zu mir hoch.

Mir hängt die Autobahnbrücke zum Halse raus, aber der Tag ist verloren, ich werde keine Zeile mehr schreiben können an diesem Tag, es ist stechend heiß und trotzdem schwül, also gehe ich mit.

Die anderen warten schon im Rondell des Kriegerdenkmals auf uns, die Hunde rasen durch die Anlagen, legen ihre Häufchen ab, und es gibt genug Menschen, die sich dieser Häufchen wegen erregen. Ich gebe zu, es mag nicht nur für national denkende Männer unerhört sein, daß Hunde ihre Notdurft rund um das Kriegerdenkmal verrichten, genug andere erregen sich darüber, und man hat allen Ernstes im Gemeinderat den Antrag gestellt, ein Straßenreiniger möge zweimal am Tag die Anlagen am Kriegerdenkmal säubern: Wir sind es unseren Invaliden schuldig, schließlich haben sie ihr Teil zum Wohle der Gemeinde beigesteuert. Der Antrag wurde abgelehnt, von der im Gemeinderat mit Mehrheit vertretenen SPD. Begründung: Wohl für die Invaliden, nicht aber für die Hunde wollen wir was tun.

Die Invaliden, denen dieser sonderbare Vorgang wenig später zu Ohren kam, ließen durch mich eine Eingabe abfassen, in der es hieß, daß sie auf die Wohltaten der Gemeinde verzichten und nicht einsehen, warum die Heldentaten derer, für die der Stein im Rondell errichtet worden war, höher stehen sollen als die ihren. Und: Wer für unsere Hunde nichts tut, braucht auch nichts für uns zu tun.

Wir gehen an der evangelischen Kirche vorbei auf den Feldweg zum Grafenwald, und am Buchenweg trennen wir uns. Heinrich, Fritz und ich gehen den Buckel hinauf zur Brücke.

Zur Brücke über die Autobahn Wuppertal–Kamener Kreuz. Unter uns faucht der Verkehr wieder unbestimmten Zielen und Hoffnungen zu, endlos, laut, widerlich und doch schön.

»Wird Gewitter geben.« Fritz sagte es, und mir war, als zittere seine Stimme, er hob die Nase in den Himmel.

»Wird kein Gewitter geben«, sagte Heinrich. »Zeig mir, wo es ein Gewitter gibt. Alles klar. Und dann, ist ja auch viel zu heiß für ein Gewitter in unserer Gegend.«

»Guck doch«, sagte Fritz aufgebracht. »Da hinter den Hoesch-Werken, da guck, die Wolke...«

»Fritz, mach dich doch nicht selbst verrückt, die Wolke ist doch immer, ist doch der verdammte Qualm aus den Thomasbirnen.«

»Denkste, der ist gelb. Guck dir die Wolke an, heut ist sie, na, verdammt, was ist das für eine Farbe...?« Er guckte mich groß an, als erwartete er von mir einen Erlösungsspruch.

»Gelb ist sie nicht«, sagte ich. »Ich weiß auch nicht recht, ich würde sagen... ja... vielleicht violett...«

»Siehste, violett. Und da sagst du, es gibt kein Gewitter. Wenn die Wolke violett ist, gibt es immer Gewitter.«

»Quatsch, ich sage dir, Quatsch, du machst dir was vor, du willst plötzlich, daß es ein Gewitter gibt. Muß doch nicht, auch wenn es drückend heiß ist...«

Einige Zeit war es still, nur der Verkehr unter uns toste widerlich, wild und schön, dann sagte Fritz Baumann: »Meinetwegen kann es ja ein Gewitter geben, nur regnen muß es. Hauptsache, es regnet. Diese trockenen Gewitter, es ist zum Verrücktwerden, da ist mir so, ich weiß nicht, wie ich sagen soll...«

»Nun guck dir bloß den großen Brummer an!« schrie Heinrich dazwischen. Daß so etwas überhaupt auf die

Straße darf. »Wie ist das«, fragte er mich, »hat man da nicht Angst, wenn man so einen Kasten überholt?«

»Ist Gewohnheit, Heinrich«, antwortete ich und schaue den Hunden zu, die sich wieder um einen Ast balgen. Die Gruppe der Waldläufer verschwand an der Ecke, wo die Kasernen in den Wald stoßen.

»Und es gibt doch ein Gewitter«, sagte Fritz laut. »Guck dir die Wolke mal an, zieht jetzt rüber nach Wuppertal. Siehst du?«

Fritz hatte recht. Aus der violetten Wolke über den Hoesch-Werken war wieder eine gelbe geworden, die violette war eingedunkelt und zog weiter nach links, wo man Wuppertal wußte. Sie wird sich an den Bergen stoßen und langsam das Tal heraufkommen, genau auf uns zu, denn Gewitter haben bei uns hier freien Auslauf in die Ebenen nach Soest und Münster. Das Gewitter wird nicht über den Haarstrang, der dem Sauerland vorgelagert ist, ziehen können. Es wird sich bei uns austoben, und im Sauerland wird das schöne Wetter sein. Das ist immer so, das war immer so. Unser Dorf liegt genau an einer Wetterscheide.

»Sieht tatsächlich so aus«, sagte Heinrich. Er lehnte sich schwer auf das Geländer, schaut auf den Verkehr und fragt mich: »Ob Schalke wohl am Samstag gewinnt?«

»Ist doch egal, Heinrich, absteigen können sie nicht mehr.«

»Sag das nicht so leichtsinnig. Wenn jetzt Schalke alle Spiele verliert und Karlsruhe und Neunkirchen alle Spiele gewinnen, dann steigt Schalke ab.«

»Werden aber nicht alle gewinnen.«

»Ich hab schon Pferde kotzen gesehen.«

»Das kann stimmen«, sagte ich, »aber noch nie eine Mannschaft, die alle Spiele gewinnt.«

»Das gibt heute ein ganz schönes Gewitter«, sagte Fritz wieder. Nun verbarg er seine Unruhe nicht mehr.

»Es wird Regen dazu geben«, sagte Heinrich.

»Meinst du? Meinst du wirklich?« fragte Fritz zurück,

und es war mir, als falle alle Unruhe von ihm ab, seine Stimme war wieder wie immer.

Die dunkle Wolke wuchs, wurde breiter, fächerte sich zu einer Wand auf, die Wand schob sich langsam auf uns zu, sie mußte nun wohl schon über Hagen sein, einige Autos unter uns im Sog des geraden Bandes hatten schon Standlicht eingeschaltet, aber nur die, die auf die Wand zufuhren. Fritz Baumann atmete schwer, Schweiß perlte an seinen Schläfen, zum ersten Mal sah ich, daß er seinen Mantel öffnete, seinen Rock und sogar das Hemd weit aufriß und tief durchatmete.

»Und es wird keinen Regen geben«, sagte er.

»Woher willst du das wissen?« fragte Heinrich.

»Guck dir doch die Autos an, die von Wuppertal kommen, die sind alle salztrocken...«

»Dieses lange Stück hier herauf«, beruhigte ich ihn, »da können die längst vom Fahrtwind wieder trocken sein.«

»Na, du alter Angsthase, du Schwarzmaler, laß dir mal was von einem alten Autofahrer erzählen«, sagte Heinrich, und er lachte.

»Gib mir deine Pumpe Heinrich, schnell.«

Fritz Baumann pumpte wie wild, er schwitzte mehr und mehr, auch auf der Brust bildeten sich jetzt Schweißbäche, und er sah zum Himmel, wie einer, der dort das Schlimmste erwartet.

»Danke, Heinrich«, und Fritz gab die Pumpe zurück. Anscheinend hatte sie ihm keine Linderung gebracht.

»Es wird ein schönes Gewitter geben«, sagte ich, »aber auch einen ganz schönen Regen.« Heinrich nickte bekräftigend. »Einen Guß wird das geben, daß ihr die Ohren anlegt und die Gullys singen hört.«

»Meint ihr?« fragte Fritz ängstlich. Nun war er ganz in Schweiß gebadet.

»Wenn sie nur kommen wollten«, rief er und meinte die Waldläufer. Fritz interessierte der Verkehr auf der Autobahn nicht mehr, sein Hund saß plötzlich zu seinen Füßen und sah wie sein Herr auf die dunkle Wand im Westen, die sich mittlerweile bis Schwerte oder sogar Unna vorgeschoben hatte. Aber das konnte täuschen.

Als die Waldläufer um die Ecke bogen und auf den Buchenweg zuhielten, blitzte es zum ersten Mal. Wir drei hielten den Atem an und zählten. Bis dreißig hatte ich gezählt und von nirgendwo war ein Donner gekommen. Ich sagte: »Es ist noch weit weg, sehr weit.«

»Komm, laß uns gehn«, sagte Fritz. Die Hunde trotteten hinterher, sie fürchteten sich, sie spürten das Gewitter, und meine Annette sprang an mir hoch, sie hatte anscheinend die meiste Angst, sie wollte auf den Arm, und wenn ich allein gewesen wäre, hätte ich sie auch genommen.

Als wir die Waldläufer trafen, vergaßen die Hunde ihre Angst, die anderen sieben Hunde brachten Leben in die Gruppe, aber es war nicht wie sonst.

»Donnerwetter, das gibt ein Gewitterchen«, sagte Horst, und sein Hund, sonst der wildeste unter allen, lief neben ihm wie ein Schaf.

»Was hat Astor?« fragte ich Horst.

»Schiß hat er. Und dann, ich hab ihm ein paar drübergezogen, hat der Kerl doch tatsächlich ein Eichkätzchen in der Schnauze gehabt. Auf der einen Seite guckt der Kopf raus, auf der anderen der Schwanz. Ich sag dir, wenn ich nicht hingesprungen wäre, der hätte es kaputtgebissen. Eichkätzchen, das muß sich einer mal vorstellen. Wo das Vieh bloß das Vieh aufgegabelt hat.«

»Warum habt ihr denn das Eichkätzchen nicht mitgebracht?« fragte ich.

»Ach weißt du, das war noch so klein, und so verschüchtert. Wir haben es gleich laufen lassen. Aber ich sage dir, das ging vielleicht den Baum hoch, na, ich sage dir.«

Astor lief hinter seinem Herrn, als sei er angebunden. Ich blieb etwas zurück, meine Annette mußte einen Bukkel machen und ein Häuflein. Ich sah in das Gebüsch. Da stand ein Reh. Ein Reh – im Ruhrgebiet. Ich lachte vor mich hin. Es geschehen noch Zeichen und Wunder.

Die Gruppe war mir hundert Schritte davongelaufen,

ich ging hinter den Männern her, sie waren alle in einem Alter von achtundfünfzig bis achtundsechzig, aber doch schon Greise. Eine sonderbare Gruppe. Eine Erscheinung. Sie gingen eng nebeneinander, als müsse jeder jeden stützen. Die Hunde umkreisten dieses Bild, ein Bild von Eintracht und Verlorenheit. Die Hunde störten das Bild nicht, sie rundeten es nur ab. Ich liebte diese Männer, ich liebte sie mit einem eigenartigen Gefühl, über das ich mir selbst nicht im klaren war. Es war kein Mitleid, das wußte ich genau. Vielleicht war es die Ahnung, daß ich mich in ihnen wiederfand, denn es war so viel Sinnloses in ihrem Tun, so viel Unnützes, Überflüssiges, wie überhaupt ihr Leben überflüssig war, und in dem Scherz der Jungen in der Kneipe, sie wollen nur nicht sterben, damit sie die Ruhrknappschaft zum Offenbarungseid treiben konnten, klang so viel makabre Wahrheit durch, die mich, obwohl ich mitlachte, erschreckte.

Einen Tag vor Weihnachten war es, da kam ich von Dortmund zurück, es war ein warmer Tag, fast wie Vorfrühling. Ich bog so scharf in die Oststraße ein, daß mein Pudel, der sonst immer vorne steht, die Pfoten vor der Windschutzscheibe, umfiel und mich vor lauter Wut ins Ohr biß. Ich konnte gerade noch bremsen, denn unvermutet stand ich vor einem Menschenauflauf. Frauen winkten mir, schrien durcheinander, gestikulierten. Ich dachte, ein Autounfall, aber weit und breit war kein Auto zu sehen, und als ich ausstieg und den Mann auf dem Pflaster liegen sah, dachte ich, ein Betrunkener habe es nicht mehr bis zu seiner Wohnung geschafft. Bereitwillig öffneten mir die Frauen den Ring. Ich sah Peterson auf der Straße liegen, er röchelte, er verdrehte die Augen, aber er erkannte mich. Max, sagte er, und das Sprechen fiel ihm schwer, bring mich nach Hause. Petersons Hund, ein Langhaardackel, der sich schon mit meiner Annette ständig in der Wolle hatte, sprang verschüchtert auf den Rücksitz, neben meinen Pudel, der nicht wußte, was um ihn her vorging und leise vor sich hin jaulte. Wir hoben Karl Peterson in meinen Wagen. Die Frauen lamentierten, und sie winkten mir, als ich abfuhr.

Vor Petersons Haus war Peterson tot.

Es gibt Dinge, die darf man nicht schreiben, weil man sie nicht beschreiben kann, wie damals, in der Luisenstraße zehn.

Ich fuhr vor das Haus und sagte: Karl, da sind wir. Ich griff über seinen Schoß und öffnete die Tür. Da kippte er nach rechts aus dem Wagen auf den Bürgersteig.

So leicht geht das, ohne alle Anstrengung.

Das Bild von Eintracht und Verlorenheit, umkreist von Hunden aller Rassen, strebte der Kneipe am Schloßeck zu. Horst öffnete die Tür, wir gingen alle an ihm vorbei, die Hunde zwischen den Beinen, und als ich als letzter hindurch war, schloß Horst die Tür. Der Wirt hatte schon das Bier gezapft, denn er sah uns ja von weitem kommen, der Steinhäger stand schon auf der Theke; wir klopften mit den Zeigefingern die Theke an, kippten den Klaren, griffen nach dem Bier. Ritus von Kneipenheiligkeit. Die Hunde schossen durch das Lokal, für drei, vier Minuten, dann saßen, lagen sie vor oder unter den Tischen.

Wir tranken die zweite Runde, ein Steinhäger, ein Bier. Der Wirt fragte mich: »Fährst du Samstag nach Schalke?«

»Ja«, mischte sich Heinrich ein, »ich fahre mit!«

»Wer? Du? Hör bloß auf, du kannst ja gar nicht sehn, wie Schalke verliert«, rief der Wirt über den Tresen.

»Schalke verliert nicht!« sagte Heinrich.

Der Wirt schenkte uns allen noch eine Runde ein, die niemand bestellt hatte.

»Walter, was ist?« fragte ich.

»Brauereivertreter war da«, sagte er.

»Ach so!« rief Horst. »Na dann Prost, Leute.«

Seit drei Jahren bekamen die Invaliden vom Brauereivertreter, der einmal in der Woche vorsprach, eine Runde spendiert. Jeden Freitag, und bin ich an diesem Tag dabei, wird mir das Bier und der Steinhäger ebenfalls kostenlos zugeschoben.

Die ersten Freitagabendgäste kamen, die ersten Skatrunden suchten eine Ecke, an einem Tisch knobelten vier Mann. Die Gäste kannten die Invaliden und alle Hunde beim Namen, niemand stört sich an ihnen, sie gehören einfach dazu, es ist selbstverständlich, daß von fünf bis halb sechs zehn Invaliden in grüne Lodenmäntel gehüllt an der Theke stehen. Einmal, es mag ein Jahr her sein, beschwerten sich gut zahlende Gäste über die Horde Hunde im Lokal. Aber der Wirt stellte es den Gästen frei, das Lokal zu verlassen. Sie gingen, kamen nie wieder, die Hunde blieben.

Als die Gäste draußen waren, schnaufte der Wirt und schrie: Die blöden Heinis tun ja so, als ob ein Hund im Lokal ein Verbrechen wäre. Ich gebe zu, daß die Hunde, so brav sie sonst sein mochten, nicht gerade ein appetitliches Bild abgaben. Nur Gewohnheit, sagte damals der Wirt. Die haben sich an die Nazis gewöhnt, jetzt sollen sie sich gefälligst an die Hunde gewöhnen.

Wieso? fragte ich, kanntest du die Gäste.

Ich? Nein. Aber die sehen doch aus wie alte Nazis.

Damit war der Fall erledigt, niemand sprach mehr davon.

Wie wir das Lokal betreten hatten, verließen wir es wieder, und am Kriegerdenkmal steuerte jeder seiner Siedlung zu. Die dunkle Wand stand nun über uns, es war unerträglich schwül geworden.

»Wird schon vorübergehen«, sagte Heinrich und gab Fritz Baumann einen Klaps auf die Schulter.

»Hoffentlich«, sagte Fritz. »Du, guckt ihr heute Fernsehen?«

»Weiß nicht, ist wieder so ein Schiet vom Dritten Reich dran. Immer dasselbe. Vor lauter Drittem Reich im Fernsehen werden wir wieder ein Drittes Reich.«

»Quatsch nicht, Heinrich«, sagte Fritz.

»Ist aber doch auch wahr, die jungen Leute sehen doch nichts anderes, die müssen sich ja nach der Zeit sehnen.«

Dann gingen wir. Die schwarze Wand verdeckte nun den dem Sauerland vorgelagerten Haarstrang, auch der Kirchturm in Unna war nicht mehr zu sehen. Irgendwo blitzte es, der Donner blieb aus.

Heinrich fragte mich vor der Tür: »Kommst du noch ein bißchen mit rein? Hab noch einen kalt stehen.«

Ich hatte keine Lust, ich war hundemüde, aber ich trat doch in seine Wohnstube, wir machten es uns in den Sesseln, die Ingrid vor einem halben Jahr gekauft hatte, bequem. Ingrid brachte auch die Flasche, wahrscheinlich mir zuliebe, denn bei ihrem Vater war sie wachsam. Als ich mein Glas an den Mund setzte, erhellte ein Blitz den hereinbrechenden Abend, und wenig später rollte weit entfernt der Donner.

»Aha«, sagte Heinrich, »es kommt. Das Gewitter kommt. Es wird Regen geben, es wird einen herrlichen Regen geben.«

»Bloß nicht«, sagte Ingrid, die beim Wäschebügeln war, »ich will heute abend noch in die Volkshochschule.«

»Wo du auch immer rumläufst. Muß das sein? Was gibt's denn?«

»Ach, einer spricht über Ost–West. Ist für mich vielleicht interessant.«

»Ost–West«, muffelte Heinrich vor sich hin. »Die sollen die drüben im Osten doch endlich mal in Ruhe lassen, so ein Schiet immer. Und da gehst du noch hin...«

»Trink nicht so viel, Vater. Du liegst heute abend wieder und kannst nicht schlafen.«

»Was glaubst du, was ich nach Gewittern schlafen kann. Hoffentlich regnet es... Ost–West... so ein Quatsch... die sollen die drüben im Osten endlich in Ruhe lassen...«

»Es wird schon regnen, Heinrich, und Fritz hat ja schon mehr als dieses Gewitter mitgemacht.«

»Schon schon«, sagte Heinrich. »Aber es ist so drükkend... ist doch alles Schiet... alles...«

Ich stand auf, sagte: »Es bleibt also dabei, Samstag nach Schalke, ich fahre um ein Uhr los.«

Es war ein kurzes, heftiges, aber trockenes Gewitter. Schnell, als habe es etwas zu versäumen, zog es in die Ebene nach Hamm und Münster weiter. Das Gewitter, das sich wie der helle Tag gebärdete, war wie ein Schatten, und als es vorbei war, glimmte nur noch blaßblau der Fernsehschirm aus Heinrichs guter Stube, denn er war allein. Ingrid war trotz des Gewitters in die Volkshochschule gegangen, um einen Vortrag über Ost–West zu hören, der für sie vielleicht interessant sein konnte. Erst wollte ich noch zu Heinrich hinübergehen, aber dann nahm ich mir eine Zeitung und ging ins Bett. Es hatte sich um keinen Grad abgekühlt.

Anderntags stand ich mit Heinrich allein auf der Autobahnbrücke, auf der Brücke über die Autobahn Wuppertal–Kamener Kreuz. Heinrichs Mäcki, der auf dem Weg zur Brücke schon sehr unruhig war, lag nicht wie sonst am Brückengeländer, er suchte und suchte.

»Und dabei war es doch kein schweres Gewitter, nur so dreimal geblitzt, dreimal kräftig gedonnert, dann war alles vorbei.«

»Ja«, sagte ich, »es war wie ein Wischer. Aber trocken.«

»Trocken«, sagte Heinrich.

Unter uns raste der Verkehr, endlos, laut, widerlich und schön. »Mäcki, komm her!« Aber der Hund lief weiter auf der Brücke umher, manchmal wimmerte er wie in den Nächten, wenn die Betonwand auf die Brust seines Herrchens niederbricht und er nach Pumpe und Hoffnung greift.

»Dann ist es also nichts mit Samstag zu Schalke«, sagte Heinrich.

»Es ist nichts mit Schalke«, sagte ich und sah auf das vierspurige Band unter mir, das mir plötzlich Interesse abzwang.

Heinrich drehte sich vom Geländer weg, lief auf den Buchenweg zu und sprach leise vor sich hin: »Laß uns gehn, Mäcki, laß uns gehn. Es ist nicht gut, wenn wir allein auf der Brücke stehen und warten und warten und nicht wissen, auf was. Komm, wir gehen zu den Waldläufern. Laß uns gehn, Mäcki, laß uns gehn. Komm, Mäcki, komm.« Von diesem Tag an war Heinrich mit seinem Hund Waldläufer geworden.

Zwei Wochen nach diesem Tag – Fritz hatte eine schöne Beerdigung gehabt, wie man hier zu sagen pflegt, und Heinrich nahm Papsi zu sich – kam ich von Dortmund. Ich scherte kurz vor der Brücke auf die rechte Bahn ein, wollte winken, aber mir fiel ein, Heinrich war ja Waldläufer geworden.

Aber da sah ich plötzlich zwei Männer, in grüne Lodenmäntel gehüllt, auf der Brücke winken. Ich fuhr langsam, winkte zurück, erkannte die beiden aber nicht. Es mußten neue Brückensteher sein.

Im Rückspiegel sah ich sie noch an der Ausfahrt winken, ich kannte sie nicht, aber sie mußten mich kennen.

Nun hatten die Waldläufer wieder ihre Brückensteher. Gott sei Dank, dachte ich, die Ordnung war wieder hergestellt.

Rom

Der Landgerichtsrat Dagobert Mora überquerte gedankenlos die Via Tarutti und er schimpfte vor sich hin, auf die Hitze, auf das laute Leben der Römer, auf den verwirrenden Verkehr. Sein Langhaardackel, den er an der Leine führte, trottete müde neben ihm, der Dackel sah manchmal zu seinem Herrn hoch, als ob er ihm Vorwürfe machen wolle wegen des langen Spazierweges in dieser Hitze. Plötzlich stand Mora vor einem Kiosk, der auch deutsche Zeitungen ausgelegt hatte, er kaufte sich den ›Spiegel‹ und die ›Quick‹, blätterte gelangweilt, las flüchtig die Überschriften, wischte sich mehrmals Gesicht und Nacken vom Schweiß frei und dachte, daß es für Hund und Herrn ein Wahnsinn war, im Juli nach Rom zu fahren.

Mora war ein sportlicher Mann, nicht mehr ganz jung, sechzig, aber wer es nicht wußte, schätzte ihn auf Anfang Fünfzig, er war nach der neuesten Herrensommermode gekleidet und braungebrannt. Als er von Düsseldorf ohne Familie abgefahren war, wußte er noch, warum er nach Rom wollte, jetzt, da er schon vierzehn Tage durch die Stadt wanderte, kam ihm seine Reise blödsinnig vor, und er fragte sich jeden Morgen nach unruhig durchschlafener Nacht, warum er hierher gefahren war. Gut, Rom war Rom, er kannte die Stadt wie seine Westentasche, nun aber verfluchte er sie. Ich werde vor Ablauf meines Urlaubs noch abreisen, mir für vierzehn Tage im Gebirge eine Pension suchen, sagte er laut zu seinem Hund. Der Hund reagierte nicht auf die Worte seines Herrn, er trottete teilnahmslos unter der brütenden Hitze neben Mora her, der einige hundert Meter die Via Tarutti hinaufschlenderte und vor einem Haus stehenblieb, das sich als Hotel auswies. Lange betrachtete er die Vorderfront des Hauses, die wie jede andere aussah: herabgelassene und unten schräggestellte Rolladen. Nichts Besonderes war an dem Haus, und doch war ihm, als habe er mit diesem Haus schon einmal zu tun gehabt. Er kannte Rom, er war auch in den letzten Jahren mehrmals durch die Via Tarutti gekommen, er hatte, ohne Zweifel, dieses Haus gesehen, aber heute sah er es erst richtig, und das Haus war wie alle anderen in dieser Straße oder auch so anders.

Purzel, dieses Hotel wäre für uns richtig, sagte er zu seinem Hund, aber der lag schon ausgestreckt im Schatten der Häuserfront und schlappte weit die Zunge heraus. Ich weiß, du hast Durst, aber du bist selbst schuld, du wolltest dort unten aus dem Brunnen nicht saufen. Vielleicht bekommen wir hier Wasser für dich. Ich werde mir morgen eine Thermosflasche kaufen und sie mit kaltem Wasser füllen, damit du immer was zu saufen hast. Der Hund keuchte nur.

Es war Mora, als bekomme er einen Schlag über den Kopf. Da stand Sigillo mit einer weißen Schürze umgetan, Sigillo stand vor ihm unter dem Sonnenfang und sah auf die Straße. Mora fror – er sah Sigillo.

Ja, Sigillo. Das war er, es gab in Moras Gedächtnis kein zweites Gesicht. Dick war Sigillo geworden, sehr dick. Aber sein Gesicht hatte sich nicht verändert, und es wird sich nie verändern, und wenn er hundert Jahre werden sollte. Ich hätte sein Gesicht auch erkannt, wäre er unter Tausenden über die Königsallee gelaufen oder die Breite Straße, oder wenn er auf einer Bank an den Rheinpromenaden gesessen hätte. Er ist ein Gezeichneter – und sie behalten ihr Gesicht. Für Mora war Sigillo nur ein Gesicht, sonst nichts.

Obwohl Mora fließend italienisch sprach, sagte er zu deutsch: Könnten Sie vielleicht meinem Hund etwas Wasser geben? Da unten ist zwar ein Brunnen, aber der Hund will da nicht saufen, er hat Angst vor den Fontänen.

Aber sicher, kommen Sie rein, sagte Sigillo.

Mein Gott, er spricht noch besser deutsch als damals, wahrscheinlich hat er viele deutsche Gäste.

Angenehm kühl war es in der Vorhalle, und Mora ließ

sich erschöpft in einen Korbsessel fallen, der Hund lief Sigillo nach, als wüßte er, daß er nun Wasser bekommt.

Es ist alles so italienisch hier, dachte Mora, nicht wie in diesen modernen Häusern, die alle einander gleichen, eine harmonische Verschmelzung von Kunst und Kitsch, wo man hinsieht, das können die Italiener mit der linken Hand, wir Deutsche nehmen alles viel zu ernst, die Kunst und den Kitsch.

Der Hund leckte noch seine Schnauze, als er diesmal vor Sigillo aus einem Nebenraum kam, und der dicke Italiener rieb sich die Hände und lachte und sagte zu Mora, daß der Hund – wie heißt er doch? Purzel? Oh, ein echter deutscher Name – zwei volle Schüsseln Wasser ausgetrunken habe. Gutes, römisches Wasser. Nicht zu kalt.

Ja, Ihr Wasser hier in Rom ist gut. Aber trotzdem, mir geben Sie doch lieber einen Campari.

Campari ist auch gut, sagte Sigillo und verschwand hinter einer winzigen Theke, die wie eingezwängt aus einer Ecke des fünfeckigen Raumes leuchtete. Fünfeckiger Raum, komisch, ich habe mich schon über diesen Raum gewundert, irgendwie hat hier ein Architekt Flausen realisiert, aber das ist nur bei denen möglich.

Wann war das eigentlich? Vierundvierzig? Oder dreiundvierzig? Zwanzig Jahre jetzt. Mein Gott, wie die Zeit vergeht. Sigillo ist zwanzig Jahre älter geworden, und nach meinem Urteil von damals hätte er zwanzig Jahre tot sein müssen. Zwanzig Jahre. Ob da auch die Knochen verfaulen? Das ist verschieden. Aber Sigillo entkam, es entkamen damals viele, niemand wußte wie. Wir wußten Sigillos Adresse, Via Tarutti 62, aber wir fanden ihn dort nicht, es war auch dumm von uns, in seiner Wohnung nachzuforschen. Sigillo blieb verschwunden, immerhin standen die Amerikaner vor der Tür – vor Rom. War das dreiundvierzig? Oder vierundvierzig? Verdammt, man hat die Geschichte mitgemacht und weiß nicht einmal mehr die Jahre auseinanderzuhalten. So schnell geht das. Die Kinder lernen die Jahreszahlen jetzt in der Schule, aber wir, die wir diese Jahre gelebt und gemacht haben, wissen sie nicht mehr.

Der Campari war kalt, und Sigillo hatte zwei Stückchen Zitrone beigegeben, in Düsseldorf, dachte er, bekommt man nur ein Stück Zitrone. Diese Italiener kennen kein Maß, nicht einmal dann, wenn es gegen ihren Geldbeutel geht, sie sind maßlos, deshalb kommen sie auch zu nichts.

Anscheinend hatte Sigillo Zeit, er setzte sich zu Mora, streichelte den Hund und sagte in fast akzentfreiem Deutsch: Ein schönes Tier ist das, wirklich, ein schönes Tier. Bürsten Sie ihn jeden Tag?

Ja, täglich, fast immer eine halbe Stunde. Man muß Zeit haben, hält man sich so ein Tier.

Jaja, das stimmt. Ich hatte im Krieg auch einmal einen Hund, damals, als die Deutschen unsere Verbündeten waren und unsere Besatzer. Einen, na, wie sagt man doch in deutsch, ach ja, Dalmatiner. Ein schönes Tier.

Ja, ein schönes Tier, sagte Mora.

Wie bitte? fragte Sigillo und er sah Mora gespannt an.

Was? Ach ich meinte, Dalmatiner sind schöne Tiere.

Ja, dachte Mora, beinahe hätte ich mich verplappert. Aber es war tatsächlich ein schönes Tier, bei Sigillos Festnahme wurde er erschossen, er war nicht von dem Mann zu trennen. Gott ja, ich gebe zu, eine Kurzschlußhandlung des Feldwebels, ja, aber was hätten wir machen sollen, der Schuß hinter das Ohr des Tieres war die beste Lösung und hat uns manchen Ärger erspart. Der Feldwebel hat geweint, er war ein Hundenarr.

Ist er gestorben, der Hund? fragte Mora.

Ja, er ist gestorben, und er war noch nicht alt, vier Jahre. Die besten Jahre für einen Hund. Sigillo sah durch die Drehtür auf die Straße.

Was fehlte Ihrem Hund denn?

Dem Hund? Sigillo lachte kurz. Ach wissen Sie, die Zeit, wie soll ich das sagen, na eben die Zeit.

Haben Sie wieder einen Hund, jetzt? fragte Mora.

Nein, seit damals nicht mehr. Es gibt ja auch Männer, wenn denen die Frau stirbt, dann heiraten sie nicht mehr.

Hahahaha, das soll vorkommen, polterte Mora.

Der Landgerichtsrat Mora überlegte angestrengt, warum er Sigillo damals zum Tode verurteilt hatte, er wußte zwar, daß es mit Diebstahl zusammenhing, erinnerte sich aber nicht mehr, was es war.

Ich war nie verheiratet, sagte Sigillo, ich hatte immer Hunde, die genügten mir, die sind so anhänglich, die betrügen nicht, denen kann man am Schwanz ablesen, was sie wollen oder was sie ausgefressen haben.

Da haben Sie recht, sagte Mora.

Sigillo ging noch einmal hinter die Theke, brachte wieder ein Glas Campari und stellte es vor Mora hin. Von mir, sagte er, weil Sie auch so für Hunde sind.

Aber, ich bitte Sie, das kann ich doch nicht annehmen.

Menschen mit Hunden sind meine Freunde, sagte Sigillo und er lächelte Mora an. Nur nicht ablehnen, lassen Sie nur, mir gefällt es so.

Mora entsann sich, daß Sigillo drei Tage geweint hatte über den Verlust des Tieres. Zwei Männer mußten ihn zu den Vernehmungen schleppen und später auch noch zu der Verhandlung. Sie mußten ihn festhalten, wenn er den Feldwebel sah, der seinen Hund erschoß.

Wie hieß Ihr Hund eigentlich? fragte Mora.

Meiner? Tampi hieß er. Ein schöner Hund, so schön gefleckt, so einmalig gemustert, er hatte am Hals schwarze Tupfer, die wie Fünfecke aussahen. Und laufen konnte er, wie ein Windhund, vielleicht schneller. Er wollte immer nur laufen, mein Hund war immer in Bewegung, er wurde nie müde.

Ja, sagte Mora, das soll es geben.

Es war dumm von dem Feldwebel, den Hund einfach zu erschießen. Aber was sollten wir mit dem Hund tun, wir konnten ihn nirgendwo lassen, und ihn mit Sigillo in eine Zelle sperren, das war gegen die Vorschrift. Der Hund hätte sich auch nicht an andere Menschen gewöhnt, und er hätte sich gewöhnen müssen, auf Diebstahl von Heeresgut stand nun mal Erschießen, das stand fest. Ja, und Sigillo wurde auf frischer Tat ertappt, er leugnete nicht, er sagte nur, als er abgeführt wurde: Hunger, Hunde. Jetzt wußte Mora plötzlich wieder, was Sigillo gestohlen hatte. Zwei große westfälische Schinken, die für das Offizierskasino bestimmt waren. Ja, ganz deutlich sah er wieder alles vor sich, und Sigillo behauptete damals, nicht für sich, sondern für seinen Hund Tampi – was mag wohl der Name bedeuten – habe er die Schinken gestohlen und für den Hund seines Freundes. Das glaubte zwar kein Mensch, aber was nutzte es, gestohlen war gestohlen, ob für sich oder für Hunde. Und was war das für ein Witz damals, für einen Hund oder für zwei Hunde zwei westfälische Schinken zu stehlen, zwei weltberühmte westfälische Schinken. Die Offiziere waren richtig beleidigt. Sie lachten zwar, aber sie waren beleidigt. Und die Schinken waren für die Offiziersmesse.

Frißt Ihr Hund viel? fragte Sigillo.

Nicht viel, zweihundertfünfzig Gramm am Tage, manchmal nicht einmal das. Er ist ausgewachsen und ausgefüttert, und hier in Rom, in dieser Hitze frißt er noch weniger. Er macht mir etwas Sorge, er säuft zu viel.

Macht nichts, bei Hunden reguliert sich das von selbst. Wir Menschen essen ja auch nicht so viel bei der Hitze.

Das stimmt allerdings. Sagen Sie, Sie sind auch nicht mehr ganz jung, waren Sie im Krieg?

Im Krieg? fragte Sigillo. Im Krieg waren wir alle.

Ich meine, ob Sie beim Militär waren?

Beim Militär waren wir auch alle.

Jaja, sagte Mora, fragt sich nur, auf welcher Seite.

Ja, auf welcher Seite, das ist natürlich wichtig, aber man stand doch immer auf der falschen Seite, weil es im Krieg keine richtige Seite gibt.

Krieg ist Krieg. Sigillo stand auf und ließ den Hund in den Raum, aus dem er schon einmal mit dem Hund gekommen war. Kurze Zeit später kam er wieder und sagte

Mora, der Hund habe wieder getrunken, nun muß es aber genug sein, bald werde er wahrscheinlich ein Bächlein machen müssen.

Der meldet sich schon, wenn er muß, sagte Mora. Er steht dann meist auf den Hinterbeinen, macht Männchen oder er legt sich auf meine Füße, dann weiß ich Bescheid.

Mein Tampi, wenn der mußte, der hat immer geheult zum Steinerweichen.

Ja, das tut meiner auch, aber nur wenn er spazierengehen will.

Hunde haben alle ihre Eigenarten, wie die Menschen, sagte Sigillo, jeder eine andere, noch unterschiedlicher als bei Menschen.

Haben Sie den Krieg gut überstanden? fragte Mora. Ich meine, sind Sie nicht verwundet worden, haben nichts, wie man bei uns sagt, mitbekommen?

Es ist alles normal gelaufen, sagte Sigillo, wie eben im Krieg alles normal laufen kann. Er stützte sich mit der linken Hand auf den Tisch und sah auf Mora herab, der hastig seinen Campari austrank. Mora sah dann noch interessiert die Halle an und lutschte das zweite Stückchen Zitrone aus.

Darf ich Ihnen ebenfalls einen Campari ausgeben? fragte Mora.

O nein, ich trinke tagsüber nichts.

Das ist vernünftig, sagte Mora so nebenbei.

Das war eine böse Zeit damals, sagte Sigillo und streichelte wieder den Hund, der vor Wohlbehagen grunzte.

Was ist das nur mit meinem Purzel, dachte Mora, er läßt sich sonst von niemandem anfassen, nimmt von niemand Wasser oder Futter, aber dieser dicke Sigillo, der nach deutschem Gesetz und nach meinem Willen tot sein müßte, darf mit dem Hund alles machen, und der Hund läßt sich alles gefallen. Nun läßt sich mein Hund von einem lebenden Toten streicheln. Wie sich doch die Zeiten ändern, und man kann nichts dafür oder dagegen tun. Heute ist ein verwirrender Tag. Ich lande in der Via Tarutti, hatte den Straßennamen völlig vergessen, wußte nur ein Erlebnis, kannte nur ein Gesicht, obwohl ich seit zehn Jahren nach Rom fahre, immer zu einer anderen Zeit. Und ich war in den letzten zehn Jahren nie in dieser Straße, obwohl Keats' Haus in der Nähe ist. Dann war ich plötzlich hier, und ich weiß nicht, wie ich hierher geraten bin, es lag auch nicht an den deutschen Zeitungen, die ich am Kiosk kaufte, ich las, daß wieder ein Prozeß gegen meine Zeit in Frankfurt eröffnet wurde. Und dann stand ich plötzlich vor der Nummer zweiundsechzig. Wer mich wohl da hin geführt hat? Der Hund? Der Hund bekam Wasser, und der Herr aus Nummer zweiundsechzig mag Hunde und Menschen, die Hunde halten. Das ist ein verwirrender Tag, und ich trinke aus der Hand eines Toten Campari, und der Campari schmeckt gut, besser als in Düsseldorf, und der Mann aus Nummer zweiundsechzig erinnert sich an nichts, er meint nur, daß man immer auf der falschen Seite gestanden hat, damit hat er nicht einmal so unrecht. Der Mann aus Nummer zweiundsechzig erinnert sich an nichts, nicht an die Zeit, nicht an den Feldwebel und nicht an den Richter, nur an seinen Hund, der am Hals fünfeckige schwarze Flecke hatte. Nun ist Sigillo ein geachteter römischer Bürger und bewirtet Deutsche, die ihm das Geld bringen. Eigentlich müßte er tot sein, ein anderer würde das Hotel bewirtschaften, vielleicht auch kein anderer, was tut das schon, nun aber lebt er, und er könnte sich entsinnen und besinnen, und das könnte für mich gefährlich werden. Gottlob aber gibt es Menschen, die vergessen und die sogar vergessen wollen – wer weiß das zu unterscheiden. Wenn man es sich genau überlegt, es war doch etwas zu hart, das Gesetz damals, zwei gestohlene Schinken hätten keinen Kopf kosten sollen, aber mein Gott, Gesetz war Gesetz, Krieg war Krieg und Schinken war Heeresgut und Heeresgut war Volksgut und Volksgut war die Grundlage des Sieges. Wer Heeresgut, also Volksgut stahl, stahl den Sieg. Gesiegt hatten der Schinken und Sigillo, er setzte sich mit dem Schinken über unser Gesetz hinweg und damit über unseren Sieg. Er siegte über mein Urteil und damit über die Zeit...

Der Landgerichtsrat Mora bemerkte erst jetzt, und mit Schrecken, daß Sigillo ihn all die Zeit aufmerksam betrachtet hatte.

Wie wenn ein Truppenführer seine Karte studiert, so studiert er in meinem Gesicht, und das darf nicht sein. Wer Gesichter studiert, erforscht die Zeit.

Sie haben ein sehr deutsches Gesicht, sagte Sigillo.

Ein deutsches Gesicht? fragte Mora.

Ach, nicht so sehr ein deutsches, ein preußisches Gesicht.

Ein preußisches? Ja, gibt es denn das? Dann müßten Sie ein italienisches Gesicht haben – und das wäre wohl etwas zuviel gesagt.

Sie haben das, sagte Sigillo, was wir uns hier unter einem preußischen Gesicht vorstellen, deshalb kommen Sie mir auch so bekannt vor. Viele Deutsche kommen mir bekannt vor.

Vielleicht sind wir uns schon einmal begegnet, sagte Mora, ich bin viel in Rom, die letzten zehn Jahre war ich jedes Jahr vier Wochen hier, immer zu einer anderen Jahreszeit. Nun bin ich zum ersten Male im heißen Sommer hier.

Das kann schlecht sein, ich bin seit zwanzig Jahren nicht aus meinem Haus herausgekommen. Auch der Hund kommt mir so bekannt vor, sagte Sigillo und lächelte.

Das mag sein, der Hund ist nun wirklich deutsch, und Mora lachte, und Sigillo lachte mit.

Wer weiß, wo man sich schon einmal begegnet ist, wer weiß, jeder begegnet jedem einmal in seinem Leben. Aber was tut's, es liegt vielleicht an dem Hund. Ich denke immer, man müßte sich schon einmal begegnet sein, wenn der andere einen Hund hat.

Ja, sagte Mora und stand auf, Hunde machen vertraulich.

Wollen Sie schon gehen? Sie können getrost noch etwas

länger im Schatten meiner Halle bleiben und sich ausruhen, mich müssen Sie allerdings entschuldigen, ich habe zu tun.

Nein nein, ich darf nicht zu spät in mein Hotel kommen. Ich danke Ihnen, daß Sie meinem Hund Wasser gegeben haben, ich danke auch für den Campari.

Aber ich bitte Sie!

Auf der Straße flimmerte die Hitze, der Hund an Moras Seite schlappte wieder die Zunge heraus und sah sich mehrmals um, aber Sigillo stand nicht unter der Tür Nummer zweiundsechzig in der Via Tarutti in Rom. Er hatte zu tun.

Der blühende Baum in meiner Stadt ist mehr als ein blühender Baum, er ist ein Wunder, das den Alltag lebenswert macht.

Der Baum, die Blüten, die Frucht.

Meine Stadt hat eine tausendjährige Geschichte, und doch ist sie neu, wie nur etwas sein kann, das im letzten Krieg über sechs Jahre hinweg täglich zerstört wurde und Menschen übrigließ, die aus Höhlen krochen. Sie ist ohne Tradition, nüchtern, fleißig, staubig und sauber – und doch liebenswert.

Meine Stadt ist ein großes Dorf, ein Bündel Dörfer – ich liebe in dieser Stadt nicht die Stadt, sondern die Dörfer dieser Stadt. Ich hasse den Gestank, der ständig über der Riesenstadt liegt, aber ich liebe die Menschen in den unzähligen Dörfern, ich hasse die City, denn sie ist protzig, neureich, uniform – aber ich liebe die Kneipen in den städtischen Dörfern oder dörflichen Städten.

Ganz Dortmund ist eine Kneipe, die nächste ist kaum hundert Schritte weit, dort stehen die Männer am Tresen, trinken ihr Bier und palavern, stundenlang, und sollte es einem Fremden einfallen zu fragen, warum sie sich um Himmels willen nicht hinsetzen, wird er zur Antwort bekommen: Weil wir keine Zeit haben.

Meine Stadt stinkt manchmal, und manchmal ist sehr oft.

Immer ist irgendwo Rauch, Dampf, Qualm – giftgelb, rosa, weiß; immer ist Staub, braun, schwarz, rot. Immer ist Lärm, nie endender. Immer läuft irgendwo der Bierhahn, immer wird irgendwo gesungen, krakeelt: vor dem Fußball, nach dem Fußball, in der Kneipe, in der Westfalenhalle – auch ohne Westfalenhalle ist Dortmund eine Kneipe.

Die Stadt ist endlos von Norden nach Süden, mehr noch

von Osten nach Westen. Dorf reiht sich an Dorf, auch Vorstädte genannt, Straßen sind die Perlonschnüre, auf der die Dörfer aufgereiht werden zu dem, was man gemeinhin Großstadt nennt.

Neben den Gebirgen der Neuzeit, den Kohlenhalden, grasen Kühe, neben einer Großzeche pflügt ein Bauer; in der City stauen sich nicht nur zu Stoßzeiten die Autos, einige hundert Meter weiter treibt ein Schäfer seine Herde über eine Ausfallstraße, Autos und Straßenbahnen stoppen, alle haben sie plötzlich Zeit, die Unrastigen werden wieder sehend.

Nach einem verlorenen Spiel »Borussias« fliegt aus dem dritten Stock am Borsigplatz ein Fernsehgerät aus dem Fenster, bei Hoesch wird ein Hochofen abgestochen, achthundert Meter unter dem Unfallkrankenhaus wird Kohle aus Flözen geschrämt, im Norden der Stadt tragen Bergbauinvaliden ihre Silikose und ein Stück Geschichte der Stadt spazieren. Auf der Hohensyburg tagen Industriebosse, Frauen fortgeschrittenen Alters treffen sich zum Kaffeekränzchen, entlang des Ruhrschnellweges wohnen Deutschlands junge Millionäre und stehen über zehntausend Arbeitslose in der Hoffnung auf einen Job an, im Süden ragt die Universität aus den Feldern, Fortschritt und Alptraum zugleich.

Meine Stadt hat viele Gesichter, wechselt ihr Gesicht nicht nur im Zwang der Jahreszeiten, sie wechselt ihr Gesicht mehrmals am Tag, sie ist morgens eine Arbeiterstadt, vormittags eine Stadt der Geschäftsleute, mittags die der Jugend, abends eine der Gehetzten, nachts eine der Trinker.

An Sonntagen führen Eltern ihre Kinder im Westfalenpark spazieren, Herrchen ihre Hunde, im Stadtteil Eving wäscht ein Mädchen mit warmer Seifenlauge den Staub von den Ziersträuchern im Garten. Sie ist glücklich, denn eine Stunde lang ist grün wieder grün, rot wieder rot, denn auch an Sonntagen scheint die Sonne hier nicht wirklich, dauernd ist zwischen Sonne und der Stadt ein

Schleier gezogen, der aus unzähligen Schornsteinen steigt.

Die Frauen wissen sich zu helfen, sie hängen die Wäsche nicht auf die Leine ins Freie, sondern in den Keller oder auf den Dachboden; und in den Schrebergärten – auch die gibt es zahllos – strömt das Wasser aus dem Schlauch und spült die Industrie ab. Ein Sieg für Stunden.

Meine Stadt ist eine von der SPD regierte, aber das besagt überhaupt nichts. Die Menschen sind ein bißchen stolz auf ihre Stadt, vor allem auf ihre Brauereien, die den Namen der Stadt in alle Welt tragen. Das macht sie im Ausland selbstsicher.

Meine Stadt ist eine reinliche Stadt, die Männer tragen nicht nur an Sonntagen weiße Hemden und Krawatten, proper muß man sein, der Staubausstoß der Industrie fordert sie geradezu heraus, sich täglich neu herauszuputzen, die Frauen putzen ihre Fenster zweimal die Woche, der Wagen wird mindestens einmal gewaschen und der Balkon bestimmt dreimal gefegt.

Man hat gelernt, mit dem Staub zu leben, mit der Luft und der nie siegreichen Sonne.

An Sonntagen gähnt die Innenstadt vor Langeweile, die Menschen sind ins nahe Sauerland oder Münsterland gefahren, sie kalkulieren die kilometerlangen Autoschlangen mit ein, die sind es ihnen wert, um für einige Stunden in freier Luft zu atmen.

Die Menschen meiner Stadt sind gastlich und großzügig, jedoch nicht verschwenderisch, sie spendieren in der Kneipe auch einem Fremden ein Bier, wenn er sich an ihren Gesprächen beteiligt, sie lassen leben, wenn sie selbst zu leben haben, sie sind tolerant, solange man ihnen nicht widerspricht.

Die Menschen meiner Stadt atmen auf, wenn sie nach dem Urlaub wieder in den Dunstkreis ihrer Stadt zurückkommen; es war ein schöner Urlaub, man hat sich erholt, war am Strand, im Gebirge, man ist braun geworden, hat etwas vorzuweisen – aber jetzt nur schnell den Wagen leeren. Und während die Frau auspackt, vielleicht mit Wehmut an den verlassenen Ferienort zurückdenkt, die Wohnung wieder wohnlich macht (die Nachbarin hat während ihrer Abwesenheit die Blumen versorgt und vielleicht auch den Hund), geht der Mann schnell mal rüber in die Kneipe, nur sehen, was los ist, nur eben ein Bier trinken, kurz einen Skat spielen, vielleicht mal knobeln, für die anderen am Tresen einen Klaren ausgeben, weil man doch zurückgekehrt ist, das gehört sich so, das ist Ritual und Bedürfnis zugleich, und ein Helles trinken, denn nirgendwo auf der Welt schmeckt Dortmunder Bier so gut wie in Dortmund selbst.

Er stellt fest, daß sich nichts verändert hat, alles ist, wie es war; Wirt, gib mir ein Solei oder ein kaltes Schnitzel, das man gleich aus der Hand essen kann, die Frau hat ja doch nichts zu Hause. Paule ist noch in Urlaub, er hat eine Karte geschrieben an den Wirt, der ist Schaltstation, Postbote für Grüße von überall her.

Und dann die Kirmes. Dort ist man Mensch, dort muß man es sein, da trifft sich der Mercedes 450-Besitzer mit dem Fußgänger, denn zur Kirmes streifen sie alles ab, es sind Volksfeste besonderer Art, sie haben ihren speziellen Geruch und ihre unnachahmlichen Normen.

Um zehn Uhr abends geht meine Stadt schlafen, sie ist eine Arbeiterstadt, ist gezwungen, am Morgen ausgeruht zu sein. Hier gibt es keine Boheme, hier herrscht der praktische Sinn von Menschen, deren Alltag bestimmt wird von Rechnen, Haushalten, Rechnen. Die Vergnügungen sind für die Feiertage oder wenn Tante Emmi zu Besuch kommt. Dann gibt es Kartoffelsalat mit Würstchen und einen Kasten Bier.

Meine Stadt ist eine befremdliche Mischung aus Fortschritt und Scheußlichkeit, eine Mischung aus Langeweile und Kneipengesang, Sportbegeisterung und Lechzen nach Tradition. An der Reinoldikirche stinkt eine Bratwurstbude, in der Münsterstraße steht eine Bude für Reibeplätzchen, es stinkt nach heißem Öl und satten Menschen. Der

Kiosk auf dem Alten Markt bietet alle Zeitungen des In- und Auslandes an, die Buchhandlungen sind auf dem neuesten Stand, bei den Sonderzügen im Bahnhof starren Türken auf das Wort Istanbul.

Meine Stadt besteht zu über fünfzig Prozent aus Grünflächen, überall sind Parks und ruhige Plätze, wo die Invaliden spazierengehen und von einer Zeit reden, wo es einmal schöner war, und doch von einer Zeit, die es niemals gegeben hat, die sich nur in ihrer Sehnsucht verklärte.

Ich bin auch ein bißchen stolz auf meine Stadt und hasse sie trotzdem, ich liebe die Kneipen und die Menschen in den Kneipen, die Stadt bietet die Freiheit, anonym zu leben und doch mit ihr eins zu sein.

Ich kenne keine Großstadt, die aus so vielen Dörfern besteht, man liebt diese Stadt der vielen Dörfer wegen, wo die Menschen in ihrer Freizeit noch am liebsten in den Fenstern liegen und andere beobachten, Nachbarn zuwinken, über einen dritten Nachbarn reden – nicht bösartig, auch nicht besonders liebevoll, aber doch so, daß man ihn mehr als nur zur Kenntnis nimmt. Und das ist schon etwas.

Wenn mein Nachbar sagt: »Na«, dann antworte ich: »Es geht.«

Wenn er sagt: »Kommst du heute abend?« Dann sage ich: »Mal sehen.« Er meint die Kneipe – ich auch.

Aber der blühende Baum in meiner Stadt ist mehr als nur ein Baum, er ist ein Wunder, das den Alltag lebenswert macht. Der Baum, die Blüten, die Frucht.

Am Arbeitsplatz, das war eine Erfahrung, passieren keine Verbrechen, nur Unfälle, auch wenn manche Arbeitsunfälle verbrecherisch sind. Meist hieß es, menschliches Versagen, wo Hetze, mangelnde Sicherheit und Antreiberei Grund waren. Wäre dieser durchgeschnittene Maschendraht nicht gewesen, so wäre das kein Fall für die Staatsanwaltschaft geworden, lediglich für die Berufsgenossenschaft und für die Versicherungen. Aber da ist nun mal der durchgeschnittene Draht und die fehlende Strebe, an der sich der Stürzende vielleicht hätte festhalten können.

Um die Maschine standen fünf Bauarbeiter. Der Bauführer kam uns entgegengelaufen, als er unseren Wagen auf die Baustelle zufahren sah. Er wies, noch bevor Brumberg und ich ausgestiegen waren, auf die Arbeiter und auf den Toten auf der Trommel. Er führte uns an die Maschine, während er immer wieder sagte: Herr Kommissar, nie im Leben ist das ein Unfall gewesen. Ich nickte den Arbeitern zu, aber die fünf Männer sahen mich unter ihren gelben Plastikhelmen nur scheu an. Sie standen da, als warteten sie auf eine Anweisung, aus ihren Gesichtern konnte ich keinerlei Regung lesen. Ich fragte die Männer: Hat jemand von Ihnen gesehen, wie es passiert ist? Sie sahen irgendwohin.

Ich habe Sie angerufen, sagte der Bauführer. Wissen Sie, es sieht wie ein Unfall aus. Aber ich glaube nicht, daß es einer war. Er zeigte zum sechsten Stock eines Rohbaus und sagte: Es muß ihn jemand vor die Brust gestoßen haben.

Ich verstand nicht. Er winkte mir und Brumberg, wir folgten ihm. Im Weggehen herrschte er die Männer an: Steht nicht rum, geht an eure Arbeit, das hier ist jetzt Sache der Polizei. Über Funk gab Brumberg Anweisungen, wie die Spurensicherung vorgehen sollte. Auf der Mischtrommel lag der tote Polier Jörg Althammer, als ob er schliefe.

Wir stiegen zum sechsten Stockwerk hoch. Der Bauführer voran, auf den Stufen lagen Schutt und Steine und verschüttetes Bitumen. Ich trat in solch einen Klecks, er klebte an meinen Schuhen. Die Fenster waren noch nicht eingesetzt, obwohl die meisten Räume innen schon verputzt waren. Ich war außer Atem, als ich oben ankam. Der Bauführer hatte ein Tempo vorgelegt, das mir und Brumberg die Luft nahm. Ich sechsten Stock verschnaufte ich erst, dann folgte ich dem Bauführer auf das Gerüst. Es war das übliche Baugerüst aus Leichtmetall, am obersten Stockwerk, also am sechsten, war außen um das Gerüst noch ein Maschendraht mit gelbem Plastiküberzug gezogen. Was soll der Draht, fragte ich, ist das üblich?

Nein, aber als vor vier Jahren ein Betonierer abgestürzt ist, da hat der Chef angeordnet, daß immer an dem Stockwerk, an dem gearbeitet wird, zusätzlich dieser Draht gezogen werden muß, als doppelte Sicherung sozusagen. Ist ein bißchen umständlich anzubringen, aber der Maschendraht machte das Arbeiten tatsächlich sicherer.

Im Maschendraht war ein Loch. Ich ging näher und sah es mir an. Der Draht ist mit einer Drahtzange durchgeschnitten. Absichtlich, deshalb habe ich Sie angerufen, sagte Leupold. Ich glaube nicht an einen Unfall. Hier, es fehlt nämlich auch eine Strebe, die wurde abgeschraubt, auch absichtlich, damit hinter dem Draht keine Sicherung mehr ist.

Der ein Meter fünfzig hohe Maschendraht war an einer Stelle durchgeschnitten, kein Zweifel. Durch den Sturz des Poliers war ein Drahtende nach außen gebogen worden. Ich sah hinunter. Der Tote wurde abtransportiert. Ich zog das nach außen gebogene Drahtende heran. An drei Stellen war der Draht mit einem gelben Bindfaden zusammengehalten worden, einem unaufmerksamen Beobachter mußte das verborgen geblieben sein.

Also, ich kam gerade aus der Bürobaracke, und da hörte ich einen fürchterlichen Schrei, dann hörte ich etwas klatschen, und dann sah ich den Mann, ich meine Althammer, auf der Trommel liegen. Da habe ich nach oben gesehen, das tut man wahrscheinlich instinktiv, da habe ich das Drahtende baumeln sehen. Ich stand dann wie angewachsen. Dann kam einer auf das Gerüst gelaufen, ich glaube, der Bröger war es. Der fuchtelte da oben rum. Der hat auch was gerufen, aber ich habe nichts verstanden. Dann ging ich zur Mischmaschine, da sah ich erst, daß es Althammer war.

Ein Stück von dem gelben Bindfaden hing noch am Draht, ich nahm es mit, und wir stiegen langsam die Treppe hinunter. Es war mir klargeworden, daß es sich hier wirklich nicht um einen der üblichen Arbeitsunfälle handeln konnte, dahinter steckte mehr, aber das Wort Mord versuchte ich zu verdrängen. Was war passiert? Ein Polier war vom Gerüst gestürzt, vom sechsten Stock eines Gebäudes, das noch nicht einmal im Rohbau fertig war. Der Bauführer ruft die Polizei. Warum ausgerechnet die Polizei? Es passieren Hunderttausende von Arbeitsunfällen im Jahr, Zehntausende sind tödlich, und die Polizei wird nicht gerufen. Der Bauführer ruft die Polizei wegen eines durchgeschnittenen Maschendrahts.

Wissen Sie, fragte ich Leupold, als wir wieder auf dem Bauhof waren, ob der Draht gestern noch in Ordnung war?

Nein, das weiß ich nicht. Es werden kaum Kontrollen am Draht gemacht. Wird ein neues Stockwerk hochgezogen, dann wird der Draht automatisch auch hochgezogen, und dann hat sich die Sache. Ist er kaputt, wird einfach eine neue Rolle eingesetzt.

Er könnte also schon seit Tagen durchgeschnitten gewesen sein, fragte ich und betrat hinter Leupold das Baubüro. Er bot mir Platz an. Ja, er könnte schon seit Tagen durchgeschnitten sein, zumindest seit fünf Tagen, da wurde der Draht nämlich vom fünften zum sechsten Stock hochgezogen. Aber das halte ich für unwahrscheinlich.

Warum? fragte ich. Mein Warum irritierte ihn. Ich weiß nicht, sagte er, ich meine, so was hat man doch im Gefühl, na ja, wie soll ich sagen, so was weiß man halt, Erfahrung, verstehen Sie. Wenn man so lange auf dem Bau arbeitet, dann spürt man das im Urin, wenn was nicht in Ordnung ist, verstehen Sie... ich meine...

Jaja, antwortete ich. Ist der Tote verheiratet gewesen? Was wissen Sie über Althammer?

Er war erst seit einem halben Jahr verheiratet, ich kenne seine Frau nicht, nur vom Sehen. Übrigens, der Chef, Dr. Burger, ist selbst unterwegs, um die Frau zu benachrichtigen.

Und Sie meinen, es muß ihn jemand vom Gerüst gestoßen haben. Er kann nicht von allein abgestürzt sein? Das wäre doch immerhin möglich.

Leupold hatte seinen Helm abgenommen. Er sah jetzt jünger aus, vielleicht Mitte Dreißig. Er hatte sich an seinem Spind zu schaffen gemacht und drehte sich nun um.

War Althammer schon lange hier beschäftigt? fragte ich.

In der Firma, meinen Sie? Natürlich, der hat in der Firma Burger als Lehrling angefangen, vor sechzehn Jahren, da war ich noch nicht in der Firma... aber... ich habe nicht gesagt, daß ihn jemand vom Gerüst gestoßen hat, es kann natürlich ein Unglücksfall gewesen sein. Nur, der durchgeschnittene Draht, wissen Sie, da kann man halt schwer an einen Unfall glauben.

Ja, sagte ich, es kann tatsächlich ein Unfall gewesen sein. Aber irgend jemand mußte ein Interesse daran gehabt haben, daß einer an dieser Stelle abstürzt. Der durchgeschnittene Draht, das ist Absicht.

Der Bauführer nickte.

Aber, fuhr ich fort, ob es dem Polier gegolten hat, das wissen wir nicht. Althammer kann sich ganz zufällig an die Stelle gelehnt haben, konnte sich vielleicht nicht mehr halten, als er merkte, daß der Draht nachgab. Sie sagten doch, die fehlende Strebe. Oder hat ihn doch einer gestoßen?

Leupold sah an mir vorbei zum Fenster, er spielte nervös mit einem Lineal. Natürlich, so könnte es gewesen sein. Aber ich glaube schon, daß es dem Althammer gegolten hat...

Warum, fragte ich.

Er war, na ja, Sie werden es ja doch erfahren, er war ein Leuteschinder, ein Schikanierer, für nichts und wieder nichts. Trotzdem, deswegen bringt man doch keinen um, dem verkloppt man vielleicht mal in einer dunklen Ecke anständig die Jacke.

Ach, wenn es das wäre, sagte ich, da hat man schon wegen ganz anderer Anlässe Leute umgebracht... geben Sie mir doch bitte die Namen von den Leuten, die während der Tat, ich meine, während des Sturzes auf dem Bau gewesen sind.

Das sind nur die fünf Männer von der Putzkolonne. Soll ich sie holen lassen?

Ich bitte darum... kann ich Ihr Büro benutzen, oder haben Sie noch einen anderen Raum?

Sie können hier in meinem Büro bleiben. Wenn das Telefon klingelt, dann nehmen Sie einfach nicht ab.

Als Leupold gegangen war, holte ich aus seinem Spind die Drahtzange, die ich gesehen hatte, als er sich an seinem Schrank zu schaffen machte, ich winkte Brumberg vom Fenster aus und gab ihm die Zange. Ich war etwa eine Viertelstunde allein. Das Telefon klingelte zweimal. Das erste Mal nahm ich nicht ab, aber als es nach etwa fünf Minuten wieder klingelte, nahm ich ab und meldete mich mit: Ja! Leupold! Ich hörte eine Frauenstimme, eine sehr junge Stimme: Wo bleibt die Fuhre! Eine Schweinerei ist das, wenn die heute abend nicht ankommt... Hier ist nicht Leupold, sagte ich. Was?... Wer ist da... Dann war die Leitung tot.

Wenige Minuten später kam der Bauführer zurück. Er winkte, draußen standen die fünf Männer von der Putzkolonne.

Danke, sagte ich, ich werde nebenan ins Büro des Poliers gehen. Ich nahm mir einen Stuhl mit und bat den ersten Arbeiter herein. Ich erinnerte mich später, daß ich vergessen hatte, Leupold von dem Anruf zu erzählen. Dr. Burger war gekommen, er wollte mit mir sprechen, aber ich vertröstete ihn auf später. Bröger war der erste, den ich vernahm, er setzte sich nicht, blieb vor mir stehen und sah auf seine Schuhspitzen. Bröger sagte anfangs auf meine Fragen immer nur das Wort schrecklich, endlich konnte ich ihn bewegen, sich zu setzen, und nach und nach wurde er gesprächiger. Er erzählte mir, daß er mit den anderen im sechsten Stockwerk beim Verputzen war, sie arbeiten im Akkord, werden nach Quadratmeter bezahlt, da muß man ranhauen, damit was rausspringt. Ja, da haben wir einen Schrei gehört, ich habe zu Pauli gesagt, da hat doch einer geschrien, wie wenn er am Spieß steckt, und dann hat der Pauli gesagt, hat sich angehört, als ob was runtergefallen ist. Wir haben in den äußersten vorderen Räumen gearbeitet, und da hat der Pauli gesagt, ich gehe mal nachsehen, und die anderen haben gesagt, laß das, das kostet nur Zeit. Aber dann bin ich gegangen, und dann habe ich am anderen Ende plötzlich den Draht gesehen, ich habe mir gedacht, was ist denn mit dem Draht...

Und dann haben Sie Herrn Leupold unten auf dem Hof gesehen? fragte ich.

Den Leupold, ja, den habe ich gesehen, der ist in die Bürobaracke gelaufen, der war in Eile, der war ja kurz vorher bei uns hier oben und hat gesagt, daß wir zu viel Mörtel verbrauchen, wir müßten mit der Fuhre, die angekommen ist, auskommen für den Tag... immer mit der Sparerei, kein Wunder, wenn den Leuten der Putz auf die Köpfe fällt, gleich nachdem sie eingezogen sind... und dann habe ich den Althammer auf der Maschine liegen sehen, und dann kam der Leupold wieder aus der Baracke gelaufen, hat mit den Armen gefuchtelt und was geschrien, aber ich hab ihn nicht verstanden, dann hat er mich gesehen und wieder was geschrien, und dann habe ich meine Kollegen geholt, und wir sind runtergegangen, und dann sind ja bald Sie mit dem Auto gekommen mit Ihrem Kollegen...

Wann war das? fragte ich, können Sie sich an die Zeit erinnern, als Sie auf das Gerüst kamen.

Zeit? Ja sicher, das war genau elf Uhr, gleich gegenüber ist doch die große Uhr auf dem Kirchturm, da gehen wir immer gucken, und die Uhr hat auch geschlagen, als ich auf dem Gerüst war. Genau.

Ich wußte nichts mehr zu fragen, ich schickte ihn weg. Fünf Minuten vor elf hatten wir den Anruf von Leupold bekommen, nach Leupolds eigenen Worten war er es, der angerufen hatte. Aber Bröger sah Leupold um elf Uhr in die Baracke laufen und erst nach elf Uhr herauskommen. Leupold mußte dann also vorher schon einmal in der Baracke gewesen sein. Sein Anruf, das war unumstößlich, war genau fünf Minuten vor elf. Es gab nur ein Telefon in der Baubaracke.

Obwohl Dr. Burger ungeduldig vor der Baracke auf und ab lief, bestellte ich erst Pauli in das Büro. Er bestätigte, was mir Bröger gesagt hatte, das mit dem Schrei und das mit dem Fall. Ein Leuteschinder war der Althammer, sagte Pauli, ein Schikanierer. Aber trotzdem, auf seine Beerdigung gehen wir schon, das gehört sich so. Ich schickte ihn wieder hinaus, ich hatte nichts Neues erfahren, auch die Vernehmung der anderen drei ergab nichts, was mich hätte weiterbringen können. Auch sie bestätigten, daß Althammer ein Leuteschinder war. Bei keinem der fünf Männer hatte ich so etwas wie Freude spüren können, nein, sie waren traurig über den Tod ihres Schikanierers. Ich wollte schon das Büro verlassen, da fiel mir an den Aussagen etwas auf, ich setzte mich und sah meine Notizen durch. Bröger hatte ausgesagt, er habe Leupold in die Baracke laufen sehen, und wenige Minuten später war er schreiend und gestikulierend wieder aus der Baracke gekommen. Leupold war in die Baracke gelaufen, als Althammer schon tot war. Bröger hatte ausgesagt, er sei schon auf dem Gerüst gestanden, als Leupold aus der Baracke kam, während Leupold ausgesagt hatte, daß Bröger erst auf das Gerüst gelaufen kam, als er unten auf der Mischmaschine den toten Althammer entdeckt hatte, Leupold hatte gesagt, er sei aus der Baracke gestürzt, als er den Schrei gehört habe. Bröger hatte den Schrei gehört, er und Pauli hörten ein Aufklatschen, dann sei Bröger auf das Gerüst gelaufen, und da habe er gesehen, wie Leupold in die Baracke lief. Bröger ist dann das Gerüst abgelaufen und hat das nach außen gebogene Stück Maschendraht entdeckt. Er hat dann auf die Uhr gesehen. Es war elf Uhr, die Uhr hat geschlagen. Leupold ist dann, als Bröger oben stand, wieder aus der Baracke gestürzt und hat geschrien. Eine Aussage war falsch. Ich ging aus dem Büro. Brumberg hatte alles Notwendige erledigt, er fragte: Was gefunden? Ich zuckte die Schultern, ich wollte, was ich als Widerspruch herausgefunden hatte, später mit ihm im Büro besprechen. Ich suchte dann Dr. Burger auf; der jedoch jammerte nur über die Scherereien, die er nun haben würde, der zweite Tote auf einer Baustelle seiner Firma innerhalb von vier Jahren, er sagte, die Frau Althammer, die er aufgesucht hatte, habe nicht geschrien und sei auch nicht in Ohnmacht gefallen, sie habe nur gefragt, wo ihr Mann jetzt sei, dann habe sie ihn einfach stehenlassen und sei aus dem Haus gegangen, so wie sie war, ohne Jacke, nur mit einem kurzen Rock und einer leichten Bluse, er sei ihr gefolgt und habe gefragt, ob er sie begleiten dürfe, aber sie habe entschieden abgelehnt.

Ich erfuhr: Der Bauführer verdiente 2000 Mark netto, der Polier hatte 1600 Mark netto im Monat, hinzu kamen für beide sogenannte Leistungsprämien, Dr. Burger sagte: Das ist üblich. Fleiß muß belohnt werden. Ich erfuhr weiter, daß die Baustelle nachts nicht bewacht würde; es war schon vorgekommen, daß die Arbeiter morgens, bei Arbeitsaufnahme, Penner und Liebespärchen in den halbfertigen Bauten antrafen und sie dann hinauswarfen; abends, nach Feierabend, tobten auch Kinder herum in den Bauten, die aus der nahen Siedlung. Dr. Burger meinte, einen Nachtwächter anzustellen lohne sich nicht, das sitzt bei den dürren Zeiten einfach nicht drin. Baracke und Maschinen würden allerdings immer korrekt verschlossen, vorige

Nacht hat Leupold mal ein paar Stunden gewacht, aber das ist nicht gut, schließlich brauche er am Morgen einen ausgeschlafenen Bauführer und keinen müden. Von Dr. Burger, der sehr aufgeregt wirkte und fortwährend auf seine Armbanduhr sah, war mehr nicht zu erfahren. Ich ging mit Brumberg noch einmal in den Rohbau. Er hatte zwei Eingänge, die auch nachts offenstanden. Da war einmal die Haustür und dann der Kellereingang an der hinteren Seite, also dort, wo die Bürobaracke lag, der Hauseingang führte zur Straßenseite. Ich lief mit Brumberg noch einmal zum sechsten Stock hoch, ging oben durch alle Räume; die fünf Männer, die ich befragt hatte, waren beim Verputzen, sie taten so, als würden sie uns nicht sehen, doch verstohlen beobachteten sie uns. Draußen auf dem Gerüst war der durchgeschnittene Draht wieder ins Geflecht gezogen und mit Draht zusammengedreht worden. Die Absturzstelle war genau gegenüber einem Fenster, das noch nicht bis zur Brüstung hochgemauert worden war, also einen Austritt auf das Gerüst gestattete. Etwa fünf Meter gegenüber dem Austritt zum Gerüst war das Treppenhaus. Ich schlenderte durch das oberste Stockwerk, und da erst bemerkte ich in einer unverputzten Ecke vom Zimmer zum Treppenhaus ein zwei Meter langes Rohr. Wieso hatte ich das beim ersten Mal nicht gesehen? Ich nahm es in die Hand. Das Leichtmetallrohr konnte ich mit einer Hand bequem balancieren, ja sogar mit zwei Fingern. Wir gingen wieder auf den Bauhof hinunter, das Rohr nahm ich mit. Ich ging zu Leupold und fragte ihn, ob er das kenne. Leupold war verwirrt, er sagte dann, das könnte die fehlende Strebe sein, er sei sich aber nicht sicher; ich bat ihn, das Rohr in seinem Büro aufzubewahren. Er sagte: Ja, das ist die Strebe, die fehlt. Eine sieht natürlich wie die andere aus, aber es fehlt ja nur eine am ganzen Gerüst.

Brumberg und ich fuhren ins Büro zurück. Brumberg sagte: Wir hätten die Stange, ich meine das Rohr, mitnehmen sollen, vielleicht hätten wir Fingerabdrücke gefunden.

Unsinn, sagte ich, das Rohr war verdreckt und verstaubt.

Auf meinem Schreibtisch lag der Bericht. Der Tod des Poliers war einwandfrei durch den Sturz verursacht worden. Er hatte sich das Genick gebrochen, abgesehen von vielen anderen Verletzungen. Brumberg tippte die Ergebnisse unserer Ermittlungen in die Maschine, ich las später bei einer Tasse Kaffee noch einmal alles genau durch. Es war spärlich genug.

Auf einer Baustelle jemandem einen Mord nachzuweisen war gleichbedeutend mit der Suche nach der berühmten Nadel im Heuhaufen. Da war eine Strebe entfernt und ein Draht durchgeschnitten worden, und ein Polier war zu Tode gestürzt. Der durchgeschnittene Maschendraht war Absicht, die Strebe vielleicht schon nicht mehr, konnte vergessen worden sein. Nachlässigkeit. Wenn es Absicht war, wem galt es. Althammer?

War Althammer zufällig gestürzt? Hätte ein anderer stürzen sollen? Oder war es ein Dummejungenstreich? Wir hatten bei all unseren Überlegungen vergessen, uns zu fragen, wie Althammer abgestürzt war. Rückwärts? Nach vorn? Das war wohl nicht mehr zu ermitteln. Der Stürzende konnte sich in seiner Todesangst auch gedreht haben, wer weiß das schon. Hatte er sich zufällig an die Stelle des Drahtes gelehnt, war er hinabgestoßen worden? Brumberg hatte mir die Adressen all der Leute besorgt, die zum Zeitpunkt des Unglücks auf der Baustelle beschäftigt waren. Brumberg hatte auch die Arbeiter vernommen, die in Nachbargebäuden beschäftigt waren, aber es war aus den Aussagen nicht mehr zu erfahren, als wir schon wußten. Etliche hatten den Schrei gehört, die meisten nicht, bestätigt aber hatten alle, daß Althammer ein Schikanierer war, und einer, Dürnberger hieß er, hatte ausgesagt, daß der Polier und der Bauführer zusammenhielten und trotzdem manchmal Streit hatten, er habe die beiden öfter in einer Kneipe gesehen, in der sie manchmal erregt aufeinander eingesprochen hätten, einmal habe er auch eine Menge Geldscheine gesehen, und einmal habe er gesehen, daß Althammer Eintragungen in ein Buch gemacht habe. Das

Buch hatte einen roten Einband. Aber ansonsten erbrachte die Befragung der Arbeiter das, was man Befragung einer schweigenden Wand nennt. Sie konnten oder wollten nicht mehr sagen, einer hatte sogar gesagt, lassen Sie uns in Ruhe, wir haben Akkord, wir kommen sonst nicht auf unser Geld. Was geht uns der Polier an, der war ein Leuteschinder, aber auf seine Beerdigung gehen wir trotzdem, er ist ja tot. Vergessen.

Am anderen Vormittag suchten wir Frau Althammer auf. Sie ließ uns widerstrebend rein; sie wohnte in einem Eigenheimreihenhaus. Sie trug Schwarz. Sie bot uns Platz an und sagte: Fragen Sie. Aber ich weiß nichts. Die Frau sah aus wie ein Mädchen, sie konnte höchstens zwanzig sein. Sie konnte uns wirklich nichts sagen, was uns hätte weiterhelfen können, sie wirkte erstaunlich ruhig, sie sagte, ohne daß wir danach gefragt hätten, daß sie eine gute Ehe geführt habe, sie könne sich nicht vorstellen, daß jemand ihren Mann umgebracht haben könnte, ja, er war rauh, er hat auch gebrüllt, aber zu ihr war er immer rücksichtsvoll, sie hatten sich vor einem Jahr kennengelernt auf einem Richtfest, sie war vor ihrer Ehe Schreibkraft in einem Baubüro der Konkurrenzfirma gewesen. Nach der Heirat blieb sie auf seinen Wunsch hin zu Hause. Besondere Freundschaften habe er nicht gepflegt, selbstverständlich mußte er viele Überstunden machen, er war morgens der erste und abends der letzte auf der Baustelle, und manchmal waren die Baustellen weit weg. Brumberg fragte plötzlich: Welchen Wagen hat denn Ihr Mann gefahren? Wagen, fragte sie. Natürlich einen Mercedes. Können wir den mal sehen? fragte Brumberg wieder. Die Frau schien verwirrt, führte uns dann aber doch hinaus in die Garage. Da stand ein weinroter Mercedes 450 SEL. Mehr konnten wir von ihr nicht erfahren, sie hatte nur noch so nebenbei hinzugefügt, daß sie ihren Mann niemals auf Baustellen besucht habe. Während ich noch mit Frau Althammer sprach, ging Brumberg um das Haus, er saß schon im Wagen, als ich zur

Straße zurückkehrte, und zeigte mir ein Paar Damenschuhe, die er aus einer Plastiktüte zog. An Absätzen und Sohlen hing Bitumenmasse. Er fand sie in der Mülltonne hinter der Garage. Ich fragte Brumberg: Welchen Wagen fährt denn Leupold? Den gleichen, antwortete Brumberg, aber einen weißen. Warum, fragte er, sehen Sie da einen Zusammenhang?

Ich weiß nicht, antwortete ich, ich habe da so eine Idee. Beide fahren teure Schlitten, die kosten doch eine Menge Geld, das muß doch über deren Verhältnisse gehen.

Brumberg aber klopfte auf seine Plastiktasche mit den Schuhen und fragte: Sieht die Sache jetzt nicht etwas anders aus? Sie war also auf der Baustelle, sie hat gelogen. Warum wohl.

Brumberg, Sie haben zuviel Phantasie. Aber trotzdem, geben Sie die Schuhe ins Labor.

Ich habe schon Pferde kotzen sehen, sagte Brumberg.

Ich ging den Fall für mich noch einmal durch. War der Absturz dem Polier zugedacht, dann war es Mord. Von wem? Was war das Motiv? War es ein Arbeiter, dessen Wut auf den Polier so groß war, daß er auch davor nicht zurückschreckte? Das schien mir unwahrscheinlich, in der Regel beschwert man sich beim Firmenchef, und wenn der zum Polier hält, dann geht man einfach in ein anderes Baugeschäft. Der Verputzerkolonne konnte der Polier sowieso nichts sagen, die hatten Akkord und bekamen nach Quadratmeter bezahlt, Antreiben und Schikanieren half da nicht, deswegen stürzt man keinen vom Gerüst, man läßt dem anderen höchstens bei passender Gelegenheit einen Hammer auf die Zehen fallen. Es mußte etwas anderes dahinterstecken. Wie aber ist der Polier vom Gerüst gestürzt? Mir schien es wichtig, das erst einmal zu klären. Ich rief Brumberg, der keineswegs erstaunt war, als ich ihm sagte, daß wir noch einmal zur Baustelle fahren.

Der Bauführer fragte dauernd, ob wir schon eine Spur hätten, aber ich verlangte nach der Leichtmetallstange, die als Strebe verwendet worden war. Er lief ins Büro, kam sofort wieder und sagte, die Strebe sei nicht mehr da.

Was heißt, nicht mehr da, wer kann denn ein Interesse an so einem Stück Rohr haben?

Ich weiß nicht, sagte Leupold, aber es ist ja auch nichts Ungewöhnliches, wenn auf einer Baustelle was verschwindet.

Baustelle? fragte Brumberg. Das Rohr war aber doch in Ihrem Büro. Na und? fragte Leupold, das Büro steht doch den ganzen Tag offen. Kein Zweifel, Leupold war erregt.

Ich zog Brumberg aus dem Büro. Unterwegs fand ich eine Vierkantlatte von ungefähr zwei Meter Länge. Brumberg wollte fragen, ich winkte ab. Brumberg folgte mir zum sechsten Stock an die Stelle, wo Althammer abgestürzt war. Ich schickte ihn zum Ende des Gerüstes. Als er dort angekommen war, rief ich, daß er kommen sollte. Ich blieb hinter dem Mauerdurchbruch stehen. Ich rief: Althammer, komm doch mal her, schau dir das an, da ist der Draht durchgeschnitten. Brumberg begriff sofort, worauf ich hinauswollte, er kam gemächlich angelaufen, ich trat in den Mauerdurchbruch zurück. Brumberg fragte im Näherkommen: Wo? Hier?

Hier, sagte ich, und als Brumberg genau an der Absturzstelle stand, da stieß ich mit meiner Vierkantlatte leicht vor seine Brust. Er taumelte, fiel an den Maschendraht, ich riß ihn zurück, er rief: Sind Sie verrückt geworden! Ich rief: Bleiben Sie hier stehen, lief weg, stellte die Latte in eine Zimmerecke und hastete das Treppenhaus hinunter so schnell ich konnte, lief im Keller zur Tür hinaus, über den Bauhof, in Leupolds Büro, der sah mich etwas dumm an, ich nahm den Hörer und wählte die Nummer meiner Dienststelle, sagte zur Sekretärin ein paar belanglose Worte, hängte dann ein und lief wieder auf den Hof. Oben im sechsten Stock stand Brumberg immer noch auf dem Gerüst, ich rief: Kommen Sie runter! Ich sah auf meine Uhr. Es waren genau zehn Minuten vergangen. Leupold war hinter mir hergelaufen, er rief: Mann, was soll denn das, hier ist eine Baustelle und kein Stadion. Ich fragte ihn: Und Sie können sich nicht vorstellen, wer das Rohr aus Ihrem Büro genommen haben könnte?

Ich? Nein. Es wird immer geklaut auf'm Bau, da braucht man sich doch nicht aufzuregen. So ein blödes Rohr. Was hat es denn damit auf sich? Morgen wird eine neue Strebe eingesetzt.

Brumberg sagte mir später, er habe eine Probe Bitumen mitgenommen, und er sagte weiter: Ich habe verstanden, so könnte es gewesen sein. So war es, antwortete ich ihm. Nur so. Nur wissen wir nicht, wer Althammer das Rohr vor die Brust oder in den Rücken gestoßen hat.

Leupold? fragte er.

Unsinn, sagte ich. Ich habe es ausprobiert. Es hat zehn Minuten gedauert. Der Zeit nach kann es Leupold niemals gewesen sein, wenn ich davon ausgehe, daß die Angaben von Bröger stimmen, er hat einen Schrei gehört, dann Klatschen, dann ist er zum Gerüst gelaufen, dann hat er Leupold in die Baracke laufen sehen. Zusammengerechnet sind das nach meiner Schätzung fünf Minuten. Auch Leupold kann nicht fliegen.

Eine dritte Person? fragte Brumberg.

Ich nickte.

Hat es etwas zu bedeuten, daß beide, sowohl Leupold als auch Althammer, teure Wagen besitzen. Sehr teure? fragte Brumberg.

Vielleicht. Aber beide verdienen doch gut, machen Überstunden, die oft gar nicht ausgewiesen werden, da gibt es so graue Listen, von denen das Finanzamt nichts erfährt. Und dann womöglich noch Schwarzarbeit.

Am Abend erhielten wir dann den Laborbericht. Die Bitumenmasse war identisch mit der auf den Schuhen von Frau Althammer, vorausgesetzt, die Schuhe gehörten ihr. Ich blätterte immer noch in den Protokollen, da hörte ich Brumberg sagen: Mit Schwarzarbeit ist viel Geld zu verdienen, weil es nicht versteuert wird.

Ich fragte: Was meinen Sie wirklich?

Ich meine, Schwarzarbeit muß ja nicht unbedingt Arbeit sein. Da sind die armen Schlucker, die so nebenbei ein Zimmer tapezieren und eine Garage hochmauern, für das Urlaubsgeld im nächsten Jahr, aber Schwarzarbeit kann ja auch was anderes sein. Wenn man zum Beispiel Baumaterial verschiebt, ich meine, lastwagenweise, na ja, so unter der Hand zum halben Preis an andere Bauherren verkauft, private Bauherren, meine ich.

Brumberg, Sie haben zuviel Phantasie. Wenn so was gemacht wird, gibt es zu viele Mitwisser.

Ich fuhr allein zu Frau Althammer und dachte dauernd an die Theorie, die Brumberg da entwickelt hatte. Sie war nicht von der Hand zu weisen, war auch nicht neu, vor drei Jahren hatten wir einen Fall, das aber war ein armer Hund von Kraftfahrer, der so kleckerweise an private Bauherren anlieferte, da mal einen Kubikmeter Sand, da drei Sack Zement, dort hundert Steine, aber so etwas bessert nur das Taschengeld auf, damit war nicht reich zu werden.

Ich parkte meinen Wagen in einer Seitenstraße. Vor dem Reihenhaus Althammer parkte Leupolds Wagen. Ich klingelte. Es dauerte lange, bis Frau Althammer die Tür öffnete und dann auf mein Drängen die Kette zurückschob. Im Wohnzimmer saß Leupold. Er sah mich groß an, aber er war weder verlegen noch aufgeregt, er sagte nur: Der Chef meinte, ich sollte mit Frau Althammer noch einmal alles durchgehen und besprechen wegen der Beerdigung. Die Firma will da nicht kleinlich sein.

Das ist schön, sagte ich. Frau Althammer bestätigte das, sie bot mir Platz an, aber ich blieb stehen. Nun war ich verlegen, denn ich wußte plötzlich überhaupt nicht mehr, warum ich nochmals hierhergekommen war. Ich hatte bemerkt, als ich auf das Reihenhaus zuging, daß die Garage offenstand und der Kofferraumdeckel des Mercedes in der Garage hochgeklappt war. Leupold verabschiedete sich, er lief aber nicht zu seinem Wagen vor dem Haus, sondern zur Garage, er hatte es sehr eilig, die Frau rief mich zurück, aber ich war Leupold schon gefolgt. Dann, auf halbem

Weg, schlug sich Leupold vor die Stirn, blieb stehen, kehrte um, ging zu seinem Wagen und fuhr ab. Frau Althammer stand unter der Haustür und sah dem abfahrenden Wagen nach. Ich rief ihr zu: Der Kofferraum Ihres Wagens ist offen, ich mach ihn zu. Die Frau kam gelaufen, aber ich hatte den Deckel schon geschlossen. Im Kofferraum lag quer das vermißte Rohr aus Leupolds Büro, das angeblich gestohlen worden war.

Die Frau sah mich groß an, als sie mir gegenüberstand. Ich fragte sie: Haben Sie mir etwas zu sagen? Sie antwortete ganz ruhig: Nein, ich habe Ihnen nichts zu sagen.

Anschließend fuhr ich ins Präsidium. Das Labor hatte wieder gut gearbeitet, wir hatten die Befunde der Drahtzange und des Bindfadens am Maschendraht erhalten. Brumberg erzählte mir von einer Anzeige, die mit unserem Fall anscheinend nicht in Zusammenhang stand und doch irgendwie hineinpaßte. Dr. Burger hatte vor einem halben Jahr Anzeige gegen Unbekannt erstattet, weil auf seinen vielen Baustellen Unmengen von Baumaterial entweder nicht angeliefert worden waren oder über Nacht wieder abtransportiert wurden. Er bezifferte den Verlust – Anzeigetermin 2. 4. 74, heute hatten wir den 20. 9. 74 – auf etwa 200 000 Mark.

Ist was? fragte Brumberg. Ich weiß nicht, sagte ich. Mir paßt das nicht in den Kram. Ich dachte, ich hätte eine Spur. Das kompliziert alles, ich sehe zu unserem Fall noch keinen Zusammenhang. Wir haben es mit einem, so meine ich, gut geplanten und heimtückischen Mord zu tun, ich suche immer noch nach dem Motiv.

Bei Schiebereien von Baumaterial verdient man nicht schlecht, sagte Brumberg.

Das stimmt, sagte ich, trotzdem, ich weiß nicht.

Bei der Beerdigung von Jörg Althammer, die Staatsanwaltschaft hatte den Leichnam zur Bestattung freigegeben, stand ich in der hintersten Reihe der Trauergäste. Unmittelbar vor mir standen die fünf Männer der Putzkolonne, sie waren allerdings doch sehr respektlos und rissen Witze, sie hatten mich wohl nicht wiedererkannt, das heißt, keiner hatte sich umgedreht, während der Pfarrer und Dr. Burger sprachen. Ich hörte ihren deftigen Witzen zu und mußte oft in mich hineinlachen, aber ich war sofort wieder bei der Sache, als ich Bröger zu Pauli sagen hörte: Jetzt macht das Geschäft der Leupold wohl allein.

Die Witwe trug einen schwarzen, sehr modischen Schleier vor dem Gesicht, Leupold stand mit unbewegtem Gesicht neben ihr, sie hatte ihren Arm auf den seinen gelegt.

Wenn er es allein macht, hörte ich Pauli sagen, bin ich gespannt, was er springen läßt. Der muß jetzt schon ein bißchen mehr rausrücken, ist doch alles teurer geworden.

Der will doch immer die Wurst an zwei Zipfeln haben, der Leupold, sagte Bröger.

Dann müssen wir ihm eben einen Zipfel abschneiden, antwortete Pauli. Und dann kamen die Worte des Pfarrers: Erde zu Erde... Ich ging vom Friedhof, bevor die Trauergäste aufbrachen.

Im Büro sagte ich zu Brumberg: Zwischen der Anzeige des Dr. Burger und dem Tod des Poliers scheint mir doch ein Zusammenhang zu bestehen.

Das freut mich, sagte Brumberg, aber was bringt uns das weiter, wir haben nicht viel.

Es wäre gut, antwortete ich ihm, wenn wir ein wenig mehr über diese Frau Althammer erfahren könnten.

Frau Althammer? Aber wieso denn, ich dachte Leupold. Brumberg war erstaunt.

Leupold auch, antwortete ich ihm. Die beiden gehören zusammen. Klar. Kümmern Sie sich mal darum.

Am Montag fuhr ich wieder zur Baustelle. Leupold war nicht da, dafür aber ein neuer Polier, ein älterer Mann, die Putzkolonne, die ich suchte, arbeitete in einem anderen Bau. Bröger wirkte ängstlich, als ich ihn von seiner Arbeit wegholte und direkt fragte: Wieviel habt ihr denn bekommen? Erst sagte er kein Wort, dann druckste er herum, schließlich sagte er: Zwanzig Mark. Jeder? – Jeder, sagte er. Von Leupold? fragte ich. Wieso denn? Nein, von Althammer natürlich.

Und Leupold hat nichts mit der Sache zu tun? fragte ich wieder. Was weiß ich, fragen Sie ihn doch selber, brummelte er und ging einfach.

Dann fuhr ich in die Stadt in die Hauptverwaltung des Bauunternehmers. Dr. Burger traf ich im Flur. Er war eilig, er hatte einen Termin, aber ich nötigte ihn, mich anzuhören. Ich redete von seiner Anzeige gegen Unbekannt. Er war erstaunt, aber als ich ihm klarzumachen versuchte, daß zwischen dem Tod seines Poliers und dem Verschwinden von Baumaterial auf seinen Baustellen eventuell ein Zusammenhang bestehen könnte, da wurde er zugänglich und bat mich in sein Büro. Er erzählte mir dann, daß er Althammer auch einmal in Verdacht hatte, weil der sich jedes Jahr einen so teuren Wagen kaufte, den er sich eigentlich nicht leisten konnte, aber gut, jeder kann mit seinem Geld machen, was er will, der eine verhurt oder verspielt es, der andere hat eine Autoleidenschaft, was soll's. Althammer war ein Arbeitspferd, der hat gut verdient, der war zuverlässig, na ja, mancher Verdienst ist in den Gehaltslisten gar nicht aufgetaucht. Sie wissen ja, wenn die auch noch für Überstunden Steuern zahlen müssen, dann haben die Leute keine Lust, Überstunden zu machen, das ist leider Gottes so, ist eben eine ungerechte Steuerbelastung. Aber wissen Sie, solche Mengen Baumaterial zu verschieben und schwarz zu verkaufen, das kann kein Mann allein, das können auch nicht zwei Leute, da gibt es Mitwisser, da muß jemand einen guten Draht haben, um die Aufträge anzunehmen, das kann man nicht hier in einem Büro, schon gar nicht draußen in den Baubaracken, der, der das vermittelt, der muß Bescheid wissen, wo gebaut wird, wer der Träger ist, wer Interesse an verbilligten Baustoffen hat, da muß es Transportfahrzeuge geben, und die müssen dann an die verschiedenen Betriebspunkte geleitet werden, so etwas kann nicht verborgen bleiben, die Fahrer wollen schließlich auch ihren Anteil. Nein, so einfach, wie Sie sich das vorstellen, ist das nun wieder nicht.

Schmiergelder also? fragte ich.

Bestechungsgelder, sagte er.

Aber, könnten dann die Bestechungsgelder nicht höher sein als der Verdienst der Schieber?

Sehen Sie, ein Kraftfahrer oder ein Maurer sind schon froh, wenn sie fürs Maulhalten einen Zwanzigmarkschein in die Hand kriegen. Man lädt das Material dort auf, wohin man geschickt wird, man kippt es dort ab, wohin man geschickt wird. Hinterher weiß keiner mehr was. Reden sich alle raus, falls es mal zum Knall kommt, sagen dann einfach, sie dachten, das wäre von unseren Baustellen gewesen.

Könnte es Althammer gewesen sein, fragte ich.

Althammer ist tot, sagte er.

Leupold? fragte ich.

Aber da sprang Burger auf und schrie mir fast ins Gesicht: Auch die Polizei hat kein Recht, meine besten Leute zu beleidigen, nehmen Sie das bitte zur Kenntnis.

Als ich ins Präsidium zurückfuhr, ging mir dauernd ein Satz Burgers durch den Kopf: Da muß jemand einen Draht haben, der das koordiniert. Also eine organisierte Schieberei. Verdammt, wir hatten einen Mord aufzuklären, und jetzt waren wir bei einer schmutzigen Schieberei gelandet.

Was jetzt? fragte mich Brumberg. Ich war plötzlich auf ihn wütend, wie er da saß und an seinen Fingernägeln kaute, er wußte, daß er mich damit ärgern konnte, er grinste mich an, ich wußte, was das bedeutete, er grinste immer so, wenn er etwas wußte, was mir noch nicht bekannt war. Er feilte die abgekauten Nägel, dann sagte er: Eine Neuigkeit. Vielleicht hilft die uns weiter. Frau Althammer liegt im Krankenhaus.

So. Was fehlt ihr denn? fragte ich.

Gehirnerschütterung, sagte er und grinste mich wieder an. Ich hätte ihn dafür schlagen können.

Er sagte: Das glückliche Mädchen hat einen Schlag über den Kopf überstanden. In ihrer eigenen Wohnung wurde sie von hinten niedergeschlagen. Die Nachbarin hat sie gefunden, die Haustür war offen, die Nachbarin wollte ihr selbstgebackenen Kuchen bringen. Ja, so ein Schlag ist gewöhnlich tödlich. Aber das schmale Persönchen hat es überstanden. Ist noch nicht vernehmungsfähig, sagte der Arzt.

Was Brumberg da erzählte, paßte nun überhaupt nicht in meine Theorie. Es war geradezu unglaubhaft, was Brumberg da erzählte. Brumberg muß mir meine Zweifel angesehen haben, er sagte: Ich war genauso verblüfft wie Sie. Aber es stimmt nun mal.

Ich rief in der Klinik an. In einer Stunde könnte ich kommen, die Patientin sei bedingt vernehmungsfähig.

Frau Althammer wirkte noch zierlicher, als ich sie in Erinnerung hatte, aber sie war erstaunlich gefaßt, ruhig, sie sagte sofort, als Brumberg und ich eintraten: Suchen Sie nicht weiter. Holen Sie das Buch aus meiner Wohnung. Es liegt in der Flurgarderobe im Handschuhfach. Es hat einen roten Einband.

Alle weiteren Fragen, ob sie wüßte, ob sie einen Verdacht habe, wer sie niedergeschlagen haben könnte, ließ sie unbeantwortet. Entweder hatte sie wirklich Schmerzen, oder sie spielte uns was vor. Wir gingen.

Die Nachbarin verwahrte den Schlüssel. Ich holte das Buch aus dem Handschuhfach, ein Notizheft mit alphabetischem Verzeichnis. Im Büro rief ich Brumberg, ich wollte mit ihm gemeinsam das Buch sichten. Nach dem ersten Durchblättern schien es nur Zahlen zu enthalten, aber die Zahlen waren gewichtig. Wir lasen: Rheinische Straße fünf Kubikmeter Sand, Herdeckerstraße 200 Schamottsteine, Evinger Straße 30 Sack Zement, Heider Weg 1000 Dachziegel, und so ging es weiter. Ich las Brumberg auch die DM-Beträge vor, die hinter den einzelnen Lieferungen standen, am Ende meiner Aufzählung sagte Brumberg: Ich bin auf 78000 Mark gekommen, flüchtig gerechnet. Althammer hatte alles sauber notiert, wir wußten nun schlüssig, daß er seiner Firma Waren abgezweigt und an verschiedene Bauherren verhökert hatte. Wer aber war sein Verbündeter? Pauli hatte erzählt, er habe Althammer und Leupold einmal in einer Kneipe gesehen, mit einem Notizbuch, und sie hätten heftig aufeinander eingeredet. Leupold? Aber Leupold hatte Althammer nicht umgebracht, die Zeit, die wir gestoppt hatten, reichte nicht, es sei denn, er hatte einen Komplizen. Und wieder kam in mir der Verdacht hoch, den ich seit Tagen zu verdrängen suchte.

Jetzt wissen wir mehr, sagte Brumberg plötzlich. Aber wir wissen immer noch nicht, wer Althammer vom Gerüst gestoßen hat. Was wir gefunden haben, ist billiger Diebstahl und Betrug, aber wir suchen einen Mörder. Und eine Frau liegt im Krankenhaus, die wahrscheinlich alles weiß, wurde niedergeschlagen. Von wem?

Ihre Stimme kam mir so bekannt vor, sagte ich, schon beim ersten Besuch. Ich ließ mich mit der Klinik verbinden, mit Frau Althammer. Als sie sich meldete, sagte ich: Entschuldigen Sie bitte die Störung, aber ich habe noch zwei Fragen. Sie sagten damals, Sie hätten Ihren Mann auf Baustellen nie besucht.

Ja, das habe ich gesagt.

Warum haben Sie uns das Notizheft Ihres Mannes gegeben. Sie belasten Ihren Mann schwer.

Mein Mann ist tot, sagte sie und hängte einfach ein.

Ich sagte zu Brumberg: Frau Althammer ist diese Koordinationsstelle. Ich habe ihre Stimme jetzt am Telefon wiedererkannt, es war dieselbe Stimme, die damals im Baubüro anrief und sagte: Wo bleibt die Fuhre, eine Schweinerei ist das. Und sie dachte, Leupold sei am Telefon. Also hängt Leupold mit drin, er ist der zweite Mann nach Althammer, und Frau Althammer hat die Geschäfte vermittelt. Jetzt sehe ich schon das andere Ufer, Brumberg. Es deutet sich ein Motiv an.

Das Motiv aber gefällt mir nicht. Alle drei haben bei

dem Geschäft verdient, keiner ist zu kurz gekommen, keiner der drei. Also warum sollte einer den anderen umbringen?

Ja, das ist richtig.

Wir nahmen uns nochmals das rote Notizbuch vor. Klar wurde, daß an viele Punkte der Stadt und auch nach außerhalb Baumaterial verschiedenster Art geliefert worden war und was an Geld unter dem Strich herauskam; wir erfuhren daraus aber nicht, mit wem das Geld geteilt wurde, und mit wieviel Geld Lastwagenfahrer oder Mitwisser geschmiert wurden. Das Buch bewies nicht, daß Leupold der zweite Mann war, der Beweis lag nur in dem Telefonanruf, und auch der konnte abgestritten werden, er war zweifelhaft als Beweis. Und dann war da noch die fehlende Strebe in Althammers Mercedes, alles Dinge, die nicht zusammenpassen wollten. Die Frau hatte keinen Führerschein, sie konnte den Wagen ihres Mannes nicht gefahren haben. Dr. Burger hält Leupold für einen seiner zuverlässigsten Leute. Wir wußten nicht, wer Althammer vom Gerüst stieß, wer Frau Althammer niederschlug. Ich war mit Brumberg noch einmal alle Verdachtsmomente durchgegangen, wir fanden nicht viel, und doch war es schwerwiegend, aber zu wenig für konkrete Hinweise auf den Mord, wenn es überhaupt einer war. Ich gab Brumberg den Auftrag, sich nach allen Adressen zu erkundigen, die wir im Buch gefunden hatten, vielleicht waren auf diese Weise Beweise zu erbringen. Am Abend schon, als ich nach Hause fahren wollte, kam Brumberg zurück, er bestätigte, was wir an sich längst wußten, daß all die angegebenen Adressen im roten Notizbuch Baustellen waren, überwiegend private Bauträger. Nichts Neues also. Aber weil Brumberg wieder sein empörendes Grinsen aufgesetzt hatte, wartete ich geduldig, bis er mit seiner Neuigkeit von selbst kam. Er schob mir einen Zettel über den Tisch, auf dem sechs Zahlen standen. Telefon? fragte ich. Ja, Telefon. Das von Althammer. Ich habe bei den Leuten etwas nachgeholfen, na, Sie wissen schon, die redeten dann. Sie haben immer über diese Nummer verhandelt und immer mit einer Frau, die eine sehr helle Stimme hatte. Sie gaben die Bestellung auf, die Frau rief bei den einzelnen Bauherren dann wieder an, wann die Fuhre eintreffen sollte.

Der Koordinator, sagte ich.

Wir fuhren in die Klinik. Frau Althammer war nicht überrascht, als sie uns sah, und sie gab auch sofort zu, daß sie im Auftrag ihres Mannes diese Geschäfte abgewickelt hatte. Was sollte ich denn tun, er hatte mich in der Hand, er hätte mich hochgehen lassen können, denn ich habe damals, als ich noch bei der Konkurrenzfirma war, die Kalkulationen geändert zugunsten seiner Firma. Ich habe immer kleinere Beträge in einzelnen Positionen geändert, so daß meine Firma immer etwas teurer war als seine. Er hat mir kurz vor Einreichung des Kostenvoranschlages die Kalkulation für die Ausschreibung durchgegeben, dann habe ich die Zahlen verglichen und einzelne Positionen geändert, aber nur auf dem Voranschlag, der eingereicht wurde, nicht auf dem Durchschlag, der bei der Firma blieb, ich habe die Voranschläge oft selbst hingetragen, zum Bauamt oder zu anderen Bauträgern ... und wenn ich nicht wollte, weil es mir zu mulmig wurde, hat er mich einfach verprügelt. So war das.

Sie sagten doch, er war gut zu Ihnen, fragte Brumberg.

Mein Gott, würden Sie sofort zugeben, daß Sie Ihr Mann verprügelt. Er war ja auch gut zu mir, wenn alles nach seiner Pfeife tanzte. Und Leupold war der zweite Mann, sagte ich unvermittelt, aber da betrat Leupold das Krankenzimmer mit einem Strauß Orchideen. Er blieb erschrocken an der Tür stehen. Kommen Sie nur rein, sagte ich, wir wollten sowieso aufbrechen.

Brumberg und ich gingen. Unten auf dem Parkplatz stand Althammers Mercedes. Wir warteten beim Pförtner etwa eine halbe Stunde, bis Leupold zurückkam. Er wollte an uns vorbei, tat so, als bemerke er uns nicht.

Wir haben noch ein paar Fragen an Sie, sagte ich und hielt ihn am Arm zurück.

Was, jetzt? Es ist schon spät, sagte er.

Kommen Sie bitte mit zum Präsidium, sagte Brumberg. Ein Fahrer von uns bringt Sie wieder zurück. Sie verstehen, die Straße ist nicht der richtige Ort.

Bin ich verhaftet? fragte er.

Aber, aber. Wir haben nur ein paar Fragen, die können bis morgen nicht warten, beschwichtigte ich.

Während der Fahrt schwieg Leupold. In meinem Büro, bevor er sich setzte, sagte er heftig: Von mir erfahren Sie nichts. Ich weiß nichts. Ich weiß überhaupt nicht, was Sie wollen. Ich habe doch die Polizei gerufen damals, wenn ich nicht gewesen wäre, dann... Doch, sagte ich. Setzen Sie sich. Sie wissen zum Beispiel, wieviel Sie mit Althammer zusammen verdient haben bei der Schieberei von Baustoffen... Ich holte das rote Notizheft aus der Schublade. Da sprang er auf und schrie: Das verdammte Weib... das verdammte Weib... sie ist doch an allem Schuld, sie hat doch alles eingefädelt, sie konnte doch nicht genug kriegen... ich, ich hab mal mitgemacht, hab mich bequatschen lassen, und dann konnte ich nicht mehr zurück. Sie hat immer gedroht, daß sie alles anzeigen wird... sie war der böse Geist... sie hat...

Ich stand auf und sagte: Ja, sie hat ihren Mann mit dem Rohr, mit der angeblich vergessenen Strebe vom Gerüst gestoßen. Brumberg verschluckte sich. Leupold setzte sich langsam, sein Mund stand weit offen, ich hatte den Eindruck, jeden Augenblick müßten ihm die Augen aus den Höhlen fallen. Es war so still, daß ich meine Armbanduhr ticken hörte, da schnaufte Leupold: Woher... um Gottes willen... woher wissen Sie das...

Von Ihnen selber, sagte ich.

Nein, schrie er, ich habe nichts gesagt, nie hab ich was gesagt. Sie wollen mich reinlegen...

Doch, Herr Leupold, ich weiß es von Ihnen. Sie haben den Draht durchgeschnitten. Vermissen Sie Ihre Drahtzange nicht? Die habe ich im Labor untersuchen lassen und den Draht, alles paßt zusammen. Ich habe den Bindfaden gefunden, mit dem Sie das durchgeschnittene Drahtende wieder angebunden haben, auch da stimmt der Laborbericht. Sie haben sich in der Nacht vorher freiwillig als Baustellenwache gemeldet. Alles war genau durchdacht. Am nächsten Morgen kam Frau Althammer. Sie haben es so eingerichtet, daß Sie mit Althammer auf dem Gerüst entlang gingen bis zur besagten Stelle, wo der Draht durchgeschnitten war und die Strebe fehlte. Frau Althammer kam von der Straßenseite in den Bau und ist da auch wieder hinaus. Sie hatten die Putzkolonne, entgegen den Anweisungen des Poliers, an die äußerste und der Straße abgewandte Seite zum Verputzen eingeteilt, keiner konnte also Frau Althammer sehen, und Frau Althammer kannte sich in den Bauten aus. Als Sie mit Althammer an besagter Stelle waren, hat Frau Althammer vom Durchstich aus, wo sie sich verborgen hatte, zugestoßen, und Sie sind dann gleich runtergelaufen. Althammer hatte überhaupt keine Chance. Im allgemeinen Tumult und Schrecken hat niemand auf Frau Althammer geachtet. Ihre Schuhe fanden wir in der Abfalltonne, Pech, sie hätte sie verbrennen sollen, an den Schuhen ist das Bitumen, das wir überall fanden. Dumm, daß Sie die Schuhe in die Mülltonne geworfen haben...

Da sprang Leupold, der immer mehr in sich zusammengesackt war, auf und schrie hysterisch: Sie hat alles angezettelt... nur sie... das Mistweib, das Saustück... die Hure...

Und Sie haben auch Frau Althammer niedergeschlagen, sagte ich ruhig... es sollte wie ein Mordversuch aussehen...

Was sollte ich denn für einen Grund haben, schrie Leupold wieder. Grund? Vortäuschen wollten Sie das, damit ein eventueller Verdacht von ihr abgelenkt wird. Man wird sagen, zuerst der Mann, dann die Frau. Den Mann haben Sie nicht direkt umgebracht, also könnten Sie auch die Frau nicht umbringen, Sie wollten doch wieder mit ihr zusammen sein.

Ich holte ein Fotoalbum aus der Schublade und legte es vor Leupold hin. Zu Brumberg sagte ich: Entschuldigen Sie, aber ich hatte keine Zeit mehr, es Ihnen zu sagen, habe es in der Flurgarderobe gefunden.

In dem Fotoalbum waren nur Bilder von Frau Althammer mit Leupold zusammen.

Sie waren doch mit ihr verlobt? fragte ich.

Ja... ja... schon... stotterte er. Leupold verlor seine Selbstbeherrschung.

Und sie wollte wieder mit Ihnen zusammen sein, deshalb mußte Althammer verschwinden. Aber dann haben Sie den Fehler gemacht, Frau Althammer niederzuschlagen, warum... weil Sie nämlich mittlerweile anders gebunden waren, Sie hatten gar kein Interesse mehr an ihr, und das Geschäft wollten Sie allein betreiben... so ist es doch. Aber Sie haben nicht mit der Rache der Frau gerechnet, sie wußte, wer sie niedergeschlagen hatte, darum hat Frau Althammer sich gerächt und uns das rote Notizbuch gegeben... Lassen Sie ihn abführen, sagte ich zu Brumberg, und veranlassen Sie, daß ein Haftbefehl für Frau Althammer ausgestellt wird.

Als Brumberg nach einiger Zeit zurückkam, fragte er: Aber warum hat Leupold selber die Polizei gerufen, warum nur?

Warum wohl? Vielleicht Flucht nach vorn, was weiß ich, oder nach der Annahme, wer Anzeige erstattet, ist automatisch unschuldig. Wir werden es wohl noch erfahren.

Hoffentlich, sagte Brumberg.

Wir sind eine demokratische Familie

Vor drei Jahren beschlossen wir, in unserer Familie Weihnachten abzuschaffen. Drei stimmten dafür: Ich, meine Frau und meine Tochter. Sohn Frank, damals erst drei Jahre alt, enthielt sich der Stimme, er sagte nur, als er gefragt wurde: Ei ei.

Das brachte uns auf einen Kompromiß, denn keinen Baum an Weihnachten in der Wohnung zu haben, war uns, trotz wilder Entschlossenheit, mit diesem bürgerlichen Relikt zu brechen, doch nicht geheuer.

Seitdem putzen wir am Heiligen Abend, genau ab vierzehn Uhr, eine Tanne (aus dem Sauerland) mit gefärbten und ausgeblasenen Eiern. Es ist ein wunderschöner bunter Baum, die Eier werden von uns, immer genau sechzig Stück, Tage vorher in Heimarbeit und mit vergnüglicher Gemeinsamkeit, ausgeblasen und bemalt. In der Küche. Es gibt bis zum Heiligen Abend nur Eierspeisen, denn irgendwo muß das, was sich innerhalb der Schalen befindet, ja bleiben.

Ein aufgeklärter, aber zufällig zu den Feiertagen angewehter Besucher stand staunend vor dem Baum und sagte: Ein Antibaum. Dem Besucher, Jurist aus alter deutscher Pastorenfamilie, war anzusehen, daß es ihm schmeichelte, in so einer fortschrittlichen Familie Gast zu sein, er bestaunte die Eier gehörig, meinte, da sei wohl viel Arbeit dran, er befühlte die Eier und war noch mehr beeindruckt, weil etliche mit Wasserfarbe, etliche mit Öl bepinselt waren, konkrete und abstrakte Musterung.

Damit aber nicht genug. Die achtzehn Weihnachtsplatten, die meisten davon LPs, wanderten in den Kleiderschrank ganz nach hinten, wo auch meine seit dreißig Jahren nicht mehr benützte Geige in einem vergammelten Kasten liegt, damit wir nicht der Versuchung erliegen konnten, die Weihnachtsplatten abzuspielen, denn wir hatten uns im Laufe der Zeit eine Menge Frühlingslieder gekauft.

Die spielen wir immer zum Heiligen Abend, nämlich: ›Der Mai ist gekommen‹ oder ›Alle Vögel sind schon da‹ oder ›Am Brunnen vor dem Tore‹.

Meine Tochter, sie steht vor dem Abitur, meinte zwar, was wir trieben, sei reaktionär, aber sie konnte es doch nicht lassen, damals nacheinander ihre Freundinnen einzuladen, um ihnen den Baum zu zeigen und die Platten vorzuspielen. Die Freundinnen fanden das ungeheuer aufregend und chic, sie liefen nach Hause und erzählten ihren Eltern von unserem Antibaum. Die Eltern meinten zwar, wir seien verrückt, Schriftsteller hätten eben alle einen Dachschaden und die könnten sich den Dachschaden auch leisten, weil er von der Gesellschaft akzeptiert würde. Aber diese Töchter haben doch erreicht, daß ihre Eltern unsicher wurden auf dem Gebiet der Stillen und Heiligen Nacht.

Ein Jahr später konnten einige dieser Töchter in der Schule stolz melden, daß sie nun auch einen Antibaum hätten, und im letzten Jahr gab es in unserer Siedlung keine Wohnung mehr, in der nicht ein mit Eiern behangener Baum stand, zumindest in den Zimmern der Familien, die sich Intellektuelle, Bürger und Handeltreibende nennen. Nur im grauen Viertel unserer Siedlung, wo diese exotischen Gewächse wohnen, von Linksradikalen auch Proletarier genannt, da hängen noch Kugeln an den Bäumen und brennen noch echte Bienenwachskerzen, und da spielt man auch noch richtige Weihnachtslieder.

Aber auch dieses graue Viertel tauen wir noch auf, der Anfang wurde letzte Weihnachten gemacht, als wir am ersten Feiertag unsere Fenster öffneten und mittels Verstärker unsere Lieder zur anderen Straßenseite hinüberschickten, nämlich: ›Der Mai ist gekommen‹ und ›Alle Vögel sind schon da‹.

Erst versuchten die Exoten von der anderen Seite gegen uns anzustinken, mit ›O Tannenbaum‹ und mit ›Leise rieselt der Schnee‹, aber da sie keine Verstärker hatten, ließen sie es bald. Trotzdem. Meine Tochter und ihre Freundinnen sind sich sicher, daß uns nächstes Jahr der Einbruch in die Arbeitersiedlung gelingen wird, daß nächstes Jahr auch im grauen Viertel Antibäume stehen werden, mit Eiern behangen und mit Frühlingsliedern garniert. Man muß bei den Leuten nur behutsam vorgehen, darf nicht erkennen lassen, daß es eine linke, vielleicht sogar eine radikale linke Initiative ist, meine Tochter tarnt das mit Mode, gegen die auch Proletarier nichts einzuwenden haben, im Gegenteil, für Mode sind sie immer zu haben, sofern sie dafür bezahlen müssen und nicht dafür bezahlt bekommen.

So schön dieser Erfolg ist, mit Konsequenz seit drei Jahren betrieben, was uns gar nicht so leichtfiel, wie es vielleicht den Anschein hat, nämlich, daß wir ihn in das Viertel tragen konnten und vielleicht auch das Exotenviertel unterwandern können, es gab im eigenen Haus einen Mißton, der uns letzte Weihnachten das Blut gerinnen ließ. Denn bei unserer Aufgabe, allen Menschen, die guten Willens sind, den Antibaum schmackhaft zu machen, vergaßen wir ganz, daß unser Sohn Frank älter geworden war. Damals, als wir den Entschluß faßten, Eier statt Kugeln an den Baum zu hängen, da sagte er nur: Ei ei.

Jetzt aber, letztes Weihnachtsfest, meine Frau brutzelte in der Küche die Gans, meine Tochter trug in die Nachbarschaft einen Waschkorb voller Geschenke, und ich lümmelte in meinem Zimmer im Sessel und las in dem Buch: ›Einführung in den dialektischen und historischen Materialismus‹, da riß es mich hoch, denn ganz laut, mit Verstärker natürlich, lief in unserer Wohnung das Lied von der Stillen und Heiligen Nacht ab.

Sohn Frank hatte im Kleiderschrank gestöbert und die Platten gefunden, er saß im Wohnzimmer auf dem Teppich, um ihn herum die Weihnachtsplatten, er legte sie auf, spielte sie ab, und was das Erschütterndste war: Er sang mit.

Meine Frau kam schwitzend aus der Küche gelaufen und rief: Mein Gott, wo hat das Kind das nur her!

Von mir nicht, sagte ich.

Denkst du vielleicht von mir?

Wir stritten uns dann noch lautstark, aber viel zu hören war nicht von unseren Worten, denn Sohn Frank war bei ›O Tannenbaum‹ angekommen.

Wir ließen ihn erst gewähren, dann aber nahmen wir ihn ins Gebet: Das dürfe er nie wieder tun, da werde das Christkind böse und bringe keine Geschenke mehr, und überhaupt, was werden die Nachbarn sagen, die müssen uns ja für verrückt halten und glauben, wir hätten einen Dachschaden.

Da wir eine tolerante Familie sind, mit Sinn für Fortschritt und dem Glauben an den Verstand, haben wir das unserem Sohn natürlich nicht mit Holzhammermanier beigebracht, wir haben ihm den Unterschied erklärt, der zwischen einem Baum mit Kugeln und einem Baum mit Eiern besteht.

Frank hörte zu, ganz Innerlichkeit, ganz unser Sohn, was die Aufmerksamkeit betrifft.

Meine Frau ging wieder in die Küche zu ihrer Gans, ich zu meiner Einführung in... die Tochter kam prustend zurück, sie war ihre Geschenke endlich losgeworden, da hörten wir sie wieder, diese gräßlichen Weihnachtslieder, wie der Schnee leise rieselt. Ich lief zu meiner Frau in die Küche, ich war wütend, ich schrie sie an: Sofort verbietest du deinem Sohn, daß er diese Platten spielt.

Aber sie stand vor dem Herd und weinte, sie sagte nur: Die Gans ist verkohlt. So ein Unglück. Das ganze Fest ist verdorben. Weihnachten ohne Gans... mein Gott, wenn das meine Mutter noch erlebt hätte... mein Gott.

Das Hobby

Wieder einmal blickte Gerhard Zieser voll Bewunderung auf seine Sammlung, respektvoll sah er auf die Kästen nieder. Jeden Dienstag und Samstag drängte es ihn dazu, nachzuzählen, ob auch noch alles vorhanden war, und er verglich dann die Tabellen, die er selbst erstellt hatte und wöchentlich ergänzte.

Die flachen und schmalen, eigens von einem Schreiner gefertigten und mit einem Schiebedeckel zu verschließenden Kästen standen im Schlafzimmer auf den Bettvorlegern rund um die Betten.

Neun Kästen waren es, kaukasisch Nußbaum gemasert.

Gerhard Zieser war stolz auf die Kästen, die verschlossen sehr gut aussahen, und wer den Inhalt nicht kannte, konnte auf eine Steinsammlung schließen oder auf Wertsachen, auf Handschriften oder Graphiken oder wer weiß was sonst noch, jedenfalls auf Dinge, die für einen Sammler wertvoll waren.

Aber in den Kästen waren Zähne.

Manchmal sah Zieser aus dem Schlafzimmerfenster auf die Straße, dann sprang er mitten in der Betrachtung seiner Sammlung hoch und hörte auf Geräusche im Haus, sah die Treppe hinunter, lief in das Badezimmer und sah dort aus dem Fenster in den Garten, über die Siedlung hinweg zum Haarstrang. Aber er sah nur den schiefen Turm der evangelischen Kirche in Kamen. Die verdammte Pickelhaube, sagte er dann.

Gerhard Zieser legte besonderen Wert auf scharfe Trennung der einzelnen Zähne; Zahn war für ihn nicht gleich Zahn, Werkzeuge zum Beißen und Knirschen, zum Knakken und Auswechseln – Zähne waren für ihn eine Weltanschauung geworden, Dokumente einer Gesellschaft.

Er hatte Kästen voll mit Schneidezähnen, Kästen mit oberen und unteren Backenzähnen, zwei- und dreiwurzelige, seine besonderen Schmuckstücke aber waren Augenzähne. Stolz war er auf diese Zähne.

Zieser besaß, nach seinen eigenen Worten, die größte Zahnsammlung Deutschlands, wahrscheinlich sogar Europas, seiner Frau gegenüber jedoch vertrat er den Standpunkt, zwar hätten auch Universitäten keine größeren Sammlungen von kranken Zähnen, dennoch aber sei seine nur die größte Nordrhein-Westfalens. Ich will sie zur größten Deutschlands ausbauen, sagte er manchmal zu ihr, und die Nachwelt wird mir dankbar sein, wenn heute auch noch viele meinen, ich hätte einen Spleen.

Seine besten Stücke faßte er nur mit Handschuhen an, oder er hob sie mit einer an den Innenseiten wattierten Pinzette aus den mit Wattepapier ausgelegten Kästen – es waren von Karies zerfressene, schwarzlöcherige Zähne; gelb, ekelerregend gelb, wie stinkender, zerfließender Eidotter. Zieser war nicht jeder Zahn recht, er legte keinen Wert auf plombierte, später dann doch gezogene Zähne, sein Interesse setzte bei Zähnen ein, die im Mund des Menschen so schlecht geworden waren, daß ein Zahnarzt sie nicht mehr retten konnte. Dann waren sie erst reif für seine Sammlung. Er besaß nie mehr als zwei von den gleichen Krankheitssymptomen befallene Zähne.

Besonders erpicht war er auf Zähne, deren Wurzeln durch Zahnfleischschwund schwarz geworden waren, und die besah er sich oft, auch durch eine Lupe, und er schnalzte dann vor Vergnügen mit der Zunge und murmelte: Junge Junge, ein Prachtstück, ein Prachtstück. Keiner wird so ein Prachtstück haben, sie werden mich beneiden.

All seine freie Zeit verwendete Gerhard Zieser auf das Sammeln und Sortieren und auf die Pflege dieser Zähne. Er fuhr mit seinem Fahrrad, um das ihn jeder Junge beneidete, so viel technische Raffinessen wies es auf, die Umgebung ab, er kannte jede Zahnarztpraxis in und um Dortmund, er war anzutreffen in Hamm und Münster, Schwerte, Iserlohn und Hagen, er suchte dort die abgestellten Eimer der Zahnarztpraxen ab, schlich sich auf die Hinterhöfe und in Keller, suchte in den Eimern vor den Augen verwunderter und angeekelter Straßenpassanten, in den Kübeln auf den Bürgersteigen – wie ein hungriger Hund nach einem Knochen. Selten kam Zieser zufrieden von seinen Beutezügen nach Hause, das Nylonsäckchen voll mit Zähnen aller Art und von jederlei Krankheitsbefall. Er prüfte sie im Keller seines Hauses bei einer starken Lampe auf ihre Tauglichkeit. Hatte er schon ein besseres Exemplar oder ein schlechteres der gleichen Art in seiner Sammlung? Er war konsequent: Den schlechteren Zahn, für ihn war es der bessere, behielt er, andere warf er ohne Bedauern weg. Oft fuhr er vergeblich nach Hagen, Münster oder Hamm. Es wurden zu wenig schlechte Zähne gezogen.

An den erbeuteten Zähnen aus den Kübeln der Zahnärzte Unnas errechnete er deren Umsatz, und wenn ihm auch der Beweis durch das Finanzamt in Hamm fehlte, er war überzeugt, daß er immer richtig kalkulierte.

Gerhard Zieser war stolz auf seine Sammlung, auf seine Zähne, war stolz auf die Fäule der Zähne, war stolz auf die Karies und die ausgefaulten Löcher, er maß die Löcher in den Zähnen mit einem eigens angefertigten Bleimaß und einer Bleiform, die ihm dazu diente, auf den Zehntelmillimeter genau zu messen. Er mutmaßte oder berechnete die Krankheiten der Zähne, die Ursachen, die zur Krankheit führten, und er rekonstruierte den jeweiligen Fäulnisprozeß. Versunken saß er vor seinen Kästen – hatte er keine Zähne zum Aussortieren, genügte ihm allein das Betrachten – und er freute sich wie ein Kind, wenn ihm nach Wochen wieder ein seltenes Exemplar in die Finger gefallen war. War es für gut befunden, in seine einmalige Sammlung aufgenommen zu werden, ergänzte er auch gleich seine Tabellen, er rieb sich vor Zufriedenheit die Hände, er bewunderte und beglückwünschte sich zu solch einem Fund.

Junge Junge, bin ich ein Glückspilz!

Welch eine herrliche Karies, rief er manchmal, welch ein herrliches Loch! Wunderbar dieser schwarze Fleck! O diese ausgestemmte Wurzel! Zieser versank dann völlig in der Welt, die er sich geschaffen, er hörte auf und sah nicht mehr, was um ihn her vorging, er hielt manchmal beim Umbetten der Zähne – und er bettete sie oft um, damit die kranken Zähne nicht krank wurden – verzückt die Lupe kurz über den in die Pinzette geklemmten Zahn und rief: Fabelhaft!

Dabei war sein Gehör geschärft, er vernahm das Einschnappen der Haustüre, schreckte hoch, schob hastig die Deckel über die Kästen und die Kästen unter die Betten. Er lief in das Badezimmer und wusch sich die Hände, und als er nach ein paar Minuten in die Küche trat, war seine Frau schon dabei, das Abendessen zu richten.

Du bist aber heute früh da, sagte er, und er sah mißtrauisch im Zimmer umher und musterte ängstlich ihr Gesicht.

Wie du siehst, erwiderte sie. Mich hat ein junger Mann mit dem Wagen mitgenommen.

Tatsächlich? fragte er gespannt. Hast du jetzt wirklich einen gefunden, der dich mitnimmt?

Ja, ein junger Mann, du kennst ihn auch, Koller heißt er. Er wohnt zwei Straßen weiter.

Koller? Kol... ler? Vielleicht, weiß nicht genau. Sag, hat er gute Zähne?

Ja, ein strahlendes Gebiß!

Echt?

Und ob. Echter als echt, sagte sie und lachte leise.

Schade, brummte er zurück. Gerhard Zieser schien an diesem jungen Mann, den er vielleicht kannte und von dem er noch nicht wußte, wer er war, das Interesse verloren zu haben, als er hörte, daß sein Gebiß gut und echt war. Er schlürfte die Suppe, der Frau machte es nichts aus, sie saß still und aß bedächtig und sie sah, wenn sie den Löffel zum Munde führte, aus dem Fenster auf den langen Schornstein gegenüber und auf die Dachrinne der Maschinenfabrik Mayer-Erben. Die Dachrinne hatte seit Jahren ein Leck, und wenn es regnete, tropfte es gleichmäßig, aufregend und beruhigend zugleich auf die Kellertreppe zum Garten.

Fährst du Samstag weg? fragte sie.

Ja, nach Hamm. Da hat sich ein neuer Zahnarzt niedergelassen. Bei denen ist am Anfang am meisten zu holen. Alle Angsthasen kommen zu den neuen Zahnärzten. Die meinen doch, die neuen sind die fortschrittlichsten, die arbeiten schmerzloser.

Schon möglich, sagte sie. Hast du was dagegen, wenn mich der Herr Koller jeden Morgen mit zur Arbeit nimmt und abends vom Büro abholt und nach Hause fährt?

Ich? Nein. Wieso?

So? Ich dachte nur.

Mußt du ihm dafür etwas bezahlen?

Nein, ich glaube nicht. Er hat nichts gesagt, ich werde ihm natürlich etwas anbieten, aber er wird es nicht nehmen.

Dann ist es gut. Was arbeitet der Mann eigentlich, daß er sich einen Wagen leisten kann?

Er hat nur einen kleinen VW. Er arbeitet an einem Schaltbrett, in einem Großbetrieb im Norden von Dortmund.

Frag ihn morgen, was er wirklich macht, frag ihn, zu welchem Zahnarzt er geht. Frag ihn, vergiß es nicht, frag ihn.

Ich werde ihn fragen, aber nicht morgen.

Nicht morgen? Nein? Ist auch gut. Laß dir ein paar Tage Zeit. Vielleicht sollten wir den Herrn Koller einmal einladen, ich könnte ihm meine Sammlung zeigen...

Nein! Gerhard! Nicht!

Schon gut. Beruhige dich. Sie ist ja nicht für die Öffentlichkeit bestimmt, meine Sammlung, sie ist viel zu gut für die Öffentlichkeit, viel zu gut. Wenn wir einmal Kinder haben, die werden solch eine Sammlung zu schätzen wissen, ich werde sie ihnen testamentarisch vermachen.

Ja, Gerhard, das wird das beste sein. Und es ist doch großartig geheimnisvoll: Jeder weiß, daß du eine große Sammlung hast, aber keiner hat sie bis jetzt gesehen.

Ja, sagte er erregt, du hast recht. Geheimnisvoll, das ist das richtige Wort. Sie brennen alle darauf, meine Sammlung zu sehen, aber ich zeige sie ihnen nicht, nicht um alles in der Welt.

Kinder sind immer Erben

Ich hatte immer geglaubt, Mörder müsse man an ihren Händen erkennen, Massenmörder an ihren Augen. Ich weiß nicht, warum ich das glaubte, vielleicht hatte es mir einmal jemand erzählt, oder aber ich hatte eine Geschichte gelesen, in der diese Ansicht vertreten wurde. Wer weiß schon immer zu sagen, wie unsere Meinung oder Überzeugungen entstanden sind.

Mein Nachbar im Reihenhaus nebenan hatte die schönsten Augen, die ich je sah, und meine Frau, die gern in Bildern spricht, nannte seine Augen weinende Aquamarine; seine Hände waren so schmal und gepflegt, daß sie behüteten Frauenhänden glichen, seine Hände erregten überall Aufmerksamkeit, und ich beobachtete oft, wie Frauen selbstvergessen in seine Augen blickten.

Dann plötzlich wurde mein Nachbar verhaftet. Meine Frau und ich saßen an einem Sonntagvormittag noch beim Frühstück, als wir am Haus unseres Nachbarn zwei Polizeiautos vorfahren sahen, wenige Zeit später führten zwei Zivilisten unseren Nachbarn aus seinem Haus in eines der zwei Autos und fuhren ab. Obwohl diese Verhaftung nur wenige Minuten dauerte, hatte sich doch eine gaffende Menge auf der Straße eingefunden, auch meine Frau und ich sahen durch die Scheibengardinen, neugierig und betroffen zugleich.

Am Montag darauf lasen wir in der Zeitung, der Verhaftete werde beschuldigt, an der Ermordung von zweihundert Geiseln in einem mährischen Dorf im Jahre zweiundvierzig beteiligt gewesen zu sein, es hieß sogar, er habe den Befehl zur Erschießung der zweihundert Geiseln gegeben, er habe die armen Menschen auf brutale Weise zusammentreiben lassen, und vor der Erschießung hätten sie ihr eigenes Grab schaufeln müssen.

Nein! sagte meine Frau. Nie! Nicht dieser Mann!

Ich war sprachlos, denn auch ich wollte es nicht glauben, und voller Erbitterung beschimpfte ich die Zeitungsleute als Schmutzfinken. Dieser Mann. Niemals. Er und seine Frau spielten jede Woche einmal mit uns Canasta, wir zechten dabei und waren fröhlich, wir fuhren manchmal an Wochenenden ins Grüne vor die Stadt, wir sprachen dabei von Alltagsproblemen und manchmal auch über Politik, und unser Nachbar konnte sich maßlos erregen über Vorgänge, die auch nur den Hauch von Gewalt verrieten, ging diese Gewalt nun von einzelnen aus, von Gruppen oder aber vom Staat selbst. Er haßte Uniformen.

Waren wir bei ihnen eingeladen, konnten wir uns aufmerksamere Gastgeber nicht vorstellen, aufmerksam und zurückhaltend zugleich.

Vor drei Jahren hatte sich mein Nachbar ein Auto gekauft, seitdem nahm er mich mit in die Stadt zur Arbeit, morgens und abends fuhr er jeweils einen Umweg von einem Kilometer durch die belebtesten Straßen der Stadt, nur damit ich nicht mit der Straßenbahn fahren mußte. Das hätte für mich bedeutet, daß ich morgens eine halbe Stunde früher hätte aufstehen müssen, abends knapp eine Stunde später nach Hause gekommen wäre.

Und dieser Mann mit Augen wie weinende Aquamarine, wie meine Frau es nannte, sollte ein Massenmörder sein?

Aber, sagte meine Frau hilflos, er hat doch nicht unter falschem Namen unter uns gelebt, er hat sich doch nicht versteckt, er hat gearbeitet wie wir alle, er hat schwer geschuftet für seine Familie. Er war doch ein herzensguter Mann. Und hast du gehört, wie er mit seinen Kindern gesprochen hat. Spricht so ein Mann, der so sein soll, wie jetzt in der Zeitung steht? Niemals. So könntest du nie mit unseren Kindern sprechen. Vergöttert hat er seine Kinder.

Eine Antwort darauf konnte und mochte ich ihr nicht geben, ich dachte immer nur an unser wöchentliches Kartenspiel und auch an die Geiseln in dem kleinen mährischen Dorf. Frauen sollen dabeigewesen sein und auch

Kinder, und sie wurden von Maschinengewehren so kunstgerecht umgemäht, daß sie sofort in die von ihnen selbstausgehobene Grube fielen. Diese Art des Tötens soll die Erfindung unseres Nachbarn gewesen sein, und es hieß, er habe damals dafür einen hohen Orden bekommen.

Mein Gott, sagte meine Frau immer wieder, die arme Frau, und die Kinder. Was können seine Kinder dafür, wenn das alles stimmt, was in der Zeitung steht. Die armen Kinder.

Dort in Mähren sollen auch Kinder dabeigewesen sein, antwortete ich ihr ungehalten.

Vielleicht lügen die Zeitungen, sagte meine Frau, du weißt doch, daß sie manchmal aus einer Mücke einen Elefanten machen, vielleicht ist alles erlogen und erstunken, vielleicht eine Namensverwechslung. Er hätte doch untertauchen können, wie viele andere auch nach dem Kriege, warum ist er geblieben, wenn es stimmt, was da zu lesen steht.

Ich sah an den Samstagen, wenn ich zu Hause war, unsere Nachbarin ihre Kinder zur Schule bringen, die Kinder schützend, denn andere Kinder riefen ihre Kinder einfach Mörderkinder.

Wir sollten die Frau besuchen, sagte eines Abends meine Frau, wir waren nicht mehr bei ihr, seit ihr Mann abgeholt worden ist.

Bist du verrückt, rief ich. Das können wir nicht. Denk an meine Stellung. Wenn uns jemand sieht, dann heißt es womöglich noch, wir hätten längst davon gewußt, und wir werden womöglich auch noch vor Gericht gezerrt.

Aber, rief meine Frau, und sie konnte ihre Tränen nicht mehr zurückhalten, die Frau kann doch nichts dafür. Und dann, denk doch mal an die Kinder. Die Kinder können doch nichts dafür. Die Kinder müssen doch nicht erben, was die Eltern verbrochen haben.

Vielleicht hat die Frau alles gewußt, erwiderte ich ungehalten.

Na und? Soll sie hingehen und ihren eigenen Mann anzeigen? Würdest du mich anzeigen? Würde ich dich anzeigen? So sag schon was. Du stellst dir immer alles so leicht vor.

Mord bleibt Mord, sagte ich.

Am nächsten Morgen ging ich an den Kindern des Verhafteten vorbei, so als hätte ich sie nie gesehen. Die beiden Kinder riefen hinter mir her: Onkel Karl... Onkel Karl. Aber ich drehte mich nicht um.

Dann kam der Prozeß. Das Verbrechen war noch schrecklicher, als wir geglaubt hatten. Und es stellte sich heraus, daß die Frau, zumindest in groben Zügen, von der Vergangenheit ihres Mannes gewußt hatte. Sie hätte ihre Aussage verweigern können, aber sie sagte aus. Am Ende ihrer Aussage fragte sie der Richter, warum sie all die Jahre geschwiegen habe.

Sie weinte still vor sich hin, als sie dem Richter antwortete: Was sollte ich denn tun? Was denn, er ist doch mein Mann.

Aus den Zeitungen erfuhren wir das alles, obwohl es uns ein Leichtes gewesen wäre, selbst zu den Verhandlungen in das Gerichtsgebäude zu gehen und zuzuhören.

So, da hast du die ganze Wahrheit, sagte ich zu meiner Frau nach der Urteilssprechung. Fünfzehn Jahre Freiheitsentzug waren über ihn verhängt worden.

Die ganze Wahrheit, fragte sie leise.

Die ganze Wahrheit, erwiderte ich ihr.

Und seine Kinder, fragte sie nach einer Weile, und sah mich dabei fragend an. Und dann fragte sie unvermittelt: Wenn du nun aber dieser Mann wärst?

Ich bin aber nicht dieser Mann, verstehst du, ich bin nicht dieser Mann, ich bin es nicht.

Nein, du bist es nicht, du hast damals Glück gehabt, damals, in den schrecklichen Jahren.

Du bist verrückt, erwiderte ich wütend. Glück gehabt. Wenn ich das schon höre. Man brauchte so etwas nicht zu tun, man konnte sich weigern, verstehst du.

Weißt du das so genau? fragte sie.

Ja, das weiß ich genau. Aber es gab Leute, die haben sich zu so etwas geradezu gedrängt, wahrscheinlich hat sich unser Nachbar auch dazu gedrängt, vielleicht machte es ihm Spaß, hilflose Menschen umzubringen.

Und? fragte meine Frau, hast du dich einmal geweigert...

Ich? Wieso, ich hatte keinen Grund dazu, ich bin niemals in diese Lage gekommen, daß ich mich hätte weigern müssen... wie soll ich dir das erklären.

Du brauchst mir das nicht zu erklären, ich sagte doch schon, du hast Glück gehabt. Und du hättest dich natürlich geweigert, nicht wahr.

Natürlich hätte ich, rief ich aufgebracht.

Sie sah mich lange an, dann sagte sie: Manchmal hast du auch Augen wie er. Aber nur manchmal.

Komm, sei vernünftig, versuchte ich zu begütigen, es geht hier um die Wahrheit und um die Gerechtigkeit. Wo kämen wir hin, wenn...

Und es geht um die Kinder, sagte meine Frau, man darf die Kinder nicht für etwas bezahlen lassen, was die Eltern gekauft und nicht bezahlt haben. Es geht nur um die Kinder.

Dann trug sie das Abendessen auf.

Die Kinder des Verurteilten riefen nun nicht mehr Onkel Karl hinter mir her, sie versteckten sich sogar, wenn sie mich kommen sahen, als hätten sie Angst vor mir, und das traf mich mehr, als wenn sie weiterhin Onkel Karl hinter mir hergerufen hätten.

Am dritten Sonntag nach der Urteilsverkündung kam meine Frau mit unseren Kindern ins Wohnzimmer, sie trugen verschnürte Päckchen in den Händen und waren zum Ausgehen angezogen. Auch einen Blumenstrauß trug meine Frau, die Blumen hatte sie in unserem Garten geschnitten. Ich fragte: Wo wollt ihr denn jetzt hingehen, so früh nach dem Mittagessen?

Wir gehen hinüber zu der Frau, sagte meine Frau fest, und hinüber zu den Kindern.

Was? rief ich bestürzt, aber das kannst du doch nicht machen, das können wir uns nicht leisten.

Was haben dir eigentlich die Kinder getan? fragte meine Frau.

Nichts haben sie mir getan, nichts. Aber darauf kommt es doch nicht an.

Doch, sagte sie, nur darauf kommt es an, nur darauf.

Meinetwegen, geh, wenn du gehen willst, aber warte dann wenigstens, bis es Abend ist, versuchte ich einzulenken. Nein, antwortete sie, ich gehe jetzt, damit mich alle Nachbarn sehen, wenn ich in das Haus gehe.

Dann verließ sie mit den Kindern das Wohnzimmer.

Ich stand auf, ging in die Küche und sah aus dem Fenster.

Weidmannsheil

Der Morgen versprach einen heißen Tag.

Die Demonstration war für elf Uhr angesetzt.

Franz trug eine rote Fahne. Er hatte die Fahne selbst genäht und an die Stange geheftet.

Franz trug die rote Fahne, sehr steil, über die Kleppingstraße zum Neuen Markt. Ich lief nebenher. Ich wollte auch einmal die rote Fahne tragen, aber Franz blieb meinen Bitten gegenüber taub; er sah mich überhaupt nicht. Dabei ist Franz mein bester Freund, er trinkt meinen Wein, er raucht meine Zigaretten und steckt sich noch vier bis acht Stück hinter beide Ohren, wenn er aus meiner Wohnung geht. Auch eine Kunst. Aber sonst ist Franz ganz in Ordnung, er kann, kommt er zu mir zum Fernsehgucken, zwei Stunden sitzen, ohne ein Wort zu sagen. Ich könnte mit meiner Frau rektal, er würde es nicht einmal bemerken, und wenn doch, dann würde er sich besagte Anzahl Zigaretten hinter die Ohren klemmen und gehen, an der Tür vielleicht sagen: Na, laßt euch was. So ist Franz.

Franz ist dreißig, Junggeselle und technischer Angestellter in einem Großbetrieb. Metallveredelung. Spezialist. Er sagt von sich: Bin Devisenbringer. Franz hat noch einen Polizeioberwachtmeister zum Freund, sie wohnen im gleichen Haus, genauer: Er ist da Untermieter. Franz hat es gut getroffen. Mit Familienanschluß. Die Frau des Oberwachtmeisters wäscht ihm die Wäsche, sie wäscht seine Wäsche weiß, weißer geht's nicht. Franz hat keinen Bart und sonst auch keine besonderen Kennzeichen, die ihn aus der Menge heben könnten, Franz ist in jeder Beziehung korrekt, Franz ist wie alle anderen Menschen auch. Franz trug die Fahne zum Neuen Markt. Dort stellte er sich in den sich formierenden Demonstrationszug, in die erste Reihe, denn er trug ja die rote Fahne, rote Fahnen waren sehr gefragt. Ich blieb neben Franz, denn Franz ist mein Freund, auch wollte ich ihm einiges vom letzten Wochenende erzählen, Franz kommt in meine Wohnung, ißt sich satt, steht auf, sagt: Ihr seid liebe Menschen. Macht's gut. Als sich der Demonstrationszug in Bewegung setzte, da marschierte Franz in der ersten Reihe, ich neben ihm, mit einer Flüstertüte, und ich schrie sporadisch: Adolf Springer in den Zwinger.

Franzens Freund und Vermieter, Oberwachtmeister Christoph fuhr immer zehn Schritte voraus, er sah sich manchmal um, er lächelte Franz zu, denn sie wohnten ja zusammen und spielten manchmal Schach, und Christophs Frau wäscht Franz die Wäsche, weißer geht's nicht; mich lächelt der Oberwachtmeister auch manchmal an, denn ich bin ja Franzens Freund und besuche ihn hin und wieder. Franz spielt mir dann Platten vor, meist solche, wo revolutionäre Lieder drauf sind, von Spanien, von Rußland, von China und Cuba und von wer weiß woher, wo sonst noch eine Revolution war. Es sind schöne Lieder dabei, traurige, lustige, hektische, und Franz bekommt nicht selten feuchte Augen. Dann gehe ich still.

Wir zogen die Kleppingstraße hinunter, dann die Kampstraße entlang, wieder zurück auf den Osten- und Westenhellweg, der Demonstrationszug wurde immer länger, breiter, die Sprechchöre, die wir riefen, immer lauter, und die Leute am Straßenrand liefen nicht mehr grinsend vorbei, sie blieben stehen und sahen teils amüsiert, teils empört auf unsere Kolonne, an ihr entlang, etliche schimpften auf die nichtsnutzigen jungen Leute, die den ganzen Tag über nichts anderes zu tun haben, als den Verkehr zu blockieren, so daß arbeitende Menschen zu spät zur Arbeit kommen oder zu spät nach Hause. Dieses Volk soll was arbeiten, arbeiten, daß ihnen die Rippen krachen, das hier wäre unter Hitler nicht möglich gewesen, da herrschte Ordnung, da mußte jeder zupacken, erst beim Arbeitsdienst, dann beim Militär, dann... Wir kannten das schon von früheren Protestmärschen. Die alten Sprüche, dieselben Leute.

Franz trug die Fahne, ich ging unter einem Transparent, auf dem stand rot und weiß: Wer jetzt schweigt, der macht sich schuldig. Ich wollte einmal Franz die rote Fahne abnehmen, aber Franz wurde fuchsteufelswild, er stieß mich weg, sagte: Näh dir selbst eine, ging dann fünf Schritte vor mir, fünf Schritte hinter seinem Freund und Zimmervermieter, dem Oberwachtmeister Christoph; der fuhr auf einer 600er BMW voraus, um dem Demonstrationszug die Straße freizuhalten. Am Körnerplatz aber schrie plötzlich einer: Hinsetzen! Alles Hinsetzen!

Franz fuhr herum, er hieb mir fast die Fahnenspitze an den Kopf, er lief zurück, auch der Polizist Christoph wendete sein Motorrad. Ich sah mich um: Es war wie eine Welle. Die Demonstranten setzten sich, da, wo sie gerade waren, die Nachdrängenden setzten sich hinzu, der Verkehr staute sich. Beschimpfungen. Geschrei. Der Verkehr stockte, um die Unionsbrauerei herum gab es nur hupende Autos, ein unübersehbares Knäuel, dazwischen Straßenbahnen, Busse. Ich lief zurück, suchte Franz.

Ein paar Autofahrer waren ausgestiegen, sie gingen auf Demonstranten los, drohend, sie gestikulierten und schrien, sie sagten Worte wie: Scheißhunde, Kommunisten, Drecksäue, Ulbrichtknechte, Taugenichtse.

Polizisten versuchten zu beruhigen, aber das war schwer, denn weit über tausend junge Menschen saßen auf Pflaster und Schienen und stoppten den Verkehr, das Hupen steigerte sich, kaum war es möglich, sein eigenes Wort zu verstehen, die Sprechchöre wurden lauter und lauter, Sprechchöre wie: Wer hat uns verraten – die Sozialdemokraten! Brecht dem Schütz die Gräten – alle Macht den Räten, usw. …

Franz stand mit seiner roten Fahne vor einem weißen Mercedes, er schwang die Fahne über seinen Kopf und schrie: Ho ho ho tschi-minh! Dann fielen Tausend in diesen aufreizenden Rhythmus ein, schrien, klatschten, und der weiße Mercedes stand vor Franz, und Franz vor dem weißen Mercedes, und Franz schwang die rote Fahne über sich und über den Mercedes, über das Gesicht des Fahrers.

Und die Autos hupten, ich meinte, die Karosserien vor Wut zittern zu sehen, aber es war wahrscheinlich die Hitze, und die Menschen neben den Fahrbahnen sahen zu, als zöge da der Schützenverein vorbei oder die Fronleichnamsprozession, aber die sitzende Prozession sang keine frommen Lieder und auch keine gläubig-verlogenen, der Sit-in schrie Parolen, die den Zuschauern unbekannt waren, vielleicht nur aus dem Fernsehen vertraut: aber das war abschaltbar.

Franz schwang, als ob er dafür bezahlt bekäme, seine selbstgenähte rote Fahne über sich und den Mercedes, auch noch, als der Fahrer des weißen Mercedes ausgestiegen war und wütend auf Franz einstürmte, der Fahrer versetzte Franz einen Stoß vor die Brust, Franz fiel zu Boden, ich und einige neben mir gingen dazwischen, versuchten den Fahrer abzudrängen, der aber machte kehrt, setzte sich in sein Auto, und ehe wir auch nur ahnen konnten, was er vorhatte, startete er, fuhr los, und Franz konnte sich nur dadurch retten, daß er auf den Kühler sprang.

Franz saß auf dem Kühler, das heißt, er hing, krallte sich am guten Stern auf allen Straßen fest und hielt dabei doch die rote Fahne hoch, und Christoph auf seinem Motorrad flitzte hinterher und stellte den Fahrer kurz vor dem Stadttheater. Das sah ich noch, nicht mehr aber, was weiter passierte, denn auf einmal waren die Demonstranten irgendwie aufgeschreckt, alle standen auf und stellten sich gegen die Autofahrer, von denen einige das nachmachen wollten, was ihnen der Fahrer des weißen Mercedes vorgemacht hatte. Die Demonstranten aber standen wie eine Mauer – auch die Sprechchöre waren verstummt. Erst beschimpften die Autofahrer und Passanten die Demonstranten, einige in der vordersten Reihe versuchten tatsächlich zu diskutieren, ich schrie in die Tüte, daß man doch Ruhe bewahren solle, sich nicht provozieren lassen dürfe, aber es war anscheinend zu spät, denn die Mehrzahl der Autofahrer war ausgestiegen und drang auf die jungen Demonstranten ein, auch die Gaffer liefen jetzt auf die Fahrbahn, unterstützten die Autofahrer, von denen einige mit Schraubenschlüssel und sogar Wagenhebern auf die jungen Leute einzuschlagen versuchten, und ich versuchte immer noch zu beruhigen, versuchte den Demonstrationszug wieder flottzubekommen, weiterzulenken auf den von der Verwaltung genehmigten Weg, aber die anfänglichen Handgreiflichkeiten waren schon in solche Schlägereien ausgeartet, daß keine noch so laute und zur Besinnung mahnende Stimme Ordnung und Vernunft in die sich immer mehr verkeilende Menge hätte bringen können. Ich suchte Franz, aber es war unmöglich geworden, jemand zu suchen, jemand zu finden; irgendwer schlug mir die Flüstertüte aus der Hand, ich fiel einmal auf Pflaster, einmal auf Körper, wurde getreten, herumgedreht, wieder getreten, und ich sah nicht, ob von meinesgleichen oder von Gaffern, Autofahrern oder Polizisten.

Da riß mich einer hoch. Es war Franz. Franz glotzte mich an, stieß mich von sich, brüllte: Tu was! Tu was! Hau denen die Fresse kaputt!

Nun erst sah ich, daß die Polizei mit Mannschaftswagen all die Zeit in Seitenstraßen bereitgestanden hatte, und die Polizisten stürzten in diesem Augenblick mit Knüppeln aus den Seitenstraßen auf und in den Knäuel, in den verkeilten Haufen, und sie hieben darauf und dazwischen, brutal, wie geplant und wie abgesprochen, hieben, als müßten sie Steine klopfen oder Hartes zu Brei schlagen, und die Schläge trafen nicht etwa die, die dieses Durcheinander provoziert hatten, sondern die Demonstranten, deren Protestmarsch durch die Stadt amtlich genehmigt war.

Einige Male schrie Franz seinem Freund Christoph, der sein Motorrad an einer Hauswand abgestellt hatte, zu, er möge doch seine Kollegen zurückhalten, aber Christoph, der ohne Zweifel gesehen haben mußte, wer wen provozierte und wer wen zu schlagen begann, schrie nur auf Franz ein, er solle zusehen, daß er nach Hause komme, sonst werde seine Birne genauso zu Matsch zerschlagen und verformt wie die der anderen auch.

In der Tat schlug auch Christoph auf junge Menschen ein, ich wollte es nicht glauben, denn ich kannte ihn nur als einen bequemen, pfeiferauchenden Fernsehgucker, eine Flasche Bier vor sich und in einer Ruhe, die andere verrückt machen konnte. Aber er schlug, wahllos, einfach irgendwohin, und ich hatte einen Moment den Eindruck, es mache ihm Freude, um sich zu schlagen, egal wohin.

Mädchen kreischten, von irgendwo Stöhnen, Tausende waren zu einem kribbelnden Knäuel verzahnt, und die Polizei schlug sich eine Bahn durch dieses Knäuel.

Franz lief neben dem Oberwachtmeister Christoph her, ich neben Franz, hinter ihm, neben ihm, und Franz schrie auf den Oberwachtmeister ein, der aber schob und stieß Franz immer wieder weg, dabei versuchte Franz ihm klarzumachen, daß doch die Polizei nur die aufgebrachten Autofahrer und die Passanten, die sich den Autofahrern angeschlossen hatten, von den Demonstranten zu trennen brauche, dann sei die Ordnung wiederhergestellt; aber ich hatte den Eindruck, Christoph und seinen Kollegen war nicht daran gelegen, sie versuchten gar nicht, die eine Gruppe von der anderen zu trennen, die Polizisten schlugen einfach auf alles ein, was jung war, eine Fahne trug, einen Bart, was in Sprechchören rief, Transparente trug – kurzum: Die Polizei war nicht als eine Ordnungskraft aus den Seitenstraßen gekommen, sondern anscheinend nur zur Unterstützung der aufgebrachten Autofahrer und pöbelnden Gaffer, die nun selbst immer stärker handgreiflich wurden.

Dabei war die Demonstration doch genehmigt worden.

Franz fiel Christoph in den Arm, als der wieder ausholen wollte, Christoph drehte sich herum, stieß erst Franz, dann mich vor die Brust, von sich, aber wir fielen nicht, taumelten nur gegen die Mauer der Demonstranten, und Franz versuchte sofort wieder, Christoph in den Arm zu fallen, aber ein anderer Polizist, der wahrscheinlich nicht wissen konnte, wie beide zueinander standen, schlug auf Franz und mich ein. Franz hielt die rote Fahne als Schutz über seinen Kopf. Vielleicht wäre es besser gewesen, die Fahne wegzuwerfen, denn Franz mußte auch wissen, daß rote Fahnen für Polizisten das waren, was rote Tücher der Toreros für Stiere, und wie Stiere rannten die Polizisten auch schlagend gegen die sich langsam auflösende Menge, die ersten jungen Leute liefen in Seitenstraßen, sammelten sich dort wieder zu kleinen Gruppen und schrien weiter ihre Sprechchöre.

Da trat Christoph nach Franz, der auf dem Pflaster lag und versuchte aufzustehen, er trat und traf ihn voll zwischen die Beine.

Franz schrie. Es war anders als Schreien.

Franz sackte zusammen. Ich versuchte ihn aufzufangen, aber er zog mich mit auf das Pflaster, über uns beide trampelten Polizisten hinweg. Anfangs spürte ich noch die Tritte und Schläge, den Schmerz, aber dann war mein Schmerz stumpf geworden, ich hörte nur noch Schreie des Schmerzes und der Empörung und der Wut und des Hasses und der Ohnmacht – aber die Schreie waren weit weg.

Endlich glaubte ich Luft zu haben. Die Polizisten liefen knüppelschwingend hinter Demonstranten her, alles war wie eine große Treibjagd geworden, ich erhob mich mühsam und sah um mich.

Nichts stand, alles lief, ich glaubte, auch die Häuser um den Hiltropwall tanzten.

Franz wand sich im Schmerz. Ich versuchte ihn hochzuheben, ich rief nach einem Arzt, ich schrie, ich hob Franz nun doch hoch, versuchte ihn auf meine Schulter zu wuchten, aber da war wieder der Oberwachtmeister Christoph neben mir, der brüllte irgend etwas, ich verstand nichts, da schubste er mich, und ich fiel mit Franz zu Boden. Ich fiel auf Franz. Und als wir schon lagen, da schlug Christoph auf mich ein und schrie: Willst du denn nicht verschwinden, du Schwein, du Drecksau, du Hurenbock, du … Und ich versuchte zu schreien: Aufhören! Nicht schlagen!

Ich weiß nicht, wie es mir ergangen wäre, hätten sich da nicht zwei Männer in Uniform des Roten Kreuzes dazwischengeworfen, sie drängten Christoph ab, aber der wollte sogar auf die beiden Rotkreuzmänner einschlagen, da rannten zwei seiner Kollegen hinzu und hielten ihn fest.

Christoph schrie immer noch, etwas von Schweinen und verdammtem Pack, das man zertreten müsse.

Ich half den beiden Rotkreuzmännern, Franz in den herangefahrenen Ambulanzwagen zu setzen, Franz schrie unbeschreiblich, als ihn die Männer auf eine Bahre legen wollten. Die Finger seiner rechten Hand waren in ein Stück rotes Tuch verkrallt.

Ich wollte mitfahren, aber die Männer vom Roten Kreuz ließen das nicht zu, ich dürfe später nachkommen, sagten sie, es seien schon genug Verletzte eingeliefert worden, oder würden noch eingeliefert werden, sonst kämen ja panikartige Zustände in der Aufnahme der Unfallstation auf, wenn jeder Verletzte von irgendwelchen Freunden oder Verwandten begleitet würde. Ich sah das ein.

Nun, die Polizei hatte, wie es später in der Presse so schön zu lesen sein wird, den Körnerplatz leergefegt und die Ordnung wiederhergestellt. Komisch: Niemals wird die Frage gestellt, wessen Ordnung wiederhergestellt worden war.

Der Verkehr begann langsam wieder anzulaufen, stokkend, aber an den Hauswänden entlang rannten immer noch einzelne Demonstranten, die versuchten, in Seitenstraßen auszuweichen, und ich sah auch noch Polizisten hinterherrennen, dabei war der Körnerplatz längst frei für den Verkehr. Es gab weder Sprechchöre noch Transparente, noch rote Fahnen. Der Körnerplatz war, wie er immer ist: friedlich. Es gab noch einige Gaffer, gelbe Ambulanzwagen, rotierendes Blaulicht, vielleicht war ein Verkehrsunfall. Recht geschieht ihnen, warum müssen sie immer so rasen.

Da sah ich Christoph auf seine BMW zugehen, ich sah es und stand und krümmte mehrmals den Zeigefinger meiner rechten Hand – aber ich schrie nur: Du Schwein, du elendes Schwein. Er drehte sich um, er sah mich, Christoph war ganz ruhig. Er setzte sich auf sein Motorrad und fuhr ab. Er sah sich kein einziges Mal nach mir um.

Noch in der gleichen Nacht besuchte ich Franz. Er war vom Unfallkrankenhaus in die Klinik gebracht worden. Ich durfte ihn nur fünf Minuten sprechen. Franz fiel das Sprechen schwer. Nichts deutete darauf hin, daß er vielleicht verletzt sein konnte. Er war wie immer, nur müde, und er sagte auch müde: Kümmere dich um meine Sachen, ich kann nicht mehr bei Christoph wohnen.

Ich versuchte zu vermitteln, sprach von Ausnahmesituation. Er schnitt mir das Wort ab. Geh jetzt. Christoph ist kein Mensch, er ist nur wie alle: ein Befehlsempfänger.

Am anderen Morgen ging ich in Christophs Wohnung. Er war nicht da, nur seine Frau. Sie fragte mich: Was war denn eigentlich vorgestern am Körnerplatz los? Waren Sie dabei?

Ja.

Und? Mein Mann sagt mir ja nichts. Ich weiß alles nur aus der Zeitung.

Das genügt, sagte ich. Die Zeitungen hatten die Polizei gelobt wie eine Eisprinzessin, die Note neun bekam, ihrer Ansicht nach aber Note zehn verdient hatte.

Die Frau war völlig durcheinander, als ich ihr sagte, daß Franz zum nächsten Ersten sein Zimmer aufgibt.

Aber warum denn? jammerte sie. Nein, so ein Unglück, rief sie, so ein Unglück. Aber da war ich schon auf der Treppe. Auf der Straße fiel mir ein, daß morgen Ostern war. Ich mußte noch etwas für meine Frau kaufen.

Vielleicht ein großes Ei mit Pralinen.

Fritz Schmidt stand vor den Kabinen im Schatten der gestutzten Bäume und sah in das Nep-Stadion. Es war ein heißer Vormittag gewesen. Die Temperaturen werden weiter steigen, hieß es im Wetterbericht, und die Athleten befürchteten eine schwüle Nacht, in der sie wieder keine Erholung finden würden, wie in den vorausgegangenen zwei Tagen und Nächten in Budapest.

»Fritz!« rief eine Stimme hinter ihm aus einer Gruppe. »Kommst du mit?«

»Geh schon mal, ich warte auf Wimmer«, erwiderte Schmidt und trat aus dem Schatten auf Borgner zu, der den Reißverschluß seiner Trainingsjacke aufgezogen, ein Handtuch um den Hals geschlungen hatte.

»Eine Hitze ist das wieder. Ich penne heute nacht in der Badewanne«, sagte Schmidt. Er ging ein paar Schritte neben Borgner her.

»Was war denn mit dir heute beim Training los? Hast du letzte Nacht gefeiert?« fragte Borgner.

»Weiß der Teufel. Mir war, als hätt ich Blei in den Beinen gehabt.«

»Kein Wunder, bei der Bruthitze. Wir schmoren doch auf Sparflamme.« Borgner blieb stehen. Er sagte: »Ich kam mit Ach und Krach über zwei Meter ... bei zwei Meter drei hab ich schon die Latte gerissen ... du, Fritz, ich wollte es dir schon gestern sagen: Laß Wimmer in Ruhe.«

»Wimmer? Seit wann mischst du dich denn in meine Privatangelegenheiten.«

»Warum? Auf Warum kann man keine Antwort geben. Und Wimmer kommt aus Leipzig, und wer aus Leipzig kommt, ist keine Privatangelegenheit mehr, das müßtest du doch wissen«, sagte Borgner.

»Ach, so ist das ... na dann ... ach ... da kommt ja Wimmer.«

Schmidt drehte sich um und sagte noch zu Borgner: »Wir sehen uns ja beim Essen.«

Borgner hielt Schmidt fest. »Fritz, ich mein es gut mit dir, übertreib das nicht, du weißt, wie die von drüben reagieren, wenn wir uns zuviel um die von drüben kümmern…«

»Du bist ein Quatschkopf, du bist ein Nachquatschkopf. Wimmer ist Mittelstreckler wie ich, und zwar ein guter, und mir ist es egal, wo er herkommt, aus Paris oder aus Leipzig. Und wenn du es genau wissen willst, von denen ihren Trainingsmethoden können wir eine Menge lernen. Die von drüben können nämlich was, sogar die Trainer.«

»Das bestreitet doch kein Mensch. Aber Fritz… zufällig ist Wimmer nicht aus Paris, sondern aus Leipzig… also dann… bis zum Essen. Du, sag mal, willst du nächste Woche wirklich in Belgrad starten?«

Schmidt nickte und lief Wimmer entgegen.

»Na, du Sogenannter?« rief Schmidt.

»Na, du alter Revanchist«, erwiderte Wimmer.

Sie liefen nebeneinander zum Südausgang.

Schmidt und Wimmer waren gleich groß, und bei flüchtiger Betrachtung hätte man sie für Brüder halten können. Auch in ihrer Gestik lag Verwandtes, und nur ihre Sprache verriet ihr Herkommen: Wimmer konnte seinen sächsischen Dialekt nicht verleugnen. Schmidt seine Kölner Mundart nicht. Sonst aber hätte man sie für Brüder halten können, die Herzlichkeit der beiden zueinander verführte noch zu der Annahme. Ein Rheinländer und ein Sachse nebeneinander, ich lach mich schief, hatte Schmidt einmal gesagt, und Wimmer hatte damals erwidert: Und beide laufen noch dieselbe Strecke und auf die Hundertstel genau, wenn das nicht verdächtig ist, und sie hatten sich gebogen vor Lachen.

Als sie durch die Anlagen außerhalb des Stadions liefen, sagte Wimmer: »Du, Fritz, die Kleine an der Rezeption sollten wir doch mal einladen … vielleicht für heute abend.«

Schmidt holte eine Forintmünze aus der Tasche. »Zahl?«

»Zahl«, sagte Wimmer.

Die Münze fiel in den Kies. »Zahl. Du hast gewonnen«, sagte Schmidt. »Aber verführ mir die Kleine nicht.«

»Ich bin gar nicht so, du Trottel, darfst mitkommen.«

»Dem Herrn bin ich sehr verbunden«, sagte Schmidt und machte vor Wimmer eine theatralische Verbeugung.

Vor dem Hotel Palace in der Rakosi-ucta stand der Teamchef der DDR mit zwei Athleten im Gespräch. Sie achteten auf die ankommenden Busse, sprachen aber weiter, fuhren die Busse ab. Teamchef Woltermann sagte zu den beiden jungen Männern: »Wißt ihr genau, daß Wimmer mit Schmidt weggegangen ist?«

»Klar«, sagte einer der Jungen, »die hängen doch dauernd zusammen.«

»Das ist ja schon pervers«, sagte der andere.

»Ausdrücke hast du immer«, erwiderte Woltermann.

»Wieso? Ist das unanständig?« feixte der Junge.

Es fuhr wieder ein Bus vor dem Hotel vor. Die drei gingen die zehn Schritte zur Haltestelle, und Woltermann sagte: »Wimmer sollte auch ein bißchen mehr Gemeinschaftsgeist zeigen ... immer mit dem Schmidt zusammen ... und beide immer allein.«

Wimmer und Schmidt stiegen aus. Woltermann rief ihnen entgegen: »Mensch, du kommst auch jeden Tag später.«

»Ist was? Es ist doch noch Zeit zum Essen«, sagte Wimmer.

»Essen. Quatsch, wir haben noch eine Besprechung.«

»Immer diese Besprechungen ... wußte ich gar nicht.«

Sie gingen in das Hotel. Schmidt blieb an der Rezeption stehen, er sprach das Mädchen an, um das sie vor dem Stadion eine Münze geworfen hatten.

»Schöne Holde, wir haben eben um Sie geknobelt, das heißt, wir haben ausgelost, wer von uns beiden, Wimmer oder ich, Sie heute abend ausführt. Wimmer hat gewonnen, aber ich darf mitgehen.«

Das Mädchen schrieb weiter in ein großes Buch, sie schielte aber Schmidt an.

»Und wohin gehen wir?« fragte sie, ohne ihre Arbeit zu unterbrechen. Schmidt flegelte sich auf den Tisch, er tat so, als überlege er angestrengt. »Tja«, sagte er, »was halten Sie von Paris, schönes Mädchen?«

»Paris, gut.«

»Also dann: Start der Maschine um 18 Uhr, Ankunft Paris 20 Uhr, dann Montmartre und so lala... einverstanden?«

»Einverstanden.«

Schmidt wollte die Treppe hochgehen, das Mädchen kam ihm nachgelaufen und plapperte aufgeregt: »Was ziehen ich an? Ich nix für Paris.«

»Bikini.«

Das Mädchen wurde rot, kehrte um und lief Wimmer in die Arme.

Der hielt sie einen Moment fest, wirbelte sie dann herum und sagte: »Wir gehen heute abend aus.«

»Ich weiß schon.«

»Ach, hat der Knilch da Ihnen das erzählt? Na, ich habe gewonnen.«

»Er sagt, er kommt mit.«

»Jaja, väterliche Begleitung... und wohin gehen wir?«

»Er hat gesagt, wir fliegen Paris. Abendessen Montmartre, dann wieder zurück.«

»So, hat er gesagt. Na, muß ja eine dicke Brieftasche haben. Aber vielleicht geht es billiger... vielleicht zur Burg rauf?«

»Burg nicht gut, zu viele Menschen. Vielleicht Janosberg.«

»Janosberg ist gut.«

»Ja«, sagte das Mädchen. »Wein ist gut und Musik und auch Tanz.«

Schmidt war in seinem Zimmer damit beschäftigt, sich lockerzuhüpfen, er schlug die Zehen beim Springen an die ausgestreckten Arme, als sein Teamchef Bauer mit Erich Borgner sein Zimmer betrat.

»Schmidt, was war denn mit dir heute vormittag los?« fragte Bauer.

»Vielleicht die Hitze. Oder einer hat die Bahn mit Leim beschmiert.«

»Wimmer war fit«, sagte Bauer.

»Ja, der war fit. Wie der das macht.«

»Es bleibt also dabei, du fährst nicht mit nach München zurück?«

»Wie oft soll ich das noch sagen: Ich starte nächste Woche in Belgrad.«

»Du allein, ist doch Unfug«, sagte Borgner.

»Halt die Luft an, ich bin über 21 und damit volljährig«, erwiderte Schmidt wütend.

»Reg dich wieder ab«, beschwichtigte Bauer. »Aber wir hatten doch beschlossen ...«

»Wer hat beschlossen... ich nicht... ihr über meinen Kopf weg habt beschlossen... ich starte ja auch nicht für euch und für Deutschland, sondern für mich... reitet für Deutschland, das ist passé, begreift das endlich.«

»Mach, was du willst«, sagte Bauer, »beschwer dich aber nicht, wenn du mit dem Verband Schwierigkeiten kriegst... die können dir im letzten Moment die Starterlaubnis verweigern... hier hast du deinen Paß, ich vergeß ihn womöglich, wenn wir morgen abfahren... und leg dich heute nachmittag flach, sonst hast du heute abend wieder Blei in den Knochen.«

»Wimmer schlag ich heute abend. Ich spurte schon in der vorletzten Runde. Lange Spurts hält Wimmer nicht durch.«

»Du auch nicht«, sagte Bauer. Er und Borgner verließen das Zimmer. Schmidt warf sich auf sein Bett.

In der Hotelhalle saß Wimmer neben seinem Teamchef, sie redeten aufeinander ein, das Mädchen an der Rezeption lächelte und nickte Wimmer manchmal verstohlen zu. Bauer kam und blieb vor den beiden stehen, er sagte: »Schmidt ist ganz außer Tritt. Die Hitze bekommt ihm nicht.«

»Ist aber auch ein Treibhaus im Stadion«, sagte Wimmer. »Ich werde mich jetzt aufs Ohr legen.«

Wimmer ging noch einmal zu dem Mädchen an der Rezeption, er sagte: »Also, heute abend, Janosberg.«

»Paris wäre schöner.«

»Paris ist zu teuer«, sagte Wimmer. Das Mädchen nickte.

Bevor Wimmer sich schlafen legte, ging er noch einmal zu Schmidt.

Der lag in Badehose auf seinem Bett und döste vor sich hin.

»Komm rein. Verdammte Hitze. Hoffentlich kühlt es sich heute abend etwas ab.«

»Hoffentlich nicht«, sagte Wimmer. »Wenn ich in der letzten Runde abziehe, dann weißt du Bescheid.«

»Abwarten.«

»Neuer Rekord liegt nicht drin, die Bahn ist einfach zu schwer.«

»In Belgrad wird es besser sein, nächste Woche«, sagte Schmidt.

»Willst du wirklich in Belgrad starten, ganz allein?«

»Hab ich dir doch gesagt.«

»Und was sagt euer Boß dazu?«

»Der mault natürlich. Die Funktionäre denken doch immer noch, wir reiten für Deutschland... denen kannst du den Faschismus nicht austreiben.«

»Vielleicht hast du recht... wir fahren morgen... wir bleiben noch einen Tag in Prag. Ich wollte, ich könnte auch mit nach Belgrad... aber das liegt nicht drin.«

»Daß ihr immer auf einem Haufen zusammensein müßt, versteh ich nicht. Ich glaube, eure Bosse sind schon sauer, weil wir dauernd zusammen sind.«

»Möglich«, sagte Wimmer. »Aber nicht nur die Bosse.«

»So ein Quatsch«, sagte Schmidt. »Bei uns will man jetzt auch schon die Masche einführen: Schäflein immer beisammenbleiben, damit nichts passiert... aber ohne mich, ich bin doch kein Rekrut.«

»Hör mal, mit Paris gibt es nichts. Ich hab der Kleinen gesagt, daß wir zum Janosberg fahren.«

»Janosberg ist so gut wie Paris. Mensch, das Weib hat ein Fahrgestell, mir bleibt jedesmal die Luft weg.«

»Nana, nicht so viel Pedal... ich hau mich jetzt auch aufs Ohr. Bis heute abend dann... fährst du mit dem Bus raus?«

»Muß ich wohl. Taxi ist zu teuer. Bei dem Tagegeld.«

Obwohl alle aktiven Sportler den Nachmittag verschliefen, war in der Hotelhalle Betrieb. Die Teamchefs aus Ost und West, Bauer und Woltermann, standen vor dem Hoteleingang und sahen die Racosi-ucta hinunter Richtung Donau, die Busse hielten genau vor dem Hoteleingang.

»Die Busse können einem den letzten Nerv rauben«, sagte Bauer.

»Kann nicht verstehen, daß sie uns in der Innenstadt untergebracht haben. Bei dem Krach kann doch kein Mensch schlafen.«

»Ich gebe Wimmer heute abend die größeren Chancen«, sagte Bauer.

»Der Franzose wird es machen«, erwiderte Woltermann. »Aber Schmidt ist noch immer topfit gewesen, wenn es darauf ankam.«

»Er ist außer Tritt.«

Sie lagen nach dem 1500-Meter-Lauf nahe der Aschenbahn nebeneinander, noch erschöpft. Um Schmidt und Wimmer saßen ein paar DDR-Sportler, sie verfolgten interessiert den 5000-Meter-Lauf.

Wimmer sagte: »Ich dachte, es war ein totes Rennen.«

»Du warst mit der Brust vorne.«

»Ja. Zehntelsekunde.«

»Die nehm ich dir in Belgrad wieder ab«, grinste Schmidt.

»Kunststück. Wenn ich nicht dabei bin.«

»Dann sag deinen Funktionären, daß du einfach mitfährst.«

»Du hast leicht reden. Du sagst einfach zu deinen Leuten: Ich starte in Belgrad. Dann startest du. Mensch, hast du eine Ahnung, wenn ich das tun würde... herrje... die denken doch gleich, ich will abhauen.«

»Willst du denn?« fragte Schmidt.

Wimmer sah ihn einen Augenblick starr an. »Blöde Frage. Was soll ich bei euch.«

»Na eben. Was sollst du bei uns. Du könntest auch woanders hin.«

»Zum Beispiel?«

»Nach Österreich.«

»Hör bloß auf. Was soll ich da?« Wimmer lachte. Und Schmidt erwiderte: »Weißt du, ein Flüchtling wird bei uns immer gut behandelt, bevorzugt in eine Wohnung und in eine Stellung gesetzt. Jeder Flüchtling aus dem Osten ist ein Sieg über den Kommunismus... hat mir mal ein Funktionär gesagt... einer von unseren ganz liberalen, kein kalter Krieger.«

»Es ist zum Auswachsen«, sagte Wimmer. Er stand auf. Der 5000-Meter-Lauf war zu Ende. Wimmer ging Richtung Kabinen, Schmidt schlurfte hinter Wimmer her. Sie schlenderten über die Aschenbahn.

Vor den Kabinen stand das Mädchen aus der Rezeption. »Gratuliere«, sagte es. »Dachte erst, Mann aus dem Westen hat gewonnen.« Sie sah beide etwas verlegen an. »Wir jetzt Janosberg?«

»Klar. Ich bin in zwanzig Minuten fertig«, erwiderte Schmidt.

»Warten Sie vor dem Haupteingang.«

Wimmer sah auf das Mädchen, auf Schmidt, an der Kabinentür sagte er: »Fahrt mal, ich kann nicht mit.«

»Mach keinen Quatsch. Es war deine Idee.«

»Schon. Aber unsere Mannschaftsleitung gibt heute abend ein Bankett.«

»Was für ein Bankett?«

»Für die Ungarn... du weißt ja... Völkerfreundschaft und so... kann mich unmöglich ausschließen.«

»Völkerfreundschaft, so ein Unsinn«, sagte Schmidt. »Mit Fressen und Saufen... und was tust du dabei?«

»Fressen und saufen.«

Wimmer ging in die Kabine. Das Mädchen sah traurig auf Schmidt, es wollte gehen, aber Schmidt rief es zurück.

»Besorgen Sie schon mal ein Taxi. Dann fahren wir beide eben allein zum Janosberg.«

Das Mädchen saß bereits im Auto, als Schmidt angelaufen kam. Es hatte das Fenster heruntergerollt, es rief Schmidt entgegen: »Er will haben siebzig Forint. Das ist teuer.«

»Paris wäre teurer.«

»Wie heißen Sie eigentlich?« fragte er.

Das Lokal auf dem Janosberg war nicht besonders voll. Tanzmusik aus Lautsprechern, Paare tanzten.

»Olga«, sagte das Mädchen.

»Olga paßt zu Ihnen«, sagte Schmidt. Dann bat er sie zu einem langsamen Walzer.

»Werden Sie nicht haben Schwierigkeiten, weil Sie sind hier?« fragte Olga.

»Ich? Warum? Hätte zwar gern den Lauf gewonnen... aber...«

»Sie haben fast«, sagte Olga und lachte ihn an.

»Fast ist nichts im Sport«, erwiderte Schmidt. Sie saßen sich wieder am Tisch gegenüber, sie sahen aneinander vorbei, Paare tanzten vorbei, drehten sich an ihrem Tisch vorbei, riefen sich etwas zu, winkten Schmidt zu, der im Ausgehdreß der westdeutschen Mannschaft gekommen war.

»Warum sie so komisch zwischen West und DDR«,

fragte Olga. Sie spielte mit Holzuntersetzern, schob dann einen Aschenbecher sinnlos über den Tisch.

»Komisch?« fragte Schmidt. »Sind Wimmer und ich komisch?«

»Ausnahme«, sagte Olga.

»Vielleicht gibt es mehr Ausnahmen. Sie sehen die Ausnahmen nur nicht.«

»Wimmer wird vielleicht Schwierigkeiten haben wegen seiner Ausnahme.«

»Haben Sie was gehört?«

»An Rezeption wird viel geredet.«

»Und wieviel ist das Viel?«

»Viel Gerede hinter der Hand.«

»Sie machen sich da zuviel Gedanken. Ich kenne Wimmer seit drei Jahren, seit wir in Rom zum erstenmal gegeneinander liefen. Er ist ein prima Kerl.« Schmidt sah das Mädchen schrägäugig an.

»Er will in den Westen, sagen einige.«

»Quatsch. Er fühlt sich wohl, wo er ist, und wo er ist, da ist er wer.«

»Das ist kompliziert für mich.«

»Für mich auch.«

»Zwischen Mannschaften Spannungen?«

»Natürlich, wir sind ja Rivalen.«

»Ich nicht meinen das.«

»Das andere sind Funktionäre. Die erzeugen Spannungen, wenn es keine geben sollte. Die müssen ihre Wichtigkeit beweisen.«

»Aber Sie müssen sich richten nach Funktionäre.«

»Leider. Ja, leider.«

»Böse?«

»Nein, eklig. Ich fahre übermorgen nach Belgrad.«

»Ja. Sie. Nicht Wimmer.«

»Lassen Sie das, es bringt nichts ein.«

»Ich weiß. Wenn einer was sagen soll Bestimmtes, dann er sagt, lassen Sie das. Sagen die vom Westen und die vom Osten. Immer Ausreden.«

Sie tanzten noch einmal. Während des Tanzes sahen sie aneinander vorbei, und als die Musik abbrach, gingen sie hastig zum Ausgang, riefen ein wartendes Taxi und fuhren, ohne ein Wort miteinander zu sprechen, nach Budapest zurück.

Die Mannschaft der Bundesrepublik war im Aufbruch, der Bus vor dem Hotel schon halb besetzt, die Aktiven der DDR verabschiedeten sich von ihren Kollegen aus dem Westen, und manchem war anzusehen, daß der Abschied ihm naheging. Wieder andere entledigten sich der sportlichen Höflichkeit, wenn sie gewollt fröhlich Hände schüttelten, und einer sagte, unüberhörbar: Gott sei Dank, das hätten wir hinter uns. Schmidt stand mit Bauer vor einem Bus. Sie gaben sich die Hand.

»Dann bis später«, sagte Bauer. »Ruf mich doch aus Belgrad an.«

»Mach ich. Ihr seid Idioten. Die Bahn in Belgrad ist besser, das Klima auch. Ich hol mir drei Zehntel dort.«

»Wünsch es dir. Trotzdem ist es nicht schön, daß du ausbrichst.«

»Mir ist der Rekord mehr wert als euer Geschwafel von Kollegialität. Ich reite nun mal nicht gerne für Deutschland, hab ich dir doch gesagt.«

»Ich drück dir beide Daumen.«

»Ich weiß zwar, daß du keine Daumen drückst, weil du zuviel rauchst, aber ich dank dir schön.«

»Na dann. Paß hast du ja.«

»Ja... das heißt...« Schmidt griff in die Innentasche seines Rockes. »Hab ich wahrscheinlich auf dem Zimmer.«

»Sei nicht so leichtsinnig. Paß läßt man nicht liegen.«

»Werde es mir merken, Herr Vormund.« Schmidt winkte in den Bus hinein, kehrte um und ging in das Hotel, wo er in der Halle auf Wimmer stieß. Sie prallten aufeinander.

»Dussel. Paß doch auf«, rief Schmidt.

»Halt die Luft an. Wer kann schon wissen, daß noch einer aus dem goldenen Westen hier rumläuft.« Sie lachten sich an. »Ich komme heute nachmittag zu dir rüber, ich fliege erst übermorgen, kann noch ein bißchen bummeln.«

»Wie war's denn mit dem atemberaubenden Fahrgestell?«

»Politisch. Aber wir haben getanzt.«

»Ihr habt getanzt?«

»Sollten wir vielleicht Händchen halten?«

»Na eben. Beim Tanzen kann man prima Händchen halten.«

Schmidt schlief so fest, daß er das mehrmalige Klopfen nicht hörte. Er schreckte erst hoch, als Olga ihn an der Schulter rüttelte, und er war so verschlafen, daß er taumelig um sich griff, nicht wahrnahm, wer ihn weckte.

»Wo brennt's denn?«

»Sie entschuldigen. Sie nicht gehört mein Klopfen. Ich muß wissen Nummer von Ihrem Paß für übermorgen, wenn Sie abfliegen nach Belgrad. Für Flugliste.«

»Ach so, entschuldigen Sie, ich war völlig von der Welt.«

»Ich gesehen. Mir tut leid. Aber Flugliste auf Flugplatz muß wissen Ihre Nummer von Paß.«

»Sagen Sie mal, liebste Olga, wie kommt es, daß Sie so gut deutsch sprechen?«

»Ich studiere, auf Universität, Germanistik, Geschichte, Literatur. Ich bin im Hotel nur in Ferien.«

»Ach, herrje, ein Blaustrumpf.«

»Was meinen Sie?«

»Nichts.«

»Was Sie meinen?«

»Olga, es heißt: Was meinen Sie ... das Sie am Ende ... ist aber auch schnuppe. Wer so charmant falsch spricht, der darf gar nicht richtig sprechen. Paßnummer also. Habt Ihr die denn nicht im Anmeldebuch stehen?«

»Nein. Nur Sammelnummer.«

»Natürlich, das kommt von den Gemeinschaftsreisen.

Schäflein an der festen Hand, reisen durch das ganze Land. Warten Sie.«

»Ich gehen raus.«

»Warum denn? Ich hab doch was an.« Schmidt sprang aus dem Bett. Olga war oder tat verlegen. Schmidt warf sich seinen Trainingspullover über, machte die Andeutung einer Verbeugung und suchte dann in seinem Gepäck den Reisepaß.

Er kramte sämtliche Kleidungsstücke aus dem Schrank, entleerte den Koffer, durchwühlte alles, er wurde immer nervöser und fluchte leise vor sich hin, er durchwühlte Kleidungsstücke mehrmals, fand nichts, stand schließlich hilflos vor seinem Bett, begann auch das umzudrehen.

Olga sagte: »Ich jetzt gehen, hat noch Zeit etwas, ich komme wieder, wenn Sie Paß gefunden haben.«

Schmidt stand, als das Mädchen gegangen war, ratlos im Zimmer, er ließ sich in einen Sessel plumpsen und blieb lange, wie erschöpft, sitzen.

Dann stand er wieder auf und durchsuchte systematisch das Zimmer, Meter für Meter und alle Kleidungsstücke genauestens. Aber er fand den Paß nicht. »Verdammt! Verdammt! Das ist ja eine Katastrophe.«

Es klopfte. Ein junger Mann betrat das Zimmer. »Wir müssen zum Flughafen die Nummer Ihres Passes durchgeben.«

»Ja«, sagte Schmidt, »ja, tun Sie das, lassen Sie sich nicht abhalten.«

Schmidt stolperte hinter dem jungen Mann die Treppe hinunter.

Olga sah Schmidt erschreckt an, als er sagte: »Ich finde meinen Paß nicht, ich finde ihn nicht... futsch.«

Der junge Mann sagte: »Ohne Paß nix reisen, ohne Paß Sie nicht...«

»Reden Sie doch keinen Unsinn«, fauchte Schmidt, »ob mit oder ohne Paß, ich bin doch schließlich auf der Welt.«

Der junge Mann blätterte in einer Ablage und sagte,

wie nebenbei: »Ob auf der Welt oder nicht, ohne Paß nix reisen.«

Er hob Schmidt bedauernd die Hände entgegen. Olga stand daneben, sie schob ein Notizbuch auf dem Tisch hin und her.

»Leckt mich doch alle am Arsch«, schrie Schmidt plötzlich. »Ihr tut ja alle, als sei ich ein Gespenst.« Er lief auf sein Zimmer, wo er noch einmal alles systematisch und in Ruhe durchsuchte.

Der Paß blieb unauffindbar.

Er warf sich auf sein Bett und stierte zur Decke. Schließlich konnte er es nicht mehr aushalten, es war ihm, als ob jeden Augenblick Wände und die Decke einstürzen würden. Er sprang auf, rannte im Zimmer auf und ab, dann hinunter zur Rezeption. Der ostdeutsche Teamchef Woltermann lehnte am Tisch und füllte Formulare aus.

»Er ist futsch, wie vom Erdboden verschwunden«, rief Schmidt.

»Was ist futsch«, fragte Woltermann.

»Mein Paß, verdammt noch mal, mein Paß«, schrie Schmidt. »Ich muß doch nach Belgrad.«

Woltermann sah ihn an, sagte dann: »Das ist ja ein Ding... wann haben Sie denn...«

»Vor einer Stunde, als Olga die Nummer haben wollte für die Flugliste.«

»Schöne Bescherung.« Woltermann atmete tief durch. »Na und jetzt? Was machen Sie jetzt?«

»Was weiß ich. Die hier meinen, ich bin nicht auf der Welt, wenn ich keinen Paß habe.«

»Wir müssen das der Polizei melden«, sagte der junge Mann hinter dem Tisch, er blätterte immer noch in der Ablage.

»Nein, nicht Polizei«, rief Woltermann. »Der Paß muß doch zu finden sein... vielleicht haben Sie ihn verloren... oder jemand hat Ihnen einen Streich gespielt... oder Ihre Kollegen haben ihn...«

Schmidt sah Woltermann an, sagte: »Gestohlen? Nicht, das wollten Sie doch sagen.«

Woltermann schreckte zusammen, er zog Schmidt von der Rezeption weg und sagte leise: »Jetzt nur nicht den Kopf verlieren, kann doch nicht gestohlen worden sein, wer sollte denn…«

»Ja, wer sollte denn… wer könnte ihn brauchen.« Sie sahen sich an. Woltermann sagte: »Nein, nicht was Sie denken, das ist unmöglich.«

»Was wissen Sie, was ich denke.«

Schmidt drehte sich um und fragte Olga: »Wo ist Wimmer?«

»Auf die Burg gefahren.«

»Wann.«

»Heute morgen.«

»So, auf die Burg. Das wissen Sie genau?«

»Hat er gesagt… aber Sie werden doch nicht glauben, daß er…«

»Ich glaube gar nichts«, rief Schmidt und rannte die Treppe hoch, klopfte an Wimmers Tür. Als er nichts hörte, probierte er. Das Zimmer war nicht verschlossen.

Als Schmidt im Zimmer stand, sagte er vor sich hin: Es ist Wahnsinn, was ich tue. Aber dann begann er doch, Wimmers Zimmer zu durchsuchen, alle Kleidungsstücke, die Schränke, die Schubladen, und als er sich an das Bett machen wollte, betrat Olga das Zimmer.

»Was wollen Sie denn hier?« fragte Schmidt erschrokken.

»Und Sie?« fragte das Mädchen.

»Vielleicht hat Wimmer meinen Paß versteckt… vielleicht wollte er mir einen Streich spielen, mich ärgern, weil ich gestern mit Ihnen allein aus war.«

»Sie glauben also, er hat gestohlen den Paß?«

»Nein nein, er wollte sich nur einen Spaß machen.«

»Warum Sie lügen. Das ist nicht fein von Ihnen. Wimmer ist doch Freund von Ihnen, und Sie verdächtigen ihn jetzt?«

»Hören Sie, es geht um meinen Paß, und das ist mehr…«

»Und wenn Sie Freundschaft verlieren? Sie suchen also bei Ihrem Freund… ich muß jetzt melden der Polizei, daß Paß verloren ist.«

In dem Moment kam Wimmer ins Zimmer, Päckchen in beiden Händen, er sah etwas dumm aus, als er die beiden bemerkte, er fragte: »Was geht denn hier vor? Wenn Ihr beide schon ein Rendezvous habt, dann doch nicht in meinem Zimmer.« Er lachte.

»Es ist, weil…«, stotterte das Mädchen und verließ den Raum.

Schmidt und Wimmer standen sich gegenüber. Wimmer legte seine Päckchen auf den Tisch. Endlich sagte Schmidt: »Entschuldige, Olga kann nichts dafür… ich hab… hab dein Zimmer durchsucht… mein Paß ist weg… ich dachte… du hättest mir vielleicht einen Streich spielen wollen.«

»Wie bitte?«

»Na ja, schimpf jetzt auf mich, aber was tut man nicht alles, wenn plötzlich in so einem Land der Paß weg ist… ich dachte…«

»Wie bitte?«

»Herrgott, ich dachte…«

»Du dachtest, ich hätte deinen Paß gestohlen.«

»Nein, nicht wie du denkst.«

»Was denke ich denn? Gestohlen also. Bei dir sind wohl alle Schrauben locker, du weißt genau, daß ich mit solchen Sachen keinen Spaß mache… mit Pässen, wo gibt's denn so was… ausgerechnet hier.«

»Ich dachte…«

»Hör auf. Du glaubst, ich habe deinen Paß. Das genügt.«

»Nein, nicht, Paul, nicht wie du vielleicht meinst…«

»Hast du mein Zimmer durchsucht oder hast du nicht durchsucht.«

»Ja schon, aber…«

»Was aber. Du stellst mich als Dieb hin und hast noch die Frechheit zu sagen, daß...«

»Sei doch vernünftig, ich hab den Kopf verloren, ich...«

»So, und was wolltest du bei mir finden? Deinen Paß oder deinen Kopf. Jetzt geh, sonst verliere ich noch meinen Kopf oder ganz was anderes.«

Als Schmidt an der Tür war, schrie er: »Verdammt! Irgendwo muß doch mein Paß sein. Niemand kann so einen Paß gebrauchen, es sei denn...«

»Bild und Beschreibung paßt«, erwiderte Wimmer.

»Also, wenn du stur bleiben willst, dann erübrigt sich jede Diskussion.«

»Ich will ja nicht diskutieren. Aber ich weiß, was du mir unterschieben willst... Paß stehlen, das ist nämlich mehr als Diebstahl... und jetzt geh.«

Schmidt ging. Wimmer stand am Tisch, er zitterte vor Aufregung, da kam Woltermann. Er fragte: »War Schmidt hier?«

»Eben gegangen.«

»Hat er...«

»Er hat nach seinem Paß gesucht.«

»Und hast du ihn?«

»Jetzt fang du auch noch an, verdammt, was sollte ich mit einem fremden Paß. Das ist ja Wahnsinn.«

»So wahnsinnig ist das nun wieder nicht. Es gibt Leute, die können mit so einem Paß schon was anfangen.«

»Das ist doch Unsinn. Nun mach bloß aus der Sache keine Staatsaktion, du weißt, wie bei uns zu Hause das wieder aussieht... keine Auslandsstarts mehr... es ist zum Kotzen. Warum muß der Schmidt auch hierbleiben, warum ist er nicht mit den anderen gefahren.«

»Ja, warum nicht. Das frage ich mich auch.«

»Du meinst doch nicht...«

»Da kommt so eines zum andern.«

»Ach so, du unterstellst mir, das sei alles abgekartetes Spiel.«

»Ich unterstelle nicht. Aber es muß ja danach aussehen.

Ihr seid dauernd zusammen, er fährt mit der Mannschaft nicht zurück, ihr seht euch ähnlich ... es liegt doch nichts näher, daß du nach Belgrad fährst und nicht er ... so sieht das für andere aus.«

»Du spinnst, du spinnst im höchsten Grade. Frag das Mädchen von der Rezeption.«

»Man kann auch eine Schau abziehen, nur um andere ...«

»Hör jetzt auf. Ich hab den Paß nicht, und ich will auch nicht nach Belgrad. Verdammt, nächstens ist schon das Atmen verdächtig.«

»Von meiner Stellung her muß ich mißtrauisch sein, das weißt du. Denk bloß an den Fall vor zwei Jahren in Kairo ... mißtrauisch sein, das lernt man.«

»Was kümmern mich solche Fälle, ich hab den Paß nicht, und ich fliege nicht nach Belgrad, sondern mit euch morgen nach Prag. Und jetzt laß mich zufrieden.«

»Na, dann ist ja alles gut.«

»Schön wär's«, sagte Wimmer und warf sich auf das Bett.

»Du weißt, daß so etwas der Polizei gemeldet werden muß, das wird unangenehm, für Schmidt und für dich und für uns alle.«

»Ich hab den Paß nicht.«

»Wenn nun aber Schmidt bei der Polizei sagt, daß er dich in Verdacht hat ... so was wird doch gleich nach Berlin gemeldet ... und er hat einen Verdacht, sonst hätte er nicht dein Zimmer durchsucht.«

»Sag mal, seid ihr alle übergeschnappt? Gut, ich bleibe jetzt auf meinem Zimmer, du rufst die Polizei, die soll hier alles durchsuchen, die soll ...«

»Das ist es ja, was ich nicht will«, sagte Woltermann, »die Polizei. Es darf nichts an die große Glocke.«

»Ist doch schon an der großen Glocke.«

»Der Paß muß also gefunden werden, so oder so.«

»Was heißt das, so oder so?«

»Na, wie ich es sage.« Dann ging Woltermann hinunter

zur Rezeption, da fragte er Olga: »Haben Sie schon die Polizei verständigt?«

»Nein, noch nicht.«

»Hat es nicht Zeit bis morgen?«

»Aber wir müssen melden die Nummer für Flug.«

»Natürlich, verstehe.« Er ging weg, kehrte um. »Können Sie die Paßnummer nicht feststellen nach den Anmeldescheinen hier im Hotel?«

»Wir doch Sammelnummer von ganzer Delegation«, sagte Olga.

»Ich meine Anmeldeschein.«

»Ich verstehe nicht.«

»Es hat doch jeder einzeln einen Anmeldeschein ausgefüllt, vielleicht ist da die Paßnummer vermerkt.«

Olga und der junge Mann blätterten in einem Zettelkasten. »Ja, hier«, sagte Olga, »...hier steht auch Nummer..., daß wir nicht gleich... ich dachte... es gab nur Sammelnummer.«

»Geben Sie die Nummer durch und melden Sie bitte den Verlust des Passes vorerst nicht der Polizei.«

»Und wenn morgen der Paß nicht ist gefunden?«

»Dann müssen Sie natürlich melden, klar. Aber bis morgen wird der Paß wohl wieder da sein.«

»Und warum morgen?«

»Ach, ich hab da so ein Gefühl, wir hatten mal so einen Fall in Kairo... ich geh auf mein Zimmer, rufen Sie mich bitte sofort an, wenn Herr Wimmer das Hotel verlassen sollte.«

Die beiden an der Rezeption sahen sich an.

Am Abend lief Schmidt aufgeregt in der Hotelhalle hin und her. Olga versuchte mehrmals, ihn anzusprechen, aber er reagierte nicht darauf.

Olga sagte erregt: »Das ist nicht gut, was Sie da machen mit Herrn Wimmer. Er doch Ihr Freund.«

»Ich hab meinen Paß nicht verloren, verstehen Sie, jemand muß ihn mir gestohlen haben.«

Schmidt verließ das Hotel und lief ziellos durch Budapest. Er lief hinunter zur Donau, die Promenade entlang, wo junge Leute mitten auf der Straße tanzten, er lief die Lenin-ucta wieder zurück zum Hotel.

Am nächsten Morgen wachte Schmidt schon sehr früh auf. Er badete, ging dann in den Frühstücksraum, wo er sich ein ›Neues Deutschland‹ nahm und darin blätterte. Er beobachtete verstohlen den Eingang. Die DDR-Sportler waren bereits reisefertig, vor dem Hotel warteten drei Busse, Woltermann ging an seinem Tisch vorbei, sah ihn an und zuckte die Schultern. Aufgeregt kam Olga gelaufen, sie stürzte sich fast auf Schmidt, übergab ihm ein Päckchen. »Eben angekommen. Expreß mit Luftpost, erste Maschine aus Wien.«

Schmidt riß das versiegelte und verschnürte und mit vielen Kontroll- und Zollstempeln bekleisterte Papier ab. Sein Paß fiel auf den Tisch. Er nahm den beigefügten Zettel in die Hand. Bauer schrieb: Nahm versehentlich Deinen Paß mit. Hoffentlich hast Du Dich nicht beunruhigt. Viel Erfolg in Belgrad.

Schmidt stützte seinen Kopf in beide Hände, er blieb so eine gewisse Zeit, er bemerkte nicht einmal, wie ihm das Frühstück gebracht wurde. Als Schmidt an der Rezeption später Olga erzählte, was in dem Päckchen war, da sagte das Mädchen leise, und es sah ihn nicht an: »Paßnummer haben wir schon gemeldet.« Als er aber immer noch vor ihr stand und sie ansah, da sagte sie: »Ist noch etwas?«

»Nein«, sagte Schmidt, und er verließ das Hotel. Er suchte bei den Bussen Wimmer, er fragte einige Athleten, aber auch sie konnten ihm keine Auskunft geben.

Wimmer kam allein, seine Reisetasche über die Schulter geworfen.

Schmidt schrie: »Mensch, Paul! Mein Paß ist wieder da. Dieser Idiot von Bauer hat ihn mit nach Wien genommen.«

»Das ist aber schön«, sagte Wimmer, »dann kannst du

ja morgen nach Belgrad fliegen. Viel Erfolg. Drei Zehntel brauchst du, denk dran.«

Schmidt wollte Wimmer die Hand geben, aber Wimmer stieg ein, er setzte sich auf einen Platz an der Seite zur Straße, so daß Schmidt nur den oberen Teil seines Kopfes sah. Wimmer sah geradeaus. Als Woltermann als letzter und wie immer eilig in den letzten Bus sprang, fuhr der erste Bus, in dem Wimmer saß, ab. Wimmer sah geradeaus.

Schmidt stand auf dem Bürgersteig und umkrallte mit beiden Händen seinen Paß.

Nichts als gegeben hinnehmen

Anfangs, als ich zu Lesungen fuhr, hat mich in der anschließenden Diskussion die immer wiederkehrende Frage erschreckt:

Warum schreiben Sie?

Erschreckt deshalb, weil ich mir die Frage selbst nie gestellt habe. Später war ich vor dieser Frage einfach hilflos, schließlich amüsierte sie mich, und als ich merkte, daß diese Frage nicht auszurotten war, machte sie mich wütend, und ich antwortete einem Fragesteller in Koblenz mit der Gegenfrage: Sagen Sie mal, warum kacken Sie eigentlich?

Prompt erwiderte er: Weil ich es nicht halten kann.

Sehen Sie, sagte ich erleichtert, so ist das vielleicht mit dem Schreiben auch. Einige haben damals gelacht, einige gebuht, aber die Frage schien beantwortet, keiner versuchte mehr auf sie zurückzukommen.

Einmal rettete ich mich in eine der vielen Anekdoten Max Liebermanns, der auf die Frage einer Dame: Meister, was wollen Sie mit Ihren Bildern! geantwortet haben soll: Wat ick will? Verkoofen will ick, verkoofen.

Aber da wurde ich ausgezischt, man hatte den guten Liebermann zu wörtlich genommen, wenngleich in der Antwort Liebermanns sehr viel Wahres zu finden ist.

Überhaupt halte ich die Frage für dumm, denn man kann wohl viele Antworten darauf geben, aber keine Antwort; an vielen der Antworten wird etwas richtig sein, aber es wird eben nicht *die* Antwort sein.

Eher schon muß gefragt werden: Wie hat es angefangen? Wie ist es weitergegangen, schließlich wird keiner als Autor geboren, irgendwann einmal gab es eine Ursache.

Bei mir hat es angefangen im Betrieb. Da sagte einer zu mir: Das sollte man mal aufschreiben und veröffentlichen, was für Schweinereien passieren, Tag und Nacht passieren.

Einen Tag zuvor hatten wir einen Toten unter Tage, von einer Kohlenwand, die nicht abgesichert war, erschlagen.

Ich hatte ihm damals geantwortet: Quatsch, wer interessiert sich schon dafür. Die Leute interessiert nur, ob sie Kohlen haben oder nicht, und nicht, unter welchen Bedingungen und Opfern sie gefördert werden, schon gar nicht, wie wir leben. Mein Kumpel erwiderte damals: Solange Außenstehende von uns nichts wissen, so lange können sie sich auch nicht für uns interessieren.

Dieses Gespräch beschäftigte mich doch mehr, als ich wahrhaben wollte, denn von diesem Tag ab saß ich nach der Schicht jeweils eine Stunde zu Hause über weißem Papier und schrieb es voll, schrieb, was sich in den acht Stunden unter Tage ereignet hatte, schrieb auch meine eigenen Gedanken zu Tagesereignissen nieder, versuchte, im Schichtverlauf eine Logik und eine Notwendigkeit zu finden, außerhalb der zwei Liter Schweiß, die wir in acht Stunden verloren, und es waren nach einem Jahr über dreihundert Seiten geworden.

Dann las ich die dreihundert Seiten von Anfang bis Ende in einer Nacht noch einmal. Es war schwierig, ich konnte streckenweise meine eigene Handschrift nicht mehr lesen, und ich fand das Niedergeschriebene zum Kotzen, es war alles richtig und minutiös aufgezeichnet. Da warf ich die dreihundert Seiten weg und schrieb zehn Jahre keine Zeile mehr, ich arbeitete weiter unter Tage und verdiente schlecht und recht mein Geld zum Leben.

Dann wurde ich mit fünf anderen verschüttet. Wir saßen sechsunddreißig Stunden in einem kleinen Loch, wir hatten nichts mehr zu trinken, und die Schinkenstullen waren ausgetrocknet und schmeckten wie faules Holz, wir unterhielten uns mit der Außenwelt durch Klopfzeichen an den Preßluftrohren.

Als sie uns herausgeholt hatten, bekamen wir einen Tag Urlaub, selbstverständlich die acht Stunden überzogene

Zeit als Überstunden bezahlt, mit fünfzig Prozent Aufschlag. Ich habe mir von dem Geld ein Fahrrad gekauft, mein Nachbar hat das Geld in einer Nacht versoffen.

Dann setzte ich mich wieder hin und versuchte, die sechsunddreißig Stunden zu rekonstruieren, ich schrieb sie nieder, und in das Manuskript floß viel ein, was mit der eigentlichen Verschüttung nichts zu tun hatte. Ich versuchte, die Hintergründe des Unglücks aufzuspüren. Und da kamen sonderbare Hintergründe ans Licht. Aus dieser Niederschrift entstand mein erster Roman, den ich gar nicht veröffentlichen wollte, denn ich war mit dem zweiten Manuskript schon beinahe fertig, also mit ›Irrlicht und Feuer‹, bevor mein erster Roman einen Verleger fand.

Und einmal erzählte ich von meinem Manuskript einem Bekannten, weil der mich gefragt hatte, was ich in meiner Freizeit mache. Er wollte es lesen; er las es und gab es einem Journalisten, den er seit Jahren kannte.

Der Journalist arbeitete als Außenlektor für einen Verlag, und der wiederum gab das Manuskript seinem Verleger, und der Verleger schrieb mir nach vierzehn Tagen, daß er das Buch machen wird. Er brachte das Buch ein Jahr später, und wieder ein Jahr später den zweiten Roman, und ich war plötzlich darüber erschreckt, wie die Umwelt, wie die Arbeitgeber und die Gewerkschaften und die professionellen Schreiber darauf reagierten, und war noch mehr erschreckt darüber, daß mein Bleiben auf der Zeche nicht mehr möglich war. Man fand täglich neue Schikanen, um mir die Arbeit zu vergällen.

Schließlich legte man mir nahe, den Betrieb zu verlassen, und ich sagte mir: Scheiß auf den Betrieb, es gibt ja mehr Betriebe. Aber da hatte ich mich, naiv wie ich war, verkalkuliert. Mich wollte plötzlich keiner mehr haben, überall, wo ich anfragte, hatten sie keine Arbeit für mich, wenn sie meinen Namen hörten. Mir dämmerte, daß hier ein lautloser Apparat in Bewegung gesetzt worden war, der zuverlässig arbeitete. Ich hatte mir einen zweifelhaften Ruhm erworben, und mir wurde doch flau im Magen, denn von was sollte ich leben, wenn mich kein Betrieb mehr einstellte. Schließlich kann kein Mensch von einem zweifelhaften Ruhm leben, er braucht Geld, und ich konnte mir eine Welt nicht vorstellen, in der ich nicht am Monatsletzten an den Lohnschalter ging, um meinen Lohn in Empfang zu nehmen.

Daß es dann doch ohne Lohnschalter ging, ist für mich, heute nach Jahren noch, ein Wunder geblieben, das ich nie richtig begriffen habe.

Na, warum schreibe ich?

Nach Erscheinen der beiden Romane fielen einige über mich her. Ich hatte vorher weder besonders gute Freunde noch besonders eklige Feinde; jetzt schrieben welche über mich, als hätte ich ihre Frauen verführt, denn sie unterstellten mir Sachen, die ich weder gesagt noch geschrieben hatte, sie legten mir Dinge in den Mund, die ich niemals sagen würde, weil ich deren Sprache nicht spreche. Ich berichtigte.

So kam plötzlich eines zum andern. Da merkte ich, daß es für etliche schon verdammenswürdig ist, anders zu reden, anders zu schreiben, eine andere Überzeugung zu haben und diese Überzeugung auch noch laut zu sagen. Also schrieb ich das wieder auf, schrieb es auf aus meinem Erstaunen heraus und weil ich neugierig war auf das, was ich tun werde.

Na, warum schreibe ich?

Aus dem Versuch der Rechtfertigung ergaben sich neue Sachen, die ich gar nicht sagen, gar nicht aufschreiben wollte, weil ich vorhatte, nach diesen beiden Romanen so weiterzuleben, wie ich es gewohnt war und wie ich mir ein Leben nicht anders denken konnte. Denkste. Da fing alles erst an. Dann war ich drin, wie man so sagt, hatte überhaupt keine Zeit mehr, mich zu fragen, mir zu überlegen, warum ich schreibe, und dabei hatte ich nie Spaß am Schreiben. Komisch, daß man Dinge tut, an denen man keine Freude hat, ich finde Schreiben heute noch die ekligste Arbeit, die ich mir vorstellen kann.

Es kamen Tage, da sehnte ich mich nach meiner Arbeit auf der Zeche zurück, und ich redete mir ein, wenn alle Stricke reißen, mach dir nichts draus, du hast drei Berufe gelernt mit akzeptablem Abschluß, du kannst jederzeit in einen der drei Berufe wieder zurück.

Denkste, so einfach ist das nicht, man kann plötzlich nicht mehr in ein Büro gehen und Konten führen, nicht mehr auf den Bau gehen und Wände mauern, nicht mehr nach unter Tage fahren und Lokomotiven lenken, man ist plötzlich in diesem Beruf Schreiben so drin, daß ein Ausbruch nicht möglich ist, da ist man gezwungen mitzumachen, muß um sich beißen, wenn man nicht gefressen werden will von Leuten, deren Beruf es ist, täglich übelzunehmen.

Interessant wurde für mich dieser neue Beruf erst, als mir beim Schreiben Dinge und Zusammenhänge klar wurden, ich beim Schreiben zu lernen anfing, ich zu begreifen begann, warum ich als Arbeiter der Arsch der Welt war, meine Arbeitskollegen von damals es heute noch sind.

Plötzlich stand ich draußen, nicht mehr drinnen. Ich sah die Welt, die ich verlassen mußte, von außen. Und ich sah mehr. Als ich das begriffen hatte, dachte ich mir, daß man auch das niederschreiben müsse, ohne Rücksicht darauf, ob andere vor mir das schon gesagt hatten oder nicht. Ich versuchte es nun so zu artikulieren, daß es auch die verstanden, die jahrelang mit mir Kohlen gebrochen hatten, Wände gemauert hatten oder Konten geführt, und weil ich das so sagte, kamen wieder welche, die nämlich, die schon Romane über Romane geschrieben hatten, bevor sie noch den Mutterleib verließen, die sagten, daß ich doch gar nicht schreiben kann.

Da begann ich über das Schreiben nachzudenken, nicht aber: Warum schreibe ich?

Schreiben wurde plötzlich für mich eine Tätigkeit, die sich nach einer bestimmten Abfolge ergab, das eine bedingte das andere, und ich wurde bald gewahr, daß Schreiben nicht eine Arbeit ist, die sich beenden läßt, die vielmehr nach jeder Beendigung Unzufriedenheit zurückläßt. Überdenken des Fertiggestellten, und man setzt sich hin und schreibt weiter und merkt gar nicht, daß schon wieder was Neues entsteht, und ist man mit diesem Neuen fertig, kommt wieder das Staunen, denn man hat dieses Produkt gar nicht gewollt, nicht beabsichtigt.

Also, warum schreibe ich?

Es ist die blödsinnigste Frage, die einer stellen kann, dann könnte ich ebenso fragen: Warum lebe ich, warum vögle ich, warum esse ich, warum pisse ich, warum... Aber warum kann man überhaupt keine Antwort geben, man kann höchstens über »warum« philosophieren, was noch größerer Quatsch ist.

Ich habe mir auch nie darüber den Kopf zerbrochen, ob Literatur gut oder schlecht ist, nur darüber, ob sie notwendig ist oder überflüssig, und ich gestehe, daß auch ich viel Überflüssiges tue und schreibe, wie eben diesen Aufsatz, den ich für total überflüssig halte, weil ich die Frage für überflüssig halte, aber man tut solche Sachen manchmal eben nur, weil man Menschen, an denen einem etwas liegt, nicht vergraulen will.

Es hat mich auch nie interessiert, was etwa Kritiker zu dem und zu dem sagten oder schrieben, was ich schrieb, mir war und ist immer wichtiger, was zum Beispiel mein Nachbar über eines meiner Bücher oder Fernsehspiele sagt, weil ich da beurteilen kann, ob ich angekommen bin oder nicht, ob ich durch ein Produkt aus meiner Schreibmaschine bei ihm Nachdenken oder eine Diskussion ausgelöst habe oder nicht. Für die blödsinnigste Errungenschaft halte ich, Literatur über Literatur zu schreiben, noch dazu von Leuten, die das Leben nur von ihrem Schreibtisch her kennen, die in Büchern nicht das Leben suchen und die Zwänge dieses Lebens, die nur herauslesen wollen, ob es ihrem Leben, das im Saft der eigenen Wichtigkeit auf kleiner Flamme schmort – nicht einmal zum Anbrennen haben sie die Traute –, neue Wichtigkeit verleiht.

Neulich sagte mir Günter Wallraff, der sich über Reaktion auf das, was er schreibt, nun wirklich nicht beklagen kann: Man sollte Steine klopfen!

Denkste, hab ich ihm gesagt, das kannst du gar nicht mehr, und wenn du es trotzdem tust, dann kommt ein Fotograf und fotografiert dich, und dann kommt ein Journalist von der Zeitung und einer vom Rundfunk mit seinem Tonbandgerät, und die fragen dich: Herr Wallraff, warum klopfen Sie Steine?

Und dann wirst du sagen, daß du Steineklopfen für wichtiger hältst, als über Steineklopfen zu schreiben, und dann werden sie weglaufen und werden berichten, für wie wichtig du Steineklopfen hältst und daß du zwar ganz gut Steine klopfst, aber du bearbeitest die Ecken nicht sauber genug, haust die Spitzen nicht ab. Stellt euch vor, da könnte sich ja einer den Fuß verletzen. Sie werden dich nicht fragen, für wen die Steine sind, weil sie alles nur als Selbstzweck betrachten und den Selbstzweck zelebrieren.

So ähnlich habe ich gesagt – mit besoffenem Kopf natürlich, als wir schon dabei waren, das Abendland zu retten.

Na, warum schreibe ich?

Ich bin schrecklich neugierig darauf, was andere Autoren darüber schreiben werden, vielleicht kann ich da was lernen, vielleicht weiß ich dann was, was ich jetzt noch nicht weiß, und vielleicht sagt dann einer, daß er eine kulturpolitische Aufgabe zu erfüllen hat, oder ein anderer, daß er durch Schreiben anderen etwas bewußtmachen will, oder daß Schreiben ein Handwerk ist, oder daß die Sprache gepflegt werden muß, oder daß sie das gefräßige Maul von Rundfunk und Fernsehen stopfen müssen, oder daß... weiß der Kuckuck, was alles gesagt werden wird, was alles richtig scheint und was doch nicht richtig ist.

Ich bin neugierig darauf, was andere antworten werden auf die Frage: Warum schreibe ich?

Quellenhinweise

Etwas außerhalb der Legalität, Der Betriebsrat, Die Entscheidung, Der Wacholderkönig, Fahrt in den Morgen, Christoph Klein und der Stier, Sie verstand ihn nicht, Masken, Rom, Das Hobby, Kinder sind immer Erben aus: Fahrtunterbrechung. Europäische Verlagsanstalt, Köln 1965

Das Wunder aus: Deine Welt. Lesebuch für die Hauptschule. Pädagogischer Verlag Schwann GmbH, Düsseldorf 1969

Der PI aus: Hermann Bortfeld (Hrsg.), Morgen im Garten Eden. Zwölf Autoren erzählen vom Jahr 3000. Walter Verlag, Olten 1977

Was ist eigentlich passiert? aus: Ingeborg Drewitz (Hrsg.), Städte 1945. Berichte und Bekenntnisse. Eugen Diederichs Verlag, Düsseldorf 1970

Waldläufer und Brückensteher aus: Fritz Hüser/Max von der Grün (Hrsg.), Aus der Welt der Arbeit. Almanach der Gruppe 61 und ihrer Gäste. Hermann Luchterhand Verlag, Neuwied und Berlin 1966

Dortmund aus: Wolfgang Tschechle (Hrsg.), Geliebte Städte. Fackelträger Verlag, Hannover 1967

Die Absturzstelle aus: Auf Anhieb Mord. Kurzkrimis. Hrsg. von der Wortgruppe München, Klaus Konjetzky u. a. Autorenedition, München 1975

Wir sind eine demokratische Familie aus: Uwe Wandrey (Hrsg.), Stille Nacht, allerseits. Rowohlt Verlag, Reinbek 1972

Weidmannsheil aus: Bernhard Doerdelmann (Hrsg.), Die Polizei und die Deutschen. Delp'sche Verlagsbuchhandlung, München 1968

Im Osten nichts Neues aus: Heinz Kulas (Hrsg.), Kämpfer im Dreß. Peter Hammer Verlag, Wuppertal 1969

Nichts als gegeben hinnehmen aus: Richard Salis (Hrsg.), Motive. Warum ich schreibe. Selbstdarstellungen deutscher Autoren. Erdmann Verlag, Tübingen 1971

Heinrich Böll im dtv

Foto: Isolde Ohlbaum

Irisches Tagebuch · dtv 1

Zum Tee bei Dr. Borsig
Hörspiele · dtv 200

Wanderer, kommst du nach Spa...
Erzählungen · dtv 437

Der Zug war pünktlich
Erzählung · dtv 818

Wo warst du, Adam?
Roman · dtv 856

Gruppenbild mit Dame
Roman · dtv 959

Billard um halbzehn
Roman · dtv 991

Das Brot der frühen Jahre
Erzählung · dtv 1374

Hausfriedensbruch. Hörspiel
Aussatz. Schauspiel · dtv 1439

Und sagte kein einziges Wort
Roman · dtv 1518

Ein Tag wie sonst
Hörspiele · dtv 1536

Haus ohne Hüter
Roman · dtv 1631

Du fährst zu oft nach Heidelberg und andere Erzählungen · dtv 1725

Das Heinrich Böll Lesebuch
Herausgegeben von Viktor Böll
dtv 10031

Was soll aus dem Jungen bloß werden? Oder: Irgendwas mit Büchern · dtv 10169

Das Vermächtnis
Erzählung · dtv 10326

Die Verwundung und andere frühe Erzählungen · dtv 10472

Frauen vor Flußlandschaft
Roman · dtv 11196

Eine deutsche Erinnerung
Interview mit René Wintzen
dtv 11385

Rom auf den ersten Blick
Landschaften · Städte · Reisen
dtv 11393

Nicht nur zur Weihnachtszeit
Erzählungen · dtv 11591

Unberechenbare Gäste
Erzählungen · dtv 11592

Entfernung von der Truppe
Erzählungen · dtv 11593

Die verlorene Ehre der Katharina Blum oder: Wie Gewalt entstehen und wohin sie führen kann
Erzählung
dtv großdruck 25001

Heinrich Böll zum Wiederlesen
dtv großdruck 25023

In eigener und anderer Sache Schriften und Reden 1952 – 1985
9 Bände in Kassette · dtv 5962
In Einzelbänden
dtv 10601 – 10609

Heinrich Böll /
Heinrich Vormweg:
Weil die Stadt so fremd geworden ist … · dtv 10754

NiemandsLand
Kindheitserinnerungen an die Jahre 1945 bis 1949
Herausgegeben von Heinrich Böll · dtv 10787

Über Heinrich Böll:
In Sachen Böll – Ansichten und Einsichten
Herausgegeben von Marcel Reich-Ranicki · dtv 730

Marcel Reich-Ranicki:
Mehr als ein Dichter Über Heinrich Böll
dtv 11907

J. H. Reid:
Heinrich Böll
Ein Zeuge seiner Zeit
dtv 4533

Günter Grass im dtv

Foto: Klaus Morgenstern

Die Blechtrommel
Die Autobiographie des Oskar Matzerath, der Wirklichkeit ertrommeln und Glas zersingen kann
dtv 11821

Katz und Maus
Sein abnormer Adamsapfel macht Mahlke zum Helden wider Willen und führt seinen Untergang herbei
dtv 11822

Hundejahre
Der Roman über die Danziger Kleinbürgerwelt in der Zeit von Faschismus und Krieg
dtv 11823

Der Butt
»...eine Geschichte vom Fehlen und Verfehlen... eine Geschichte mit verzweifelt utopischem Ende...«
dtv 11824

Ein Schnäppchen namens DDR
Gesammelte Reden des »vaterlandslosen Gesellen« Günter Grass, gehalten im Jahr 1990
dtv 11825

Unkenrufe
Eine deutsch-polnische Liebesgeschichte, erzählt mit leiser Ironie und satirischer Schärfe
dtv 11846